Buffy – Im Bann der Dämonen

XANDER – ALLEIN UNTER BESTIEN

Jeff Mariotte

Buffy
Im Bann der Dämonen

Xander – Allein unter Bestien

Aus dem Amerikanischen
von Christina Deniz

vgs

Die Deutsche Bibliothek – CIP-Einheitsaufnahme

Buffy, im Bann der Dämonen. – Köln : vgs
Xander – allein unter Bestien / Jeff Mariotte.
Aus dem Amerikan. von Christina Deniz. – 2001
ISBN 3-8025-2844-1

Das Buch »Buffy – Im Bann der Dämonen. Xander – Allein unter Bestien.« entstand nach der gleichnamigen Fernsehserie (Orig.: *Buffy, The Vampire Slayer*) von Joss Whedon, ausgestrahlt bei ProSieben.

Erstveröffentlichung bei Pocket Books, New York 2000.
Titel der amerikanischen Originalausgabe:
Buffy, The Vampire Slayer.
The Xander Years, vol. 2.

1. Auflage 2001

Umschlaggestaltung: Sens, Köln
Titelfoto: © Twentieth Century Fox Film Corporation 2000
Produktion: Wolfgang Arntz
Satz: Kalle Giese, Overath
Druck: Clausen & Bosse, Leck
Printed in Germany
ISBN 3-8025-2844-1

Besuchen Sie unsere Homepage im WWW:
www.vgs.de

Prolog

Auf den Straßen herrschte nicht viel Verkehr.

Sunnydale hatte seit jeher zu den Städten gehört, in denen die Bürgersteige zeitig hochgeklappt wurden – was bekanntlich nicht bedeutete, dass nach Einbruch der Dunkelheit nichts mehr los war. Und das, was los war, wäre Xander an diesem Abend fast zum Verhängnis geworden.

Er war gerade nach rechts in die Hauptstraße eingebogen, als ein roter Angeberschlitten aus dem Nichts herangeschossen kam und ihn mittels Lichthupe in seine Schranken verwies. Dann überholte der Großkotz und scherte in einem halsbrecherischen Manöver sogleich wieder auf Xanders Spur ein, um kurz darauf mit aufheulendem Motor in der Nacht zu verschwinden.

Das wurmte Xander, aber er wollte sich nicht provozieren lassen, zumal ja Gott sei Dank nichts passiert war. Vor allem wollte er es nicht auf eine Diskussion mit den Cops ankommen lassen, falls es im Rahmen einer pubertären Verfolgungsjagd noch zu einem Unfall kommen sollte. »Was machen Sie um diese Uhrzeit auf der Straße?« – »Wohin waren Sie unterwegs?« – »Warum stimmt der Name in den Fahrzeugpapieren nicht mit dem in Ihrem Führerschein überein?« ...

Für einen Moment wurde Xander von Panik erfasst, bis ihm einfiel, dass er seinen Führerschein ja wie immer bei sich hatte. Auch wenn das mangels Fahrpraxis fast nie nötig war.

Der Name auf seinem Führerschein lautete *Alexander Lavelle Harris*, aber so hieß er nur für seine Mutter, wenn sie wütend war, und früher in seiner Alexander-der-Große-Phase. Eigentlich wurde er von allen immer nur Xander genannt.

Er hatte sein ganzes Leben hier in Sunnydale verbracht, stets in dem Bewusstsein, dass er hier bleiben und alt werden würde, mit Willow, Jesse und der ihn verachtenden Cordelia – und dass er eines Tages wohl auch hier sterben würde.

Und jetzt sah es so aus, als käme dieser Tag schneller als gedacht.

Das Schlüsselwort lautete »immer«.

In meinem Leben war immer alles geregelt, dachte Xander. Ich wusste, wer ich war, was ich sein und was ich tun würde.

Wenn er früher versucht hatte, sich seine Zukunft vorzustellen, hatte er im Grunde nichts anderes gesehen als sein Spiegelbild. Vielleicht würde er später das Haar kürzer oder einen Schlips tragen oder, Gott bewahre, eine dieser spießigen Strickjacken, die die TV-Väter immer anhatten.

Das waren zumindest seine Zukunftsaussichten gewesen, bevor Buffy Summers nach Sunnydale gekommen war.

Blond, schön und durchtrainiert kam sie Xanders Vorstellung von weiblicher Perfektion sehr nahe. Er hatte sich auf den ersten Blick in sie verknallt und sich dennoch zurückgehalten. Bei jeder Begegnung war er aufs Neue von ihr fasziniert.

Inzwischen war ihm klar, dass er und Buffy nie auf die Weise zusammen sein würden, die er sich wünschte. Aber an ihrer Seite zu sein – okay, meistens eher einen Schritt hinter ihr zu stehen –, während sie gegen das Böse kämpfte, war fast genauso gut. Er war ein Mitglied von Buffys Inner Circle, und er war wichtig für sie. Was konnte man sich mehr wünschen?

Keine Frage, Buffy hatte sein Leben bereichert, obwohl er sehr gut auch ohne Vampire, Hexen oder gigantische Gottesanbeterinnen zurechtkam. Um es auf den Punkt zu bringen: Das, was Buffy seinem Leben gebracht hatte, war Veränderung. Seit sie in sein Leben getreten war, war der Status längst nicht mehr so quo.

Das Leben ist aufregender geworden, dachte er, so viel steht fest.

Niemand würde bemerken, dass sich in Sunnydale etwas verändert hatte. Und im Grunde hatte sich auch nichts geändert: Die Stadt lag seit eh und je am Höllenschlund. Nein, es war seine Wahrnehmung, die nicht mehr war wie früher. Auf einmal schienen die Schatten länger, die Nächte dunkler und die Stille, nun, irgendwie stiller ...

Er warf einen Blick aus dem Beifahrerfenster und sah das *Bronze* vorbeifliegen. Es hatte eine Zeit gegeben, da war das *Bronze* nur ein Club, in dem er mit seinen Freunden rumgehangen hatte. Damals, bevor Leute, die er kannte, dort den Tod gefunden hatten ... Er ging immer noch dort hin, um sich Bands anzuhören, Mochaccino zu trinken und sich mit Buffy, Willow, Oz oder Cordy die Zeit zu vertreiben ... doch ab und zu überfielen ihn die Ereignisse, die dort in letzter Zeit stattgefunden hatten, und jagten ihm einen Schauer über den Rücken.

Keinen wohligen Schauer.

Und in diesen Momenten verspürte er oft ein leises Bedauern über den Verlust der Unschuld, den Sunnydale erlitten hatte, seit Buffy in die Stadt gekommen war. Doch dann rief er sich ins Bewusstsein, dass nicht die Stadt ihre Unschuld verloren hatte, sondern er selbst. Etwas Unwiederbringliches war für immer verloren.

Ja, er hatte sich verändert – ohne Zweifel. Klar, für die anderen war er immer noch der gute alte Xander, doch er wusste es besser. Tief im Innern war er jemand anderes geworden, jemand, der es nicht einmal mehr über sich bringen konnte, einen Hotdog oder ein Schinkensandwich zu essen. Er war froh, dass ihm die ständige Konfrontation mit dem Bösen noch nicht seine Schwäche für Schokolade verleidet hatte ...

Ja, das war Sunnydale. Der Ort, an dem das Grauen hinter jeder Ecke, hinter jeder harmlosen Fassade lauern konnte. Hier zu leben war so, als ob man Disneyland betrat und dann plötzlich mit einer Matheklausur überrascht wurde …

Trautes Heim …

So fuhr er sinnierend durch die nächtlichen Straßen und hatte es nicht besonders eilig, nach Hause zu kommen – nicht heute Nacht. Er fühlte sich großartig. Wenn er jetzt zu Bett ging, war das Hochgefühl am nächsten Morgen vielleicht nicht mehr da; er wäre dann wieder nur der alte Xander.

Wahrscheinlich werde ich morgen während des Unterrichts fast einschlafen, dachte er. Doch egal, ich bin hier, und hier will ich bleiben. Außerdem, wie oft habe ich schon Gelegenheit, Auto zu fahren?

Und anstatt umzukehren und zurück in sein verschlafenes Vorortviertel zu fahren, bog Xander nun nach links ab und rollte langsam den Revello Drive entlang. Doch er hielt nicht vor Buffy Haus. Das wäre einfach erbärmlich gewesen, und so was war eines Assistenten der Jägerin unwürdig. Am Ende des Blocks fuhr er erneut nach links, um dann scharf nach rechts und auf die Hauptstraße von Sunnydale abzubiegen. Weiter ging es Richtung Pazifik. Sein Weg führte ihn vorbei am Weatherly Park, und weil er immer noch allein auf der Straße war, gab er ein bisschen mehr Gas. Das Naturhistorische Museum und der Zoo von Sunnydale flogen am Fenster vorbei.

Der Zoo … Ziel zahlloser Familienausflüge und Klassenfahrten. Dieser Ort weckte Erinnerungen in ihm.

Keine guten.

Und sie verliehen dem Wort »Veränderung« eine ganz neue Bedeutung.

Xander fröstelte, packte das Lenkrad fester und fuhr schnell weiter.

1

Buffy Summers schlenderte durch den Zoo von Sunnydale und genoss die warme Sonne an diesem noch recht kühlen Frühlingstag.

Sie war allein und in den Plan des Zoos vertieft, um die hiesigen Attraktionen mit denen im Prospekt zu vergleichen. Vielleicht stieß sie hier ja auf etwas, das man im Zoo von L.A. vergeblich suchte? Vermutlich, so dachte sie, wird es etwas sein wie ein Killerkrake, ein Ungeheuer aus grauer Vorzeit oder ein Wendigo, wir sind hier ja schließlich in Sunnydale ...

»Hey, seht mal!«

Die Stimme ließ Buffy aufschauen. Es war Kyle DuFours. Kyle, der Kriecher, wie Willow ihn manchmal nannte. Er kam direkt auf sie zu, im Schlepptau sein treues Gefolge Rhonda Kelley, Tor Hauer und Heidi Barrie. Immer zusammen, immer ätzend, war Buffys erster Gedanke. Sie beschloss, Kyle für den Rest des Klassenausflugs aus dem Weg zu gehen, was nicht sonderlich schwierig war, denn er trug ein hellgelbes T-Shirt, das einem schon aus größter Entfernung ins Auge stach.

»Da ist Buffy im Kreise ihrer Freunde«, rief Kyle.

»Sehr witzig«, erwiderte Buffy und wusste, dass das noch nicht alles war. Dieser Typ war nervig und gab einfach nie Ruhe.

Tor fixierte sie hämisch. »Hast du dich eigentlich schon mal gefragt, warum niemand, der wirklich cool ist, etwas mit dir zu tun haben will?«, fragte er.

»Wofür ich sehr dankbar bin ...«, entgegnete sie.

»Warst du an deiner alten Schule eigentlich auch so beliebt?«, mischte sich nun Rhonda ein. »Ich meine, bevor du geflogen bist?«

Die vier setzten sich in Bewegung, in perfektem Gleichklang. Rhonda drängelte sich an Buffy vorbei und stieß sie dabei absichtlich mit der Schulter an. Buffy ließ es geschehen. Das sind doch nur Penner, dachte sie. Lästig, aber harmlos.

»Vorsicht«, warnte Tor Rhonda, als er an Buffy vorbeizog und sie anstarrte. Sie fragte sich, warum zum Teufel ausgerechnet er sich für cool und unwiderstehlich hielt. »Sie könnte dich zusammenschlagen.«

Dieser Schenkelklopfer sorgte für allgemeine Erheiterung, und dann waren sie endlich weg. Kurz und schmerzlos, dachte Buffy. Die angenehmste Art der Begegnung, die man mit diesem Pack haben kann.

Sie spazierte weiter und studierte das Schild am Eingang zum Elefantenhaus.

Da rief eine andere Stimme ihren Namen. Ebenfalls bekannt, aber weitaus erfreulicher. »Hallo, Buffy!«

Sie drehte sich um und sah Xander Harris und Willow Rosenberg, ihre besten Freunde, auf sich zukommen. Die beiden sahen glücklich aus, so als ob sie diesen kleinen Ausflug wirklich genossen. Vielleicht traf das sogar zu. Immerhin waren sie Meister darin, das Leben erst einmal von seiner schönsten Seite zu betrachten.

»Du hast was verpasst!«, verkündete Willow, enthusiastisch wie immer.

»Was verpasst?«

»Wir haben Zebras bei der Paarung beobachtet«, sagte Xander. »Ziemlich aufregend.«

»Ziemlich plumpe Anmache, das Ganze«, ergänzte Willow. Ihr strahlendes Lächeln war normalerweise ansteckend, doch diesmal wollte der Funke bei Buffy einfach nicht überspringen.

»Und ich hab's verpasst, verdammt!«, murmelte sie in gespielter Bestürzung. »Gott, ich muss irgendwie die Kraft aufbringen, darüber hinwegzukommen ...«

Das Trio setzte sich ohne bestimmtes Ziel in Bewegung.

»Was hast du so getrieben?«, wollte Willow von Buffy wissen.

»Hab mir die Fische angeguckt.«

»Und, wie war's?«

Buffy dachte einen Moment darüber nach. »Na ja, Fische eben ...«

»Du scheinst nicht gerade scharf auf Feldstudien und Verhaltensforschung zu sein«, bemerkte Xander angesichts ihrer mangelnden Begeisterung.

»Ähm ... wisst ihr ...« Buffy zuckte mit den Schultern. »An meiner alten Schule sind wir dauernd in den Zoo gefahren. Das macht die Sache nicht gerade spannender.«

»Pass auf, Buffy, der Witz an der Sache ist ja auch nicht, dass wir *hier* sind«, erklärte Xander. »Der entscheidende Punkt ist, dass wir nicht in der Schule hocken müssen.«

Diesmal lächelte Buffy. Das ist ein Argument, dachte sie. Der gute alte Xander. Und wenn die Welt untergeht – er sucht trotzdem noch den Silberstreif am Horizont. »Du hast Recht«, sagte sie. »Plötzlich ist es, als sähe ich all diese wundervollen Tiere zum ersten Mal.«

»Siehst du, alles ist relativ«, erwiderte Xander.

Das Schimpansenrefugium war einem Granitfelsen nachempfunden.

Auf einem Vorsprung saß eine Affenfamilie – Mutter, Vater und Baby – und aß zu Mittag. Das versuchten die Eltern jedenfalls. Das Kleine hingegen zeterte herum und stibitzte, was ihm unter die Finger kam, während die Erwachsenen krampfhaft ihr Futter verteidigten und es vor dem Junior zu verstecken suchten.

Lance Lincoln lehnte an dem Zaun, der das Gehege umgab, und notierte seine Beobachtungen sorgsam in einen Spiralnotizblock. Für ihn bedeutete dieser Ausflug keineswegs eine willkommene Gelegenheit, der verhassten Schule für einen Tag den Rücken zu kehren. Ihm ermöglichte jeder Zoobesuch einen weiteren fundierten Einblick in das Verhalten von Primaten. Er war so in seine Studien vertieft, dass er nicht bemerkte, wie sich jemand an ihn heranschlich.

»Lance!«

Er fuhr herum und fand sich Kyle und seiner Bande gegenüber. Sie grinsten ihn von oben herab an. Na prima, dachte er, Opfer, dein Name sei Lance.

»Na, wie geht's denn so?«, fragte Kyle.

Als ob wir alte Kumpel wären, wunderte sich Lance. »Hallo, Kyle«, sagte er so gelassen wie möglich.

Kyle lehnte sich neben ihn an den Zaun, betrachtete eine Weile die Schimpansen und sah dann Lance an. »Findet hier gerade eine Familienzusammenführung statt, oder was?«

»Nein«, sagte Lance lahm. Obwohl – vom evolutionstechnischen Standpunkt aus gesehen hat er ja gar nicht so Unrecht. Allerdings wird Kyle das wohl kaum gemeint haben.

»Sieht ganz so aus«, sagte Kyle. »Gott, ist das rührend. Hat denn keiner 'ne Kamera dabei?« Er gab vor, ein Foto von Lance und den Affen zu schießen.

Lance musste an seine Grundschulzeit denken, als alle Welt die Wiederholung der Serie *Lancelot Link, Secret Chimp* im Fernsehen verfolgt hatte. Wegen der Namensähnlichkeit war es für ihn schwer gewesen, nicht mit der Sendung in Zusammenhang gebracht zu werden, aber immerhin wurde damals sein Interesse an Primatologie geweckt. Obwohl ihn der Spott seiner Schulkameraden, die ihn fortan nur noch *Lance Link* oder *Sir Lancelot* nannten, fast wieder von diesem Hobby abgebracht hatte.

Aber verglichen mit diesen Schwachköpfen waren die Kids von damals harmlos, dachte er jetzt.

Nun trat Rhonda neben Lance und begann, an seinen Haaren herumzuzupfen. »Sag mal, laust dich Mami noch?«, wollte sie wissen, »oder bist du schon alt genug, um das selbst zu erledigen?«

»Lass das!«, fuhr Lance sie an und zog den Kopf weg.

Tor nutzte diesen Moment der Unaufmerksamkeit, um Lance sein Notizheft zu entreißen.

»Mensch, lasst doch den Scheiß!«, rief Lance und schnappte vergeblich nach dem Spiralheft. »Da sind meine ganzen Aufzeichnungen drin.« Tor hielt das Heft hoch, sodass Lance es nicht erreichen konnte. Für einen kurzen Moment schoss ihm durch den Kopf, dass sich diese Szene kaum von der unterschied, die er eben bei den Schimpansen beobachtet hatte, als die Älteren dem Kleinen ihr Futter vorenthalten hatten.

Wie schrecklich, dachte er. Und das kleine dumme Äffchen, das bin ich!

Das allgemeine Gelächter wurde von Mr. Flutie, dem Rektor der Sunnydale High, unterbrochen. »Was geht hier vor?«, rief er mit lauter Stimme.

Lance sah ihn näher kommen, und sein Anblick erschütterte ihn. Er war weiß Gott kein Modeexperte, aber selbst ihm fiel auf, dass Mr. Fluties karierter Trenchcoat keine glückliche Wahl war. Der unförmige Mantel klaffte auf, als hätte beides, sein Wanst wie auch seine grenzenlose Selbstgefälligkeit, das Kleidungsstück schier gesprengt. Der dunkle Haarschopf thronte auf seinem Schädel wie aufgesetzt.

»Langsam hab ich die Nase voll von euch«, schimpfte Mr. Flutie und funkelte Kyle und seine Gang böse an. »Was ist hier wieder los?«

»Nichts«, sagte Kyle.

Drohend pflanzte sich Flutie vor dem Schüler auf. »Hab ich dich gefragt? Na ja, hab ich wohl. Aber jetzt raus mit der Wahrheit.« Er sah zu Lance. »Also?«

Wahrheit oder Überleben, das ist hier ausnahmsweise mal nicht die Frage, dachte Lance. »Es war nichts. Wirklich«, sagte er und rang sich sogar ein Kichern ab. »Wir haben nur ein bisschen rumgealbert.« Natürlich war das eine Lüge. Als ob er mit diesen Typen jemals Spaß haben wollte.

Doch Mr. Flutie schien die Geschichte zu schlucken. »Also gut«, meinte er, wandte sich zum Gehen, hielt dann aber inne und richtete seinen Finger wie ein Maschinengewehr auf die vier Stressmacher. »Aber ich behalte euch im Auge!« Dann drehte er sich um und ging davon.

»Du«, sagte Kyle und tippte auf Lances Gesicht. Lance gefiel der Tonfall genauso wenig wie der Finger vor seinem Auge. Was kommt jetzt? »Du hast dir gerade 'ne Menge Ärger erspart.«

»Auf geht's«, meinte Rhonda und tätschelte Lances Arm, als wären sie alte Freunde.

»Flutie lässt keine Gelegenheit aus, uns das Leben schwer zu machen«, sagte Tor.

Was du nicht sagst, dachte Lance nur. »Ist schon okay«, murmelte er leise und versuchte, nicht allzu erleichtert zu klingen.

Kyle trat neben ihn und packte ihn an der Schulter. Die Festigkeit des Griffs lag irgendwo zwischen Kumpel und Gefängniswärter. »Komm, wir sehen uns mal das Hyänenhaus an.«

Lance zögerte. »Aber ich dachte, das ist für Besucher geschlossen.«

»Genau darin, mein Freund, liegt der besondere Reiz.«

Lance lachte gezwungen. Er hatte keine Ahnung, wie er aus dieser Nummer wieder rauskommen sollte – und nach der Sache mit Flutie waren sie ja schon fast eine Art verschworene Gemeinschaft. Seufzend schloss er sich Kyle und den anderen an.

Der Pfad zum Hyänenhaus war durch gelbe Absperrbänder und Warnhinweise blockiert. Zusätzlich blinkte ihnen am Eingang ein orangefarbenes Schild mit der Aufschrift »Geschlossen« entgegen. Die Botschaft war ziemlich klar, wie Lance fand: Die Zooleitung hatte Besuchern den Zutritt zum Hyänengehege untersagt.

Was wiederum, laut Kyle, das Tolle an der Sache war. Lance konnte das nicht ganz nachvollziehen, aber er trottete trotzdem weiter. Immerhin waren Kyle und seine Freunde jetzt ganz nett zu ihm – eine ganz neue Erfahrung für Lance. Und außerdem hatten sie ihn ja mehr oder weniger zu dieser Sache genötigt ...

Rhonda hob das Absperrband, und sie duckten sich darunter hinweg.

Hyänen, wir kommen!

Xander, Willow und Buffy beobachteten das Geschehen aus einiger Entfernung und sahen mit Erstaunen, wie Lance die Absperrung hinter sich ließ und auf dem dahinter liegenden Pfad verschwand.

Etwas an dieser Szene war schrecklich falsch. Doch der Junge da hinten war eindeutig Lance mit seinem leuchtendroten Sweatshirt. Nicht nur Xander fand es mehr als ungewöhnlich, dass er sich diesen Typen freiwillig angeschlossen haben sollte.

»Was haben die bloß mit Lance vor?«, sprach Willow laut aus, was alle dachten.

Für Xander war die Antwort klar. »Die spielen mit ihm Katz und Maus.«

»Was ist eigentlich das Problem mit diesen Typen?«, fragte Buffy. Sie waren bei der Absperrung angekommen, aber Lance und die Kyle-Bande waren schon außer Sicht.

»Die sind einfach nur widerwärtig«, sagte Willow. »Sozusagen von Berufs wegen ...«

»Solche Idioten hat man doch an jeder Schule«, erklärte Xander. »Egal, wo man hinkommt, man kriegt ein Pult, einen Spind und ein paar sadistisch veranlagte Klassenkameraden.«

»Mhm.« Buffy machte Anstalten, die Absperrung zu überwinden. »Ich glaube, ich hole Lance da besser raus.«

Aber Xander hob eine Hand und hielt sie zurück. »Lass mich das übernehmen«, bot er an. »Das ist nun wirklich kein Job für die Jägerin, hoffe ich zumindest ...« Er schlüpfte unter der Absperrung hindurch und machte sich auf den Weg zum Hyänengehege, wohl wissend, dass die beiden Mädchen ihn mit ihren Blicken verfolgten. Plötzlich fühlte er sich wie ein Held, zugegeben, ein winziger, kleiner Held im Vergleich zu Buffy, aber ... verdammt, man nimmt schließlich mit, was man kriegen kann!

Buffy war von der Aktion nicht sonderlich begeistert. »Meinst du nicht, wir sollten Xander folgen?«, fragte sie Willow.

»Kyle und seine Gang sind zwar Idioten, aber im Grunde ziemlich harmlos«, sagte Willow, die ihr ganzes Leben in Sunnydale verbracht hatte und diese Typen besser kannte als Buffy. »Meistens jedenfalls ...«

»Ja, aber warum gehen wir nicht ...«

»Ja, warum eigentlich nicht?«, nickte Willow.

Sie waren gerade zwei Schritte hinter der Absperrung, als ein Mann auf der Bildfläche erschien. »Halloooo, sofort zurückkommen – Stopp!«, rief er ihnen zu. Er trug sein schütteres blondes Haar im unmodischen Vorn-kurz-hinten-lang-Schnitt, das gepflegte Bärtchen und die Brille vervollständigten das Bild des folgsamen Angestellten. Seine Stimme war freundlich, aber bestimmt. »Seid ihr blind, oder könnt ihr nicht lesen? Ich frage nur, weil Hyänen sich immer auf die Schwächsten in einer Gruppe zu stürzen pflegen.«

»Wir wollten nur ...«, begann Buffy.

Der Mann, vermutlich der verantwortliche Pfleger für diesen Teil des Zoos, schnitt ihr kategorisch das Wort ab. »Ihr habt da drinnen nichts verloren. Und jeder, der da reingeht, kriegt den größten Ärger aller Zeiten. Verstanden?« Er hob das Absperrband an, um sie zum Rückzug aufzufordern.

Willow, friedfertig und konfliktscheu wie immer, rief: »Keine Sorge, wir sind schon wieder weg«.

Doch Buffy wollte es genauer wissen. »Warum ist der Zutritt eigentlich verboten?«

»Quarantäne«, sagte der Tierpfleger bedeutungsvoll. »Die Hyänen sind gerade erst aus Afrika eingetroffen. Also haltet euch von ihnen fern.« Das klang, als ob weitere Diskussionen zwecklos wären. Doch dann hob er eine Braue, was seinem Gesicht einen etwas freundlicheren Ausdruck verlieh, und sagte etwas, das Buffy sehr befremdlich fand. »Auch dann, wenn sie euren Namen rufen.«

»Was meinen Sie damit?«, fragte sie.

Der Mann machte ein ernstes Gesicht und dozierte: »Ein Massai hat mir einmal erzählt, dass Hyänen unsere Sprache erlernen, indem sie den Menschen auf Schritt und Tritt folgen.« Er dämpfte seine Stimme und klang nun wie ein Märchenonkel für Gespenstergeschichten. »Tief in der Nacht, wenn das Lagerfeuer erloschen ist, rufen sie einen der Menschen herbei. Und sobald sich diese Person von ihrer Gruppe entfernt hat«, er schnippte mit den Fingern, »fällt die Meute über sie her.«

Am eigentlichen Eingang zum Hyänenhaus war eine erneute Absperrung angebracht.

Kyle riss das Band nieder, indem er einfach weiterging, sodass die Klebestreifen an seinem Shirt hängen blieben. Gelbe Streifen auf gelbem Grund ...

Im Hyänenhaus war es dunkler, schattiger und kühler als draußen. Die Wände bestanden aus künstlichem, grob behauenem Stein – eine von Menschenhand geschaffene Höhle mit Vertiefungen für erleuchtete Schaukästen. Für die Tiere selbst hatten die Architekten eine großzügige Gehegebucht mit Höhlen und Felsen vorgesehen, zu der einige Stufen hinaufführten. Das Ganze war durch brusthohe Absperrungen von den Besuchern getrennt.

Kyle drehte sich langsam auf seinem Absatz herum und staunte. »Cool ...«

»Ich sehe gar keine Hyänen«, sagte Lance. Und während er diese Feststellung im Geiste weiterverarbeitete, kam in ihm der dringende Wunsch auf, zu gehen.

Wie auf Kommando trat plötzlich eine Hyäne aus dem Schatten der Felsen ins Licht, die Schnauze zu einem hämischen Grinsen verzogen, das eine Reihe scharfer Zähne entblößte. Sie knurrte, und das Geräusch klang alles andere als freundlich. Lances Wunsch, diesen Ort zu verlassen, wurde stärker denn je.

»Okay«, sagte er. »Wir waren hier, wir haben's gesehen, und deshalb können wir doch jetzt ...«, er wandte sich zum Gehen, doch Tor stand direkt hinter ihm und versperrte ihm den Weg.

Schlimmer noch, die anderen schienen noch lange nicht genug zu haben. »Sie sieht niedlich aus«, meinte Rhonda.

»Ich finde eher hungrig«, sagte Kyle und trat von der Absperrung zurück. Plötzlich ergriffen er und Tor den überraschten Lance und zerrten ihn die Stufen zum Gehege hinauf.

»Los, Freundchen«, fauchte Tor, als sie Lance weiterzogen. »Zeit fürs Abendessen!« Sie pressten ihr Opfer gegen das Geländer – das Lance nun weitaus niedriger und weniger stabil vorkam, als noch vor wenigen Minuten. Die Hyäne knurrte wieder aus tiefster Kehle. Rhonda trat hinter Lance und drückte dessen Kopf über die Absperrung. Alles lachte – nur bei Lance wollte keine rechte Freude aufkommen.

»Verdammt!«, rief er verzweifelt. »Hört auf damit. Das ist überhaupt nicht lustig!«

Xander, der Lances letzte Bemerkung mitbekommen hatte, musste ihm Recht geben, zumal das hämische Gelächter der Kyle-Bande alles andere als ansteckend war.

Er hechtete die wenigen Stufen zum Hyänengehege hinauf und stieß die beiden Typen, die Lance gepackt hatten, aus dem Weg. Dann schob er den Jungen außer Reichweite die Treppe hinunter. Als er sich wieder umdrehte, hatte sich Kyle drohend vor ihm aufgebaut.

»Warum vergreifst du dich zur Abwechslung nicht mal an jemandem, der dir auch gewachsen ist?«, fragte Xander.

Kyle sah ihn durchdringend an. »Wer hat dich denn gefragt, du Penner?«

Die Hyäne unterbrach das Geplänkel mit einem weiteren, langen Knurren, hob ihren Kopf ins Licht und grollte noch lauter. Alle Köpfe drehten sich nach ihr um. Das Tier war nicht unbedingt eine Schönheit, aber sein Blick hatte etwas geradezu Fesselndes, dem man sich nicht entziehen konnte.

So nahmen sie nicht wahr, dass die Augen der Hyäne nun grün aufleuchteten. Und natürlich konnten sie auch ihre eigenen Augen nicht sehen, die jetzt ebenfalls in einem grünen Licht schimmerten. Sogar die seltsame rote Zeichnung am Boden, auf der sie standen, fiel niemandem auf ... Wie gebannt verfolgten fünf Augenpaare die Hyäne, die jetzt knurrend in ihrem Käfig auf und ab lief.

Lance nahm die allgemeine Faszination zum Anlass, das Weite zu suchen, und rannte in Richtung Ausgang. Doch er stolperte, und sein Notizbuch, das er Tor entrissen hatte, schlitterte über den Boden. Er rappelte sich auf, griff danach und warf einen ängstlichen Blick zurück. Die anderen schienen seinen Sturz bemerkt zu haben, denn nun drehten sie sich langsam zu ihm um und ... lachten. Es war ein meckerndes, gemeines und irgendwie hysterisches Lachen.

Xander, der ihn gerettet hatte, wandte sich als Letzter um, und ... nein, er lachte nicht mit den anderen, aber auf seinem Gesicht lag ein schrecklich wissendes, bösartiges Lächeln.

Und Lance rannte.

Wenig später schlenderten Kyle, Rhonda, Tor und Heidi wieder durch den Zoo.

Die Schulbusse waren längst ohne sie abgefahren.

Aus einem sicheren Versteck heraus hatten sie die hektische Suche der anderen nach ihnen beobachtet, während sie sich gegenseitig anstießen und vor Lachen kaum halten konnten. Schließlich hatte Mr. Flutie die Anweisung gegeben, ohne sie aufzubrechen.

Ein weiterer schwarzer Fleck in unseren Führungszeugnissen, hatte Kyle gedacht. Horror!

Irgendwie würden sie schon nach Hause kommen. Niemand von ihnen hatte es wirklich weit. Kein Problem also.

Doch – und dies war wie eine unausgesprochene Übereinkunft zwischen ihnen gewesen – hatte es keiner von ihnen besonders eilig, zu gehen. Irgendetwas – vielleicht das Geräusch trampelnder Hufe, das Rascheln von Federn, der scharfe Geruch von Wild und Fell – hielt sie hier fest.

Auf eine seltsame Weise fühlten sie sich hier plötzlich fast wie zu Hause.

Und so spazierten sie umher und machten ihre Witze über die einheimische Fauna in ihren Gehegen wie auch über die Touristen aus Ohio oder Omaha, die offensichtlich zum ersten Mal einen kalifornischen Zoo besuchten.

Als sie eine kleine Brücke überqueren wollten, die zu einem inselförmigen Areal führte, auf dem die Lemuren lebten, kam ihnen Arm in Arm ein Pärchen Anfang Dreißig entgegen. Er war groß und glatt rasiert, sie war etwas kleiner, rothaarig und voller Sommersprossen. Frisch Verheiratete, die vielleicht gerade dabei waren, eine Familie zu gründen, typische Yuppies ...

Kyle hasste sie auf den ersten Blick.

Er wollte den anderen gerade etwas zuraunen, da traf sein Blick den von Rhonda, und er wusste, dass das nicht mehr nötig war. Wir sind uns einig, dachte er.

Das Pärchen war vor einem der Käfige stehen geblieben und drehte ihnen nun den Rücken zu. Kyle ging auf die Absperrung zu und stellte sich neben den Rotschopf.

»Gefallen Ihnen diese Äffchen?«, fragte er die junge Frau.

»Ich glaube nicht, dass man Lemuren zu den Affen zählt«, erwiderte sie. Ihr Begleiter starrte Kyle nur schweigend an.

Heidi pflanzte sich neben dem Mann auf und legte ihm vertraulich eine Hand auf den Arm. »Ich finde diese Tiere sehr lustig«, sagte sie. »Meinst du, die können uns von hier aus riechen?«

»Über das Wasser?«, fragte der Mann skeptisch. »Das glaube ich nicht.« Er wollte seinen Arm wegziehen, aber Heidi ließ nicht locker.

»Sie haben hoffentlich nichts dagegen, oder?«, wandte sie sich an die Frau. »Donald und ich kennen uns schon so lange.«

»Mein Name ist nicht Donald«, sagte der Mann mit Nachdruck.

»Das stimmt. Er heißt Henry«, meinte seine Frau.

Heidi lachte schallend auf. »Ich dachte, du hättest den Namen Henry endgültig abgelegt, Donald«, kicherte sie. »Jetzt sag mir bloß nicht, du hast ihr auch noch erzählt, dass du Programmierer bist.«

Die Miene des Mannes verfinsterte sich. »Jetzt hören Sie mal zu, ich weiß nicht, was für ein Spielchen Sie hier spielen, aber ...«

»Sehr gut«, meinte Rhonda augenzwinkernd. »Fast hätte ich dir die Nummer abgekauft, wenn ich dich nicht so gut kennen würde.«

»Henry, du kennst diese Leute doch nicht wirklich, oder?«, fragte die Rothaarige argwöhnisch.

»Natürlich nicht!«

»Das ist aber gar nicht nett von dir, Donald«, schmollte Heidi und legte beide Hände auf seine Brust. Er fegte sie ungehalten beiseite.

»Jetzt mach aber mal halblang, Donald«, meldete sich nun Tor zu Wort, streckte die Brust raus und ließ seine Armmuskeln spielen. »Ist das vielleicht eine Art, alte Freunde zu behandeln?«

Der Kopf der Frau zuckte hin und her, als ob sie einem Tennisspiel zusah. Dann plötzlich glitzerten Tränen in ihren Augenwinkeln.

»Ich hab diese Leute noch nie zuvor gesehen«, versicherte ihr Henry. »Und nun verschwinden Sie, bevor ich die Security rufe!«

»O mein Gott!«, sagte Kyle grinsend. »Alles, nur nicht das!«

»Das ist mein voller Ernst«, sagte Henry, zog ein Handy aus seiner Tasche und begann, eine Nummer einzutippen.

»Ich sagte, alles, nur nicht das«, zischte Kyle und schlug dem Mann das Telefon aus der Hand. Mit einem gedämpften Platschen landete es in dem künstlichen See.

Henry lief feuerrot an. »Haben Sie eigentlich eine Ahnung, wie viel ...«

»Lass gut sein, Donald«, schnitt Kyle ihm das Wort ab. »Wir haben genug von dir. Wenn du dieser netten Frau vorlügen möchtest, dass du uns nicht kennst, gut. Dann kennen wir dich eben auch nicht mehr. Los, Leute, wir gehen.«

Er schlenderte weiter über die Brücke, wobei er laut gegen das Holzgeländer trommelte. Auch ohne sich umzudrehen wusste er, dass die anderen ihm folgten. Hinter sich konnte er Henry und seine Frau streiten hören.

Kyle begann zu kichern. Heidi fiel mit ein. Innerhalb von Sekunden schütteten sich die vier schier aus vor Lachen. Auf der anderen Seite ließen sie sich auf eine Wiese fallen und rollten sich johlend hin und her.

Und sie lachten noch immer, als der Zoo eine Stunde später seine Tore schloss.

2

Das *Bronze* war überfüllt – was kein Wunder war.

Wenn es in der ganzen Stadt nur einen angesagten Club gibt, in dem die Kids unter einundzwanzig Musik hören, Kaffee trinken, tanzen und unter sich sein können, ist es kein Kunststück, die Bude voll zu kriegen.

Buffy Summers und Willow Rosenberg wandten sich von der Bar ab und wieder dem Geschehen zu. Buffy trug ein Croissant und ein Mineralwasser vor sich her, Willow hatte sich für eine Tüte Rosinen entschieden.

Sie ist heute irgendwie zerstreut, dachte Buffy, und man muss kein Genie sein, um zu raten, was sie so sehr beschäftigt. Soweit es Willow betraf, ging die Sonne mit Xander auf und auch wieder unter.

Willow hegte diese Gefühle für ihn, seit die beiden fünf Jahre alt waren – ein bisschen jung vielleicht für eine romantische Beziehung, aber bestimmt nicht für die erste Schwärmerei – obwohl sie natürlich davon überzeugt war, dass es sich nur um die wahre Liebe handeln konnte. Das war auch noch so, nachdem Xander die Frechheit besessen hatte, ihre Barbie kaputtzumachen.

Selbst das habe ich ihm verziehen, dachte sie mit einem nachsichtigen Lächeln. Selbst das.

Und in all den folgenden Jahren, in denen sie nichts weiter als gute Freunde gewesen waren, hatte sich an ihren Gefühlen zu ihm nichts geändert. Xander, ihr Kumpel ... Xander, der zu ihr gekommen war, um seinen jeweiligen Liebeskummer mit ihr zu teilen, und der nie erfahren hatte, wie es all die Jahre wirklich um sie stand ...

»Ich dachte, Xander wollte heute auch kommen«, sagte Willow, als sie einem freien Tisch zustrebten.

»Dann wäre er zur Abwechslung ja mal pünktlich«, meinte Buffy. »Das geht nun wirklich nicht.«

»Sag mal, war er auf der Rückfahrt im Bus eigentlich wegen irgendwas sauer?«, wollte Willow wissen.

»Wie kommst du darauf?«

»Weiß nicht«, erwiderte Willow. »Er war so still.«

Buffy ließ sich auf einen Barhocker gleiten. »Ist mir nicht aufgefallen. Aber andererseits bin ich, was Xander betrifft, auch nicht so hyperaufmerksam wie, na ja, wie du zum Beispiel.«

»Hyperaufmerksam?« Willow zog ebenfalls einen Stuhl heran.

»Na ja, ich wache eben nicht ständig über seinen Gesundheitszustand, seine geistige und seelische Verfassung, seinen Blutdruck ...«

»Hundertdreißig zu achtzig«, entfuhr es Willow.

Buffy lachte. »Die siehst, was ich damit sagen will, meine Liebe.«

»Er beschäftigt mich eben, wenn du verstehst, was ich meine.«

»Ja, ich erinnere mich dunkel«, sagte Buffy und verdrehte die Augen.

»Und dir ist das in letzter Zeit nicht mehr passiert?«

Buffy zuckte die Schultern. »Nicht dass ich wüsste.«

»Auch nicht bei diesem gefährlichen, geheimnisumwitterten älteren Mann, dessen Lederjacke du gerade trägst?«

Buffys Blick streifte die Jacke, die Angel ihr geschenkt hatte. Angel, der große, dunkle, geheimnisvolle Unbekannte, dessen Weg auf seltsame Art und Weise immer wieder den ihren kreuzte. Er hatte damals gesagt, dass ihr die Jacke viel besser stünde als ihm – was noch nicht mal annähernd der Wahrheit entsprochen hatte. Tatsächlich wirkte das schwere Ding an ihr fast immer deplatziert, so auch im Zusammenspiel mit dem blassgrünen Kleid, das sie heute Abend trug.

»Sie passt eben gut zu meinen Schuhen«, sagte sie schmollend.

»Ach, komm«, sagte Willow, die sie längst durchschaut hatte. »Du fährst doch total auf ihn ab. War nicht zu übersehen ...«

»Ich glaube, viele Mädchen finden ihn ziemlich attraktiv«, lenkte Buffy ein. »Wenn sie einen Blick dafür haben ... Also gut, zugegeben, er ist ein ziemlich süßer Typ.« Die Untertreibung des Monats, dachte sie. Doch Willow gegenüber wollte sie auf keinen Fall zu viel preisgeben. Willow fand das Ganze sowieso schon schrecklich romantisch, aber dem stand nun mal diese Jägerinnen-Sache im Weg ... Das gestaltet Rendezvous nicht gerade einfacher, fand Buffy. »Aber er ist ja kaum da«, fuhr sie dann fort. »Und wenn, dann redet er nur über Vampire, und ich kann einfach keine Beziehung führen, in der ...«

»Da ist er ja!«, unterbrach sie Willow.

Buffys Kopf flog herum. »Angel?«

»Nein, Xander!«

Und da sah Buffy ihn, wie er sich gerade seinen Weg durch die Menge bahnte. Er trug ein braunes Flanellhemd über einer dunklen Hose. Ein bisschen düsterer als sein sonstiges Outfit, stellte sie fest. Und er gebärdete sich auch anders als sonst. Buffy fiel auf, dass er geradezu lässig durch den Raum schlenderte, hin und wieder anhielt, um einer Frau nachzuschauen, einer Frau zuzulächeln, mit einer Frau zu flirten ... Gut, das war für Xander nicht gerade untypisch, aber normalerweise baggerte er nicht ganz so offensichtlich.

Schließlich war er an ihrem Tisch angekommen. »Mädels«, begrüßte er sie.

»Junge«, konterte Buffy.

»Sorry, bin spät dran«, fuhr er fort. »Hätte fast vergessen, dass wir verabredet waren.« Er warf einen Blick auf Buffys Teller. »Hunger«, war sein einziger Kommentar, dann brach er sich ein Stück von ihrem Croissant ab und schob es sich in den Mund.

Willow beschloss, dieses mehr als unhöfliche Benehmen zu ignorieren. Sie kannte Xander lange genug, doch Buffy würde seine Entgleisung für eine langjährige schlechte Gewohnheit halten.

»Xander, soll ich dir nun eigentlich morgen mit Geometrie helfen oder nicht?«, fragte Willow, während dieser sich gerade einen großen Schluck von Buffys Mineralwasser genehmigte. »Wir könnten uns gleich nach der Schule treffen.«

»Klar«, meinte er und betrachtete angewidert die Reste von Buffys Snack. »Was ist das denn für ein Fraß?«

»Tja, das war wohl mein Buttercroissant«, sagte Buffy nur.

»Mann, ich brauche dringend was Anständiges zwischen die Kiemen«, sagte Xander fast vorwurfsvoll, als ob Buffy ihn irgendwie beleidigt hätte. »Das war ja was für den hohlen Zahn!«

Er bemerkte, wie sich Willow und Buffy einen bedeutungsvollen Blick zuwarfen. »Was?«, fragte er mit einem unsicheren Grinsen.

»Was ist eigentlich los mit dir?«, wollte Buffy wissen.

Willow schien die ganze Angelegenheit persönlicher zu nehmen. Nervös bearbeitete sie ihre Rosinentüte. »Ist was nicht in Ordnung? Hab ich was falsch gemacht?«

»Blödsinn! Was sollte das wohl sein?«, fragte Xander gereizt. »Nein, ich bin nur ein bisschen ... unruhig.«

»Wir könnten ins Eiscafé gehen«, schlug Willow vor.

Xander hob den Kopf und ließ seinen Blick über die Menge schweifen, als ob er nach jemandem suchte. Oder sein Territorium in Augenschein nahm. »Also, mir gefällt's hier ausgezeichnet.«

Und als ob sein bisheriges Verhalten nicht schon merkwürdig genug war, begann er nun auch noch, an Buffys Haaren zu schnüffeln.

»Was soll das?«, fragte sie irritiert.

»Du hast gebadet«, erklärte er, obwohl »erklären« wohl kaum das richtige Wort war, da er so gut wie nichts erklärte. Er begann sich zu kratzen.

Flöhe?, wunderte sich Buffy. »Ja, das pflege ich öfter zu tun«, erwiderte sie.

»Kein Problem«, sagte Xander.

Danke, Xander, dass du mir deine Erlaubnis erteilst, dachte Buffy. Und im Tonfall eines TV-Moderators fuhr sie fort: »Der Preis für das befremdlichste Verhalten geht heute an ...«

Doch er hörte schon gar nicht mehr zu. Seine Aufmerksamkeit galt etwas, das sich bei der Tür abzuspielen schien. Buffy folgte seinem Blick.

Und bedauerte es im gleichen Moment.

Kyle, Heidi, Tor und Rhonda waren hereingekommen. Die Gute-Laune-Truppe.

»Na toll«, knurrte sie. »Die schon wieder.«

Die Kyle-Gang durchquerte das *Bronze* und steuerte direkt auf den Tisch zu, an dem Xander zwischen Buffy und Willow stand.

Xander konnte seinen Blick nicht von ihnen abwenden, ja konnte noch nicht einmal blinzeln, wie er beiläufig feststellte. Seine Augen waren starr auf die von Kyle geheftet. Sie waren niemals Freunde gewesen, aber nun schien es, als hätten sie irgendetwas gemeinsam.

Xander wusste nur noch nicht, was es war.

Die Gruppe hatte den Tisch von Buffy und Willow erreicht, doch alle starrten nur Xander an. Er nickte ihnen wortlos zu, als sie vorbeigingen, wandte sich um und verfolgte sie mit seinem Blick.

Kyle und sein Gefolge gesellten sich zu einem Tisch, der bereits von zwei Kids besetzt war. Der eine Junge war ziemlich kräftig, der andere war etwas schlanker und kam Xander irgendwie bekannt vor, obwohl er nicht wusste, wo er ihn hinstecken sollte. Kyle und Rhonda postierten sich links und rechts neben den fetten Jungen, während dessen Kumpel kommentarlos den Tisch verließ.

»Kannst du mir sagen, was du an unserem Tisch verloren hast?«, fragte Kyle den Dicken.

»Und überhaupt, eigentlich solltest du doch als Goodyear-Reklame über dem Footballstadium schweben?«, warf Rhonda ein.

Alles lachte, auch Xander. Er lachte noch, als er sich umdrehte und sein Blick den von Buffy traf. Offensichtlich hat sie den Witz nicht verstanden, dachte er.

»Der Typ ist ein Fettsack«, sagte er, als ob das alles erklären würde.

Er sah zu Willow hinüber. Sie wirkte geradezu bestürzt. Nicht mal Willow schien ihn verstanden zu haben ...

Am nächsten Tag traf Buffy ihren Wächter zu ihrem regelmäßig stattfindenden Sparring.

Giles war mit einem schweren gepolsterten Körperschutz und riesigen Boxhandschuhen ausgestattet. Buffy trug ebenfalls Boxhandschuhe, hatte aber darüber hinaus keine weiteren Schutzmaßnahmen getroffen, denn es war sie, die trainierte und die Schläge verteilte. Sie war die Jägerin. Giles war Bibliothekar und ihr Wächter und Ausbilder, kein Krieger. Sein Job war es, die Jägerin zu lehren und zu leiten, allerdings stand in seinem Arbeitsvertrag nicht, dass er sich von ihr auch regelmäßig die Seele aus dem Leib prügeln lassen musste, Schutzpolster hin oder her ...

Gerade führte sie mit dem rechten Fuß einen eingedrehten Tritt aus, wirbelte herum, um mit einem Schlag nachzusetzen, sprang dann hoch und landete einen Twin-Straddle-Kick gegen seine erhobenen Boxhandschuhe. Ihre Schläge und Tritte waren hart, sie hielt sich nicht zurück und verausgabte sich total.

Schwer atmend wollte sie ihre Attacke fortsetzen, doch Giles wedelte heftig mit seinen Handschuhen. »Nun gut, das sollte für heute genügen.«

»Ach, wirklich? Ich fand die letzte Kombi ein bisschen lasch. Sicher, dass wir das nicht noch mal üben sollten?«, fragte Buffy.

»Nein, nein, das war schon ganz in Ordnung«, sagte er schnaufend. Buffy hatte Giles schon oft in Aktion erlebt und fand, dass er für sein Alter noch ziemlich fit war. »Du musst zum Unterricht«, fügte er hinzu, »ich warte dann mal darauf, meine Arme wieder spüren zu können ...«

Unterricht – der härteste Teil im Leben einer Jägerin.

Zumindest einer von vielen. Sie war nun einmal die Jägerin, ob es ihr passte oder nicht. Sie hatte sich nicht darum gerissen, so wie man sich um einen Posten als Cheerleaderin bewirbt. Ihre Aufgabe verlangte ihr eine Menge ab. Nie konnte sie unbeschwert mit ihren Freunden herumhängen, dafür lastete die allgegenwärtige Verantwortung einfach viel zu schwer auf ihr.

Wenn die anderen Kids abends ausgingen, dann, um Spaß zu haben oder irgendeinen Unfug zu treiben. In ihrem Fall war es nur eine Nacht von vielen, in denen sie ihrem Job nachging und die Welt von blutsaugenden Untoten befreite. Und trotzdem muss ich am nächsten Tag wieder zur Schule ..., seufzte sie innerlich.

Als Buffy im Flur um eine Ecke bog, war von Ferne ein Aufruhr zu hören. Schüler kreischten und rannten herum. Und in all dem Chaos war Direktor Fluties unverwechselbare Stimme nicht zu überhören.

»Aufpassen!«, schrie er. »Festhalten! Er rennt weg!«

Wieder ertönte Kreischen. Es klang nicht panisch – und es war helllichter Tag –, insofern wurden Buffys Jägerinneninstinkte nicht alarmiert. Von Neugier getrieben eilte sie weiter.

»Haltet das Biest«, rief Mr. Flutie.

Als Buffy um die letzte Ecke bog, sah sie es, und es kam direkt auf sie zugeschossen. Das kleine rosafarbene Ferkelchen rannte, als stünde es auf der Mittagskarte der Mensa. Vielleicht schämte es sich aber auch einfach wegen des lächerlichen Outfits, das man ihm verpasst hatte. Diese Vandalen, dachte Buffy nur.

Sie bückte sich, schnappte das Schweinchen und nahm es vorsichtig auf den Arm. Das arme Ding trug einen winzigen Sunnydale-High-Footballhelm, an seiner Schnauze waren Hauer aus Pappmaschee befestigt, und sein Rücken zierte eine Reihe grüner Schaumstoffdreiecke, sodass das Tier nun aussah wie ein Zeichentrick-Dino mit zackenbewehrtem Rückgrat.

Mr. Flutie eilte schnaufend herbei. »Du böser Herbert«, schimpfte er. »Hast dem armen Flutie aber einen ganz schönen Schrecken eingejagt.«

Er drehte sich zu den Kids auf dem Flur um und rief: »Schüler, darf ich euch Herbert vorstellen, das neue Maskottchen für die Sunnydale-High-Razorbacks!« Gedämpfter Applaus.

»Der ist aber niedlich«, meinte Buffy.

»Er ist *nicht* niedlich«, sagte Mr. Flutie empört. »Er ist ein gefährlicher Razorback, schau dir doch seinen Rücken an!« Triumphierend riss er beide Arme in die Höhe, und wieder wurde vereinzelt geklatscht.

»Er sieht überhaupt nicht gefährlich aus«, sagte Buffy und sah zweifelnd auf die geschundene Kreatur.

»Ist er aber, denn er ist für den Kampf bestens gerüstet«, sagte Mr. Flutie und deutete auf Herberts Schnauze. »Hier die gefährlichen Hauer, dort der Furcht einflößende rasiermesserscharfe Rücken ...«

Nun dämmerte es Buffy. »Verstehe«, sagte sie. »Tja, ich denke, er wird ganz sicher den Teamgeist unserer Schule stärken.«

»Das will ich ihm auch geraten haben. Er kostet mich ein Vermögen.« Mr. Flutie beugte sich vor und sprach nun direkt zu Herbert. »Komm, ich bringe dich zurück in deinen Käfig.« Er griff nach ihm, und Herbert gab ein klägliches Quieken von sich. Flutie wich zurück und bedeutete Buffy, ihm zusammen mit dem Maskottchen zu folgen. »Hier entlang«, rief er ihr zu.

Buffy trottete hinter ihm her. Das kleine Ferkel grunzte zufrieden in ihrem Arm.

Willow und Xander saßen auf der Steinmauer, die das Schulgelände umgab.

Auf Willows Knien lag das Geometriebuch, während Xander, mit Notizblock und Bleistift ausgerüstet, halbherzig Zahlen und Linien zu Papier brachte.

Sie waren schon rein optisch ein sehr gegensätzliches Paar: Die rothaarige Willow mit ihrem orangefarbenen Pulli über dem karierten Rock und der dunkelhaarige Xander, dessen Outfit heute ganz in Schwarz- und Grautönen gehalten war.

»Ich kapier das nicht«, stöhnte Xander.

»Es ist wirklich ganz einfach«, dozierte Willow. Sie konnte sich nicht erklären, warum Xander heute so ungeduldig war, doch sie wollte versuchen, ihrerseits besonders nachsichtig zu sein – zum Ausgleich sozusagen. »Also, im rechtwinkligen Dreieck ist die Summe der Quadrate über den Katheten gleich dem Quadrat über der Hypotenuse ...«

»Das sind für mich böhmische Dörfer, diese ganzen Zahlen und Winkel ...«, unterbrach er sie. Ich hab weiß Gott Besseres zu tun, als mich mit dämlichen Matheproblemen rumzuschlagen, dachte er. Was ich wissen muss, weiß ich schon: wie schnell, wie stark, wie gemein? Das allein zählt ...

»Aber das haben wir doch alles schon letzte Woche durchgenommen. Da hattest du es doch verstanden.«

»Wozu muss ich diesen Mist überhaupt lernen?«, fragte Xander gereizt.

»Weil du sonst durch die Prüfung rasselst?«

»Und was wäre so schlimm daran?«

Sie führten dieses Gespräch nicht zum ersten Mal. »Nun ja«, sagte Willow ruhig. »Du schaffst Mathe nicht, du fliegst von der Schule, und am Ende stehst du dann in dieser Pizzabude, wischst den Boden und sagst dir ›Hey, Leute, wo gehen dieses Wochenende noch mal die coolen Partys ab?‹ Mensch, das hatten wir doch alles schon mal!«

Während sie sprach, rieb sich Xander unablässig über den Nasenrücken.

»Hast du Kopfschmerzen?«, fragte sie besorgt.

»Ja«, erwiderte er. »Und ich kann mir auch denken, warum.« Er sprang auf, schnappte sich das Geometriebuch und warf es in den nächsten Papierkorb. »So ist's schon besser«, sagte er. »Damit hätten wir das Übel an der Wurzel gepackt.«

»Xander ...«

Er schnitt ihr das Wort ab. Genug ist genug, dachte er. Selbst das kleinste Bisschen davon ist schon genug. Es reicht! »Vergiss es, okay? Ich kapier's nicht und werde es nie kapieren. Und weißt du was? Es ist mir auch scheißegal!« Er warf sein Notizbuch in Willows Schoß und ging davon.

Weil Willow und Xander schon sehr lange befreundet waren und sie fast ebenso lange eine Schwäche für ihn hatte, sah sie ihm eine Menge nach. Auch das wird irgendwann vorübergehen, dachte sie. »Wir können es ja später noch mal versuchen«, rief sie ihm nach, aber er war schon außer Hörweite.

Buffy folgte Mr. Flutie in ein Klassenzimmer, in dem der Käfig für Herbert stand.

»Das Problem mit den Jugendlichen von heute ist doch«, sagte Flutie, als sie den Raum betraten, »dass euch jeglicher Gemeinschaftsgeist fehlt ... Moment, ich befreie Herbert eben von seiner Verkleidung ...«

Er nahm dem Ferkel den Minihelm und die anderen Verunstaltungen ab. »Heute geht's doch nur noch darum, in welcher Gang man ist, welche Drogen man nimmt und welchen Sexkanal man abonniert hat.« Er sah Buffy an und fügte schnell hinzu: »Ich hab kein Kabel – hab nur davon gehört ...

Na ja, als ich in eurem Alter war, lag uns der gute Ruf unserer Schule und des Footballteams sehr am Herzen.« Und als ob ihm jetzt klar wurde, was er da von sich gab, meinte Flutie noch: »Und natürlich gab's damals auch diese Grufties, die einem erzählten, dass früher alles besser war.« Er wandte sich dem Käfig zu.

Buffy lachte freudlos auf. »Ja ja ...«, sagte sie mehr zu Herbert als zu Flutie. Für einen Rektor ist er gar nicht so auf den Kopf gefallen wie er immer tut, dachte sie.

Sie stand noch immer mit dem Ferkel da, als Xander hereinkam und an ihnen vorbeiging. Er sagte nichts, sondern warf Herbert nur einen kurzen Blick zu. Das Schwein quiekte ängstlich und versuchte heftig, sich zu befreien. Buffy fand das Verhalten ihres Freundes ziemlich komisch. Komischer noch fand sie allerdings, dass das Ferkel bei Xanders Auftauchen so panisch reagiert hatte und ihr fast vom Arm gesprungen war. Und auch als Xander schon längst außer Sicht war, zappelte es noch erschrocken herum. Warum hat Herbert auf einmal solche Angst?, wunderte sie sich.

Ein plötzlicher Sturm war im Laufe des Tages über Sunnydale hereingebrochen und brachte Regen, Blitz und Donner.

Regen hatte seine Vor- und Nachteile. Einer der Nachteile bestand darin, dass der Sportunterricht in die große alte Sporthalle verlegt werden musste. Erschwerend kam hinzu, dass Coach Herrold, der noch nie ein Improvisationsgenie gewesen war, nur über ein sehr begrenztes Repertoire an Indoor-Aktivitäten verfügte. Das war hart, besonders, da die Basketballsaison vorbei war.

Coach Herrold war ein Schrank von einem Mann, mit silbergrauem Haar und militärischem Habitus. Es ging das Gerücht um, dass er viele Jahre als Sergeant Rekruten ausgebildet haben sollte. Das erschien Buffy nicht ganz abwegig. Dieser Job stellte neben dem Schuldienst schließlich eine willkommene Möglichkeit dar, blinden Gehorsam von seinen Untergebenen einzufordern.

»Also gut, es regnet«, sagte Coach Herrold, wobei er zackig zwischen den beiden soeben zusammengestellten Schülermannschaften auf und ab marschierte. Er trug einen roten Gummiball unter dem Arm, andere waren bereits unter den Anwesenden verteilt worden. »Ihr wisst, was das bedeutet? Richtig, Völkerball!« Er hob seinen Ball in die Luft, als ob er den Kids zeigen wollte, wie so ein Ding aussah. »Und für die, die vielleicht die Regeln vergessen haben sollten, nur so viel: Jeder gegen jeden!«

Er warf Buffy seinen Ball zu, trat einen Schritt zurück und blies in seine unvermeidliche Trillerpfeife. Die beiden Mannschaften stoben auseinander und stellten sich vor den gegenüberliegenden Wänden auf. Das jeweilige Ziel im gegnerischen Team ließen sie nicht aus den Augen.

Coach Herrold pfiff erneut, und Bälle flogen durch die Luft.

»Du bist raus!«, triumphierte ein Schüler, als das Ziel seiner Attacke von einem Ball getroffen wurde. Andere folgten Schlag auf Schlag und stellten sich am Seitenrand auf. Um beim Völkerball zu überleben, musste man leichtfüßig sein und schnell reagieren. Buffy und Willow hatten beide mit einem Wurf begonnen, aber das hatte ihnen nur für einen kurzen Moment einen Vorteil verschafft.

Buffy hatte den Verdacht, dass Rhonda Kelley es auf sie abgesehen hatte, aber in einem Jeder-gegen-jeden-Spiel war so etwas schwer zu sagen. Einige Leute warfen den Ball fester als andere, und Buffy musste einer Reihe wohlgezielter Geschosse ausweichen, die bedrohlich nahe an ihr vorbeisausten. Aus den Augenwinkeln sah sie Xander, der gerade zu einem kraftvollen Wurf ausholte. Doch noch ehe sie ausmachen konnte, wen er aufs Korn genommen hatte, traf sein Ball Willow mit voller Wucht im Rücken.

Der Blick, den Willow Xander zuwarf, als sie vom Platz ging, brach Buffy fast das Herz. Doch sie hatte keine Zeit, sich weitere Gedanken darüber zu machen. Ihre letzte Mannschaftskollegin hatte soeben den Platz verlassen, und sie stand nun allein sechs Gegnern gegenüber.

Und es waren nicht irgendwelche Gegner. Sie hießen Xander, Kyle, Rhonda, Tor, Heidi und Lance.

Für einen Moment erschien vor ihrem geistigen Auge die gestrige Szene im *Bronze*, und auch der Zooausflug kam ihr wieder in den Sinn. Das ist alles ziemlich komisch, dachte sie. Bereit, sich der Herausforderung zu stellen, ging sie in Position. Doch plötzlich wandten sich die anderen um und kreisten Lance Lincoln ein. Nervös machte der Junge einen Schritt zurück.

Kyle führte den ersten Wurf aus, und Lance ging stolpernd zu Boden. Dann schnappte er sich einen anderen Ball und schmetterte ihn erneut auf Lance. Die anderen folgten seinem Beispiel, und bald prasselten zahlreiche harte Treffer auf den Jungen nieder. Es war, als wollten sie den armen Kerl am Boden festnageln.

Empört sprintete Buffy über das so genannte Niemandsland auf die Meute zu und zu dem am Boden liegenden Lance. Sie ergriff seine Hand und half ihm wieder auf die Füße. Die anderen sahen sie nur schweigend an. Sie erhaschte einen Blick auf Xander und hoffte, in seinen Augen irgendetwas zu finden, das sie an das erinnerte, was er einmal gewesen war.

Aber da war nichts. Dort stand ein Fremder. Grinsend wandte er sich um, und seine neuen Freunde folgten ihm.

Game over. Eine zufrieden stellende Vorstellung, zumindest, wenn es nach Coach Herrold ging. »Mann, ist das ein brutales Spiel«, rief er. »Mein absoluter Favorit!«

Vor der Sporthalle wartete Willow auf Xander.

Mit hängendem Kopf stand sie gegen ihren Spind gelehnt, als er in Begleitung von Kyle und seiner Gang herauskam. Sie alle trugen schwarze oder braune Kleidung, als ob sie sich abgesprochen hätten.

»Xander«, sagte sie und trat auf ihn zu. »Was ist eigentlich los mit dir?«

Er warf seinen Freunden einen kurzen Blick zu, ergriff Willow am Ellbogen und zog sie beiseite. »Ich nehme an, du spielst auf mein verändertes Verhalten dir gegenüber an?«, sagte er ruhig.

»Ja.«

»Ich glaube, es liegt daran«, er machte eine kurze Pause und sah sie an, »dass sich meine Gefühle für dich geändert haben ...«

Ihr Herz machte einen Satz. Jetzt kommt's nur noch darauf an, wie er das gemeint hat ...

»Tja, also«, fuhr Xander leise fort, »wir sind nun schon so lange befreundet, dass ich das Gefühl habe, dir unbedingt etwas gestehen zu müssen.«

In Willows Bauch machten sich Schmetterlinge breit. Wird er mir endlich sagen, was ich schon immer von ihm hören wollte? Wird er mich fragen, ob ich am Freitag mit ihm ausgehen möchte? Wird er mich bitten, ihn zu heiraten? Wird er mich fragen, ob ich große Familien mag? Ihre Nervosität wuchs.

Xanders Ton wurde noch ernster. »Also, ich habe beschlossen ...«, er stockte kurz. »... Mathe sausen zu lassen. Mit anderen Worten: Ich brauche keine Nachhilfe mehr von dir.«

Willow spürte, wie alle Hoffnung in ihrem Herzen erstarb, wie ihre Gesichtszüge zu entgleisen drohten. Sie musste sich sehr zusammennehmen, um nicht die Fassung zu verlieren.

»Was wiederum bedeutet«, Xander sprach nun lauter, sodass auch die anderen ihn hören konnten, »dass ich nie wieder deine dumme Visage sehen muss!« Er begann wiehernd zu lachen, und die anderen fielen grölend mit ein.

Beschämt und verletzt senkte Willow den Blick, ihre Augen füllten sich mit Tränen. Dann drehte sie sich um und ging davon. Sie nahm nicht mehr wahr, dass Buffy, die an ihrem Schrank stand, die Szene mitbekommen hatte.

Als Willow den Korridor entlangging, verfolgte sie das bösartige Gelächter der anderen wie Totengeläut bei einer Beerdigung.

Es war eine völlig neue Erfahrung für Xander.

Plötzlich schien der Campus ihm allein zu gehören. Was für ein tolles Gefühl, wenn die anderen einen Schritt zurücktraten, sobald sie ihn näher kommen sahen. Er fühlte sich unangreifbar und stark. Er wusste nicht, wann er sich jemals so präsent, so lebendig gefühlt hatte. Seine Sinne waren geschärft, seine Muskeln gespannt, sein Geist wach und klar. Und er hatte Freunde, die ihm den Rücken stärkten: Kyle und Rhonda, Tor und Heidi. Immer häufiger in den letzten Stunden empfand er sich als Teil eines Rudels – sie waren wie Tiere auf der Jagd.

Ich weiß zwar noch nicht, was wir eigentlich jagen, dachte er, aber ich werde es wissen, wenn es soweit ist, da bin ich mir sicher …

Er blieb stehen, und die anderen taten es ihm gleich. Die Gruppe, nein das Rudel, bewegte sich im perfekten Einklang und reagierte auf jedes noch so kleine Körpersignal des anderen.

Xander hob den Kopf, schnüffelte, nahm eine Witterung auf.

»Hunde«, sagte er.

»Wo?«, fragte Kyle. Xander nickte mit dem Kopf in Richtung der Picknicktische und setzte seinen Weg dorthin fort.

An einem der Tische saßen drei Jungs, aßen Hotdogs und fachsimpelten über eine Band, die sie zuletzt im *Bronze* gehört hatten. Xander erkannte einen von ihnen wieder. Sein Name war Adam Irgendwas. Für einen Nachnamen ist er nicht wichtig genug, dachte er, denn er ist nicht Teil des Rudels.

»Bist du noch ganz dicht?«, sagte Adam gerade zu einem seiner Kumpel, während Xander und die anderen näher kamen. »So spielt man doch nicht Leadgitarre. Das war doch nur armes Drauflosgehacke.«

Xander baute sich direkt vor dem Tisch auf, und seine Freunde scharten sich um ihn. Adam sah zu ihnen auf. »Hi, Xander«, sagte er. »Hast du zufällig *Wretched Refuse* gesehen? Was hältst du denn von dem Leadgitarristen?«

Die Frage war so dämlich, dass sich jede Antwort darauf von selbst verbot. Xander ignorierte ihn und beobachtete stattdessen amüsiert, wie Tor und Heidi sich über den Tisch lehnten und an den Hotdogs vergriffen – wobei sie ausschließlich am Fleisch interessiert waren und die Brötchen mit Missachtung straften.

»Moment mal«, protestierte Adam. »Hey, was macht ihr denn da …«

»Halt's Maul«, schnitt Rhonda ihm das Wort ab.

»Hier wird geteilt, verstanden?«, befahl Kyle eisig.

»Das ist so üblich unter Freunden«, ergänzte Xander.

Herzhaft bissen Heidi und Tor in ihre erbeuteten Hotdogs.

»Und? Gut?«, fragte Xander.

»Das Fleisch ist zu durch«, knurrte Tor und warf die Reste seines Hotdogs auf das Tablett zurück.

»Also wirklich …«, gab Adam von sich. Xander fand, er klang irgendwie empört. So, als ob es für seine Existenz einen anderen Grund gäbe, als den, ihm und seinen Freunden als Nahrungslieferant zu dienen. »Leute, das ist nicht komisch!«

Doch Xander hatte schon wieder etwas gewittert. Abrupt drehte er sich um und verließ Adam und dessen Kumpel, als ob sie nie da gewesen wären.

Das Rudel setzte sich in Bewegung und folgte ihm. Kyle nahm den Weg über den Tisch und stapfte dabei achtlos über die Tabletts mit dem geschändeten Essen.

Xander führte sie ins Schulgebäude und nahm die Fährte auf.

Der Geruch wurde stärker, als sie durch die Flure nach oben schlichen. Irgendwo hier muss es sein, dachte er, etwas, das für unser Rudel leichte Beute sein wird …

Er führte die Gruppe vor einen Klassenraum. Xander öffnete die Tür, und sie traten ein. Das Zimmer war leer. Nur ein einsamer Käfig stand darin. Und in ihm lag ein Ferkel. Saftig, rosa, süß und verlockend.

Xander kniete sich neben den Käfig und betrachtete das kleine Schweinchen, das nun aufgeregt zu quieken begann.

Er grinste. »Zeit fürs Mittagessen, Leute!«

3

Seine Sinne waren einfach erstklassig.

Keine Regung, kein Geräusch, kein Geruch in seiner Umgebung entging ihm. Er spürte den schwächsten Sonnenstrahl auf seiner Haut und die leichteste Brise in seinem Haar. Er vermochte das Parfüm eines Mädchens zu riechen, das auf der anderen Seite des Schulgeländes stand. Ja, er konnte mühelos ein geflüstertes Gespräch hören, das einen Block von ihm entfernt geführt wurde.

Doch all das interessierte ihn nicht. Keiner dieser Leute war von Bedeutung für ihn. Allein das Rudel zählte.

Er teilte die Menge auf dem Campus wie ein Schwimmer die Fluten. Aus den Augenwinkeln konnte er Furcht auf den Gesichtern seiner Mitschüler ablesen. Er löste Angst und Entsetzen aus, und er liebte es. Auf ihrem Weg passierten er und sein Gefolge auch Lance, der sofort mit eingezogenem Kopf einige Schritte zurückwich. Sie ließen ihn unbehelligt; für sie war er nicht wichtiger als ein Käfer im Dreck.

Plötzlich weckte etwas Xanders Interesse. Er drehte seinen Kopf, und da sah er sie. Sie saßen auf einer niedrigen Mauer im zweiten Stock und hatten ihm den Rücken zugewandt. Doch er erkannte sie trotzdem sofort. Erkannte sie an ihren Bewegungen, ihren Stimmen, ihren Gerüchen. Es waren Buffy und Willow. Er blieb stehen und hörte ihnen interessiert zu.

»Ich kenne Xander schon mein Leben lang«, sagte Willow mit erstickter Stimme. »Okay, wir waren nicht immer die besten Freunde, aber so wie jetzt ... so war er noch nie ...« Sie sah Buffy an, und Tränen glitzerten in ihren Augen.

»Ja, irgendwas stimmt nicht mit ihm«, bestätigte Buffy.

»Vielleicht stimmt ja mit mir was nicht«, wandte Willow ein.

»Blödsinn!«

»Na ja«, sagte Willow nachdenklich. »Immerhin lässt er dich im Gegensatz zu mir völlig in Ruhe. An dir schnüffelt er neuerdings nur herum ... Vielleicht bin ich ja inzwischen für ihn so was wie das fünfte Rad am Wagen?«

»Du meinst, es hat was mit mir zu tun?«, fragte Buffy und wusste gleichzeitig, dass das nur eines bedeuten konnte. Immerhin war ihr nicht entgangen, dass Xander von Anfang an in sie verknallt gewesen war. Und doch machte das alles keinen Sinn. Er musste doch wissen, dass er es sich mit ihr verscherzte, wenn er Willow vor den Kopf stieß und seine Mitschüler schikanierte.

»Natürlich!«, sagte Willow resigniert.

Buffy schüttelte den Kopf. »Nein«, erwiderte sie bestimmt. »Und das erklärt auch nicht, warum er neuerdings ständig mit diesen Schwachköpfen herumhängt.« Sie rutschte von der Mauer und sah ihre Freundin ernst an. »Irgendwas geht da vor, wenn du mich fragst.« Sie sah auf ihre Uhr und setzte sich in Bewegung.

»Was hast du vor?«, rief Willow ihr nach.

»Mit unserem Experten für unerklärliche Phänomene reden.«

Sie traf den Experten in seinem natürlichen Lebensraum an. In der Schulbibliothek.

Giles schien gerade irgendetwas zu katalogisieren, denn er trug ein Clipboard mit sich herum, wanderte von Regal zu Regal und machte Notizen.

Buffy folgte ihm und berichtete dabei, was vorgefallen war.

»Xander hat sich also darauf verlegt, Schwächere zu drangsalieren?«, fragte Giles schließlich.

»Genau.«

»Und er hat sowohl sein äußeres Erscheinungsbild als auch seinen Habitus verändert?

»Richtig.«

»Und darüber hinaus verbringt er neuerdings seine Zeit mit geistig Minderbemittelten?« Giles öffnete einen Karteikasten und kramte darin herum.

»So ist es. Schlimme Sache, was?«

»Das ist geradezu verheerend!«, stimmte der Wächter zu. »Ich fürchte, er hat sich in einen Sechzehnjährigen verwandelt.« Er schloss den Karteikasten. »Du wirst ihn natürlich töten müssen.«

»Giles, ich meine es ernst«, sagte Buffy.

Giles durchquerte den Raum und ging zu einem Bücherschrank. »Ich auch, bis auf die Sache mit dem Töten natürlich.« Er drehte sich um und sah Buffy an, als ob er ihr eine Erklärung schuldig sei. »Testosteron ist unberechenbar«, sagte er. »Es vermag aus Männern komplette Vollidioten zu machen. Ich denke, er wird irgendwann schon wieder darüber hinwegkommen.«

»Ich fasse es nicht, dass ausgerechnet Sie die Scully spielen«, empörte sich Buffy. »Verdammt, Giles, da ist was Übernatürliches am Werk!« Sie schob einen Stapel Bücher in seine Richtung. »Los! Suchen Sie! Finden Sie eine Erklärung für das Phänomen!«

Giles nahm die Bücher und stellte sie wieder an ihren ursprünglichen Platz. »Und was genau soll ich suchen?«

»Keine Ahnung«, murmelte Buffy. »Das ist schließlich Ihr Metier.«

»Die Fakten, die du mir genannt hast, sind gelinde gesagt spärlich«, wandte Giles ein, und Buffy ahnte, dass sie so gut wie verloren hatte.

»Außerdem hat er das Schwein zu Tode erschreckt!«, fiel ihr ein.

Giles runzelte nur die Stirn.

»Ja, das hat er wirklich!«

»Jungs können manchmal grausam sein«, sagte Giles und blätterte in einem seiner Bücher. »Sie ziehen andere auf und machen Jagd auf vermeintlich Schwächere. Das ist unter Teenagern ein ganz normales Verhaltensmuster.«

»Was haben Sie da gerade gesagt?«

»Ähm ... Sie ziehen andere auf ...«

»Und sie machen Jagd auf Schwächere!«, unterbrach ihn Buffy. »Das hab ich doch schon mal irgendwo gehört.« Und da fiel es ihr ein. Der Tierpfleger! »Wissen Sie, Giles, eigentlich hat das Ganze an dem Tag angefangen, als wir mit der Schule im Zoo waren. Er und Kyle und diese anderen aus seiner Gang sind in das Hyänengehege eingedrungen und ... O Gott, und dann dieses Gelächter ...«

»Willst du damit sagen, dass Xander zur Hyäne geworden ist?«, fragte Giles zweifelnd. Dabei hatten sie doch schon so viele seltsame Dinge zusammen erlebt.

»Ich weiß nicht«, antwortete Buffy. »Vielleicht ist er ja von einer besessen. Nicht nur Xander, sondern die ganze Gruppe.«

Giles schüttelte den Kopf und zupfte an seinem Ohrläppchen.

Er glaubt mir noch immer nicht, dachte Buffy.

»Nun«, sagte Giles, »ich habe ehrlich gesagt noch nie gehört, dass ...«

In diesem Moment stürmte Willow in die Bibliothek, offensichtlich sehr bestürzt.

Was hat Xander denn nun schon wieder angestellt?, fragte sich Buffy.

»Herbert«, rief Willow atemlos. »Man hat ihn gefunden!«

»Das Schwein?«, fragte Buffy.

»Er ist tot«, fügte Willow mit Grabesstimme hinzu. »Und aufgefressen! Flutie flippt gerade total aus.«

Buffy warf Giles einen vorwurfsvollen Blick zu. »Testosteron, ja?«

Der Wächter biss sich auf die Unterlippe und strebte auf eine Regalreihe zu.

»Was haben Sie vor, Giles?«, wollte Willow wissen.

»Ich konsultiere meine Bücher!«

Er fand sie am Picknicktisch.

DuFours, Kelley, Hauer und Barrie.

Flutie kannte jeden von ihnen gut. Mit anderen Worten: Ihre Führungsakten waren ihm wohl vertraut. Oder noch anders formuliert:

Diese vier zählten zu jenen Schülern, die jedem Rektor Albträume verursachten, Schüler, die nur am Unterricht teilnahmen, weil sie mussten, und die der Schulleitung nichts als Ärger und Arbeit brachten. Nicht dass sie dumm waren, nein, sie entzogen sich einfach nur jeglicher pädagogischer Bemühung. Diese Kids waren mit nichts zu motivieren. Für sie zählte nur Geld und Macht, etwas, mit dem ein Highschooldirektor nun einmal nicht dienen konnte.

»Hey, ihr!«, rief er ihnen zu.

Kyle DuFours sah gelangweilt auf. »Was?«

Flutie kam direkt zur Sache. »Glaubt bloß nicht, dass ich nicht Bescheid weiß«, sagte er wütend. »Drei Schüler haben euch beobachtet, wie ihr vor Herberts Zimmer rumgelungert habt. Ihr seid erledigt, Leute. Das war's. Ihr fliegt.«

»Was macht Herbert denn so?«, fragte Rhonda Kelley.

»Dumme Frage. Er stärkt gerade gewisser Leute Teamgeist«, meinte Heidi Barrie, und die anderen brachen in hämisches Gelächter aus.

Das reichte. Flutie hatte endgültig genug. »In mein Büro!«, brüllte er. »Alle! Sofort!«

Niemand rührte sich. Die vier saßen einfach nur da und sahen ihn an. Das hysterische Gelächter war verebbt, und ihre Blicke waren kalt und unverwandt auf ihn gerichtet.

»Ich sagte *sofort!*«

Kyle erhob sich als Erster. Die anderen folgten seinem Beispiel. Mr. Flutie ging voran, und die Gruppe trottete ihm in Richtung Schulgebäude hinterher.

»Ich werde euch so lange nachsitzen lassen«, grollte er, »dass noch eure Enkel davon sprechen werden.«

Die Bibliothek scheint Buffy gut zu tun, dachte Willow. Hier hat sie gelernt, zu recherchieren, wenn es nötig sein sollte. So wie heute.

Willow liebte es, theoretische Nachforschungen anzustellen, doch Buffy mit Büchern zu konfrontieren, war zumeist eine ziemliche Herausforderung. Gelegentlich war es sogar ein Ding der Unmöglichkeit.

Die Jägerin hockte auf der Treppe, die hinauf zur Empore führte, mit einem schweren Folianten auf den Knien. Willow saß am Tisch und blätterte ebenfalls in einem dicken Wälzer. Sie hob den Kopf, als von Buffy ein *Wow!* zu hören war.

»Was ist?«

»Hier steht, dass Noah den Hyänen den Zutritt zu seiner Arche verweigert hat, weil er der Meinung war, sie seien eine bösartige, unheilige Kreuzung aus Katzen und Hunden.«

»Hyänen waren noch nie sonderlich beliebt«, meinte Willow.

»Das ist wohl leicht untertrieben. Hyänen scheinen die Parias der Tierwelt zu sein.« Buffy stand auf und ging zu Willow hinüber, um ihr eine Abbildung zu zeigen.

»Warum bloß ist Xander nicht von einem Schoßhündchen oder einer Ente besessen?«, seufzte Willow.

»Vorausgesetzt, ›besessen‹ ist der richtige Ausdruck für dieses Phänomen«, erwiderte Buffy.

»Ich würde sagen, er trifft durchaus zu«, ließ sich Giles in diesem Moment vernehmen. Er kam aus dem hinteren Teil der Bibliothek und hatte ebenfalls ein Buch dabei. »Die Massai der Serengeti erzählen sich seit Generationen davon. Es war mir wohl entfallen.«

»Und wie funktioniert das Ganze nun?«, wollte Buffy wissen.

»Nun«, erklärte er, »offensichtlich gibt es eine Sekte von Tieranbetern, die sich die *Primals*, die Ursprünglichen, nennen. Sie glauben, dass das menschliche Bewusstsein eine Perversion der Natur darstellt, die letztlich in der Degeneration aller Instinkte gipfelt. Das Tier in seiner Ursprünglichkeit ist ihnen daher heilig. Es heißt, die *Primals* sollen in der Lage sein, den Geist eines Tieres auf einen Menschen zu übertragen.«

»Und dann benehmen sie sich wie Hyänen?«, fragte Buffy.

»Raubtiere gehören zu den bevorzugten Objekten der *Primals*«, sagte Giles. »Ja, insofern würde das passen.«

»Und was wird aus einer Person, wenn der Geist des Tieres einmal auf sie übertragen ist?«, wollte Buffy wissen.

»Wenn niemand sie aufhält?«, sagte Giles, und anstelle einer Antwort reichte er Buffy das schwere Buch, das er bei sich trug.

Sie starrte auf die aufgeschlagene Seite, und Grauen breitete sich auf ihrem Gesicht aus. Mit einem Knall schlug sie das Buch zu, warf es neben Willow auf den Tisch und rannte zur Tür hinaus. »Ich muss Xander finden! Sofort!«

Willow griff nach dem Buch und blätterte durch die Seiten, bis sie die Stelle fand, die Giles Buffy gezeigt hatte. Bei der Abbildung handelte es sich um einen alten Holzstich, auf dem irgendein archaisches Gelage abgehalten wurde. Offensichtlich ging es dabei um ein Schlachtfest. Doch anstelle von einem Schwein am Spieß waren hier Menschen, oder zumindest Teile von ihnen, verspeist worden. Abgetrennte Arme, Beine und Köpfe waren auf dem Bild in schonungsloser Genauigkeit zu erkennen.

O mein Gott, dachte Willow entsetzt, ich hoffe, das Jägerinnen-Einsatzkommando kommt nicht zu spät.

Als Buffy das Klassenzimmer erreichte, in das sie Herbert zurückgebracht hatte, fand sie die Tür offen.

Sie trat ein. Der Käfig, den Mr. Flutie für das Schwein vorgesehen hatte, war kaum noch als solcher zu erkennen. Das massive Drahtgeflecht sah aus, als ob sich wilde Tiere daran zu schaffen gemacht hatten. Irgendwie ...

Sie sind stark, stellte Buffy fest und sah sich in dem Chaos um. Auf dem Boden lag verstreutes Stroh aus dem Käfig – und noch etwas. Sie bückte sich und hob es auf. Es war ein Knochen, ein bisschen größer als ihr Zeigefinger, und er wies Kratz- oder Bissspuren an der Oberfläche auf. In der Mitte waren sie besonders tief, als ob versucht worden war, an das Mark zu gelangen.

»Schweineknochen«, murmelte sie nur. Hier gab es wohl nichts mehr zu tun.

Sie wandte sich um und wollte den Raum verlassen. Da sah sie ihn. Er stand in der Tür, und auf seinem Gesicht lag ein bösartiges Grinsen.

»Xander.«

Er antwortete nicht, sondern kam langsam näher. Sie wollte an ihm vorbei das Zimmer verlassen, doch er trat ihr in den Weg. Offensichtlich hatte er nicht die Absicht, sie gehen zu lassen.

»Das ist doch lächerlich«, sagte Buffy ruhig. »Wir müssen reden, Xander.« Im gleichen Moment machte sie einen Satz auf ihn zu, stieß ihn zu Boden und landete auf seiner Brust.

Und Xander lachte. »Wie lange hab ich auf diesen Moment gewartet!«

Die vier Sünder standen in Mr. Fluties Büro, und der Direktor ging aufgeregt vor seinem Schreibtisch auf und ab.

»Ich hab ja schon 'ne Menge kranker Dinge in meinem Leben gesehen«, sagte er, »doch das schlägt dem Fass den Boden aus.« Herberts Schicksal schien ihm noch immer sehr nahe zu gehen. »Was ist eigentlich los mit euch, Leute? Nehmt ihr Drogen oder was? Wie konntet ihr nur dieses arme hilflose Schwein ...«

Irritiert bemerkte er, wie sich die Gruppe langsam zusammenrottete und dann schweigend auf ihn zukam. Schüler sollte man immer eine Armeslänge von sich entfernt halten, dachte er sinnloserweise, als sie ihn einkreisten. Da begannen die vier, seltsame Laute auszustoßen, die irgendwie ganz und gar nicht mehr menschlich klangen.

Er versuchte ruhig zu klingen, als er fragte: »Was soll das?«

Das Rudel lachte.

Xander stieß ein animalisches Knurren aus und überraschte Buffy mit einer Stärke, die sie nie bei ihm vermutet hätte.

Geradezu mühelos stieß er sie von sich, warf sie herum, sodass nun sie auf dem Boden lag, und hielt ihre Handgelenke fest umklammert.

»Hey! Runter von mir!«

»Willst du das wirklich?«

Sie versuchte ihn abzuschütteln, doch er war zu stark, selbst für eine Jägerin. Irgendwie passt das zu Giles' Theorie, schoss es ihr durch den Kopf. Sie nahm all ihre Kraft zusammen für den Fall, dass sie diese noch brauchte, doch sie hielt sich zurück. Immerhin ist er ein Freund, dachte sie. Ein von Hyänen besessener Freund zwar, aber ...

»Wir wissen doch beide, was du wirklich willst«, fuhr er lauernd fort. »Gefahr turnt dich an, stimmt's? Du stehst doch auf gefährliche Typen, oder täusch ich mich da?«

»Du hast ein Problem, Xander«, stieß sie hervor. »Die Hyänen aus dem Zoo haben dich irgendwie ... angesteckt ... Du bist quasi besessen von ihnen, es ist wie ein teuflischer Fluch und ...«

Xander schnitt ihr das Wort ab. »Gefährlich und gemein müssen sie sein, richtig? So wie dieser Angel, dein geheimnisvoller Freund. Und nun rate mal, wer neuerdings die Gemeinheit in Person ist?«

Fluties Beherrschung ging in dem Moment zum Teufel, als sie nach ihm griffen. »Hört auf«, schrie er. »Ihr macht doch damit alles nur noch schlimmer!«

Langsam zog er sich hinter seinen Schreibtisch zurück. Rhonda folgte ihm, hielt aber Distanz. Kyle und Heidi stellten sich hinter ihm auf.

Er saß in der Falle.

Panik stieg in ihm auf, doch Flutie wähnte sich immer noch als Herr der Lage. Immerhin war er eine Autoritätsperson. Er hielt alle Trümpfe in seiner Hand, und so ging er auf das Spiel ein.

»Okay, ich werde euch jetzt mal erzählen, wie's weitergeht«, sagte er und strich sich betont lässig über seinen dunklen Trenchcoat. »Ich rufe nämlich jetzt eure Eltern an und werde sie auffordern, euch abzuholen.«

Er wollte nach dem Telefon greifen, doch Tor kam ihm zuvor und schnappte sich den Hörer. Er sah Flutie einen Moment lang schweigend an, dann reichte er ihn an ihn weiter.

»Danke«, sagte Flutie. Trumpfkarte, dachte er. Wenn nichts mehr fruchtet, droht man eben damit, anzurufen und ...

In diesem Moment riss Rhonda ihm den Hörer aus der Hand und schleuderte den gesamten Apparat kurzerhand gegen die Wand.

»Tut mir Leid«, sagte sie grinsend.

»Jetzt reicht's!«, donnerte Flutie. Er trat einen Schritt zur Seite und wollte an Rhonda vorbei sein Büro verlassen. Autorität, schön und gut, dachte er, aber bei diesen Schülern kann selbst ich nichts mehr ausrichten.

Er hatte sich von Anfang an nicht wohl gefühlt bei der ganzen Sache. Viel zu schnell war dieses Gefühl in Angst umgeschlagen und gipfelte nun darin, dass er sich von dieser Bande geradezu bedroht fühlte. Ein kurzer Anruf bei der Polizei würde dieses Problem ein für alle Mal lösen. Sollten sich doch andere mit diesen Terrorkids herumschlagen.

Doch er hatte seine Rechnung ohne Kyle gemacht, der sich nun zu ihm vorbeugte und ein gefährliches, unmenschliches Knurren ausstieß.

Flutie stolperte rückwärts und plumpste schwer in seinen Schreibtischstuhl. Auf seinem Gesicht spiegelte sich das nackte Grauen wider.

»Weißt du eigentlich, wie lange ich darauf gewartet habe?«, fragte Xander mit rauer Stimme. Er löste seinen Griff und strich zärtlich über Buffys blondes Haar. »Auch wenn du immer so getan hast, als wäre ich dir egal.«

Buffy nutzte diesen Moment der Unaufmerksamkeit und stieß ihn mit ihrer nun freien Hand von sich. Rasch kam sie wieder auf die Beine. Xander rappelte sich ebenfalls auf und kam auf sie zu.

»Auch wenn Willow sich einredet, dass sie und ich zusammengehören, obwohl ich doch nur auf dich stehe ...«

»Xander, ich will dich nicht verletzen«, sagte Buffy und machte einen Schritt zurück.

Das war ein Bluff, und sie wusste es. Nie könnte sie es über sich bringen, Xander etwas zu Leide zu tun. Sie hoffte, dass er sie nicht durchschaute.

Was Gott sei Dank nicht der Fall war. Doch nun packte er sie an den Schultern und stieß sie rückwärts gegen einen Getränkeautomaten. Das längst abgeschriebene Wechselgeld eines unbekannten Schülers fiel klappernd in den Ausgabeschacht.

»Und? Willst du mir noch immer nicht wehtun?«, fragte er. »Komm schon, Jägerin, ich mag's, wenn du Angst hast.«

Sie wollte sich aus seinem Griff befreien, aber er ließ nicht locker und schnüffelte nun an ihr. »Je mehr Angst ich dir einjage, desto besser riechst du.«

Er beugte sich vor und küsste sie auf den Hals.

Rhonda und Heidi hatten inzwischen Hand an Mr. Flutie gelegt. Berührten ihn an seinen Armen, seinem Hals, strichen über seine Schultern ...

Körperlicher Kontakt zwischen Direktoren und Schülern zählte zu den schlimmsten Delikten in Fluties persönlichem Regelwerk. Ob eine Situation wie diese wohl Eingang gefunden hat in die Richtlinien des Bildungsministeriums?, fragte er sich. Prinzipiell handelt es sich hierbei ...

»Damit eins klar ist, Leute«, sagte er. »Der Schulverweis ist euch hiermit so gut wie sicher.« Entschlossen erhob er sich. »Doch ich erkläre mich bereit, mit dem Schulberater über euch zu sprechen und nach anderen Lösungen zu suchen …«

Heidi stieß ihn zurück in seinen Sessel. Im gleichen Moment sprang Tor auf den Schreibtisch, fletschte die Zähne und knurrte ihn an. Mehr noch, er wirkte irgendwie sprungbereit …

»Sofort runter da!«, befahl Mr. Flutie unter Aufbietung der letzten Kräfte, die ihn davon abhielten, sich in den Dreck zu werfen und um Gnade zu winseln. Er war nun schon so viele Jahre im Schuldienst, doch noch nie hatte er in Ausübung seiner Tätigkeit so viel Angst empfunden.

Rhonda stand nun sehr nah hinter ihm und strich mit ihren langen Fingernägeln über seinen Hals. Plötzlich spürte er, wie sie sich in sein Fleisch krallten.

»Aua«, entfuhr es ihm. Er tastete mit der Hand in Richtung Nacken, und dann sah er, dass seine Finger blutverschmiert waren. »Bist du wahnsinnig geworden?«

Das Knurren und Geifern schwoll an, als ob der Geruch des frischen Blutes oder die nunmehr unverhohlene Angst ihres Opfers die Schülermeute geradezu wild machte. Das sind nicht nur verirrte Jugendliche, schoss es Flutie durch den Kopf. Sie sind mehr als das …

Im gleichen Moment sprang Tor ihn grollend an, und bevor Flutie einen klaren Gedanken fassen konnte, fielen auch die anderen über ihn her.

Das Letzte, was er dachte, bevor er das Bewusstsein verlor, war, dass er sich geirrt hatte. Er war immer der Meinung gewesen, dass es keine bösartigen Schüler gab, nur solche mit Problemen. Doch das hier waren keine Jugendlichen, diese vier waren das personifizierte Böse, und es gab nichts, was er ihnen in seiner Funktion als Pädagoge und Schuldirektor noch entgegensetzen konnte.

Nicht, dass Flutie sich darüber noch Sorgen machen musste. Sollten aus diesen Kids jemals produktive Mitglieder dieser Gesellschaft werden, würde er das ohnehin nicht mehr miterleben.

4

Die Schule hatte ihre Tore längst geschlossen, und über Sunnydale war die Nacht hereingebrochen.

Einsam saß Willow in der dämmrigen Bibliothek vor einem der Computer, die Giles nach langen erbitterten Diskussionen schließlich für diese geheiligten Hallen angeschafft hatte.

Auf dem Bildschirm lief ein Video, das ein Rudel Hyänen in Aktion zeigte. Gnadenlos kreisten die Tiere gerade ein Gnu ein, um es dann gemeinschaftlich zu Tode zu hetzen und zu erlegen. Sie hatte immer angenommen, dass Hyänen reine Aasfresser seien, doch nun wusste sie, dass diese Tiere exzellente Jäger waren. Räuber, die sowohl die Suche nach den Schwächsten in einer Herde als auch die Jagd auf die Beute quasi in Teamarbeit erledigten.

Willow fand diese Methode ein bisschen unsportlich, wenn sie auch zugeben musste, dass sie äußerst effektiv war. Und keineswegs zählten diese Räuber zu den possierlichen Clowns der Tierwelt, wie man es in einschlägigen Cartoons so oft sah.

Da ging die Tür auf, und Buffy kam herein. Sie zog eine schwere Last hinter sich her. »Schnell«, rief sie. »Wir müssen ihn irgendwo einschließen, bevor er wieder zu sich kommt!«

Zu Willows Überraschung entpuppte sich die schwere Last als Xander. »Großer Gott. Was ist passiert?«

»Ich hab ihn k.o. geschlagen«, sagte Buffy.

In der Bibliothek gab es einen verschließbaren Käfig, in dem Giles seltene Werke zum Thema Okkultismus aufbewahrte, damit diese nicht in die falschen Hände gelangten. Nur er und Buffy besaßen einen Schlüssel dazu. Jetzt steuerte die Jägerin geradewegs auf den Käfig zu, begleitet von einer besorgten Willow, die Xander nach Verletzungsspuren absuchte.

»Wie das denn?«, fragte sie Buffy.

»Mit dem Schreibtisch«, erwiderte diese und zerrte Xander in den provisorischen Zwinger. »Er wollte sich doch tatsächlich über mich hermachen.«

»O Buffy!«, rief Willow erschrocken. »Die Hyäne in ihm hat doch nicht etwa ...«

»Nein, nein, aber in Xanders derzeitigem Stadium lässt sein Verständnis von Romantik doch sehr zu wünschen übrig ...« Sie schloss die Tür, drehte den Schlüssel und ging zum Schreibtisch. »Das sollte ihn uns eine Weile vom Hals halten. Wo ist Giles?«

»Er musste zu einer Lehrerkonferenz«, berichtete Willow, während Buffy einen großen Schluck aus einer Wasserflasche trank. Freunde niederschlagen macht wohl durstig, kam ihr in den Sinn. »Was machen wir denn jetzt?«, fragte sie. »Ich meine, wie kriegen wir Xander wieder, ähm, normal?«

Doch diese Angelegenheit schien nicht an erster Stelle auf Buffys Prioritätenliste zu stehen. »Zur Zeit«, sagte sie, »mache ich mir mehr Sorgen um den Rest des Rudels.«

In diesem Moment kam Giles herein. »Der Rest des Rudels«, informierte er die beiden, »wurde heute vor dem Raum gesichtet, in dem der Käfig von Herbert, dem Schulmaskottchen, steht. Man hat sie ins Büro des Direktors zitiert.«

»Gut. Das wird sie wieder zur Räson bringen«, sagte Willow, doch der skeptische Ausdruck auf Giles' Gesicht irritierte sie. »Oder etwa nicht?«

»Sie haben ihm doch nichts angetan, oder?«, fragte Buffy beklommen.

Giles' schob seine Brille hoch. »Nun ja, sie haben ihn«, er räusperte sich, »gefressen.«

Japsend ließ sich Willow auf ihren Stuhl zurückfallen.

»Sie haben Direktor Flutie ... gefressen?«, wiederholte Buffy.

»Aufgefressen?«, flüsterte Willow ungläubig.

»Die offizielle Version lautet, dass Wildhunde in sein Büro eingedrungen sind, und ...«, sagte Giles, »es gab keine Zeugen.«

Da fiel Willow etwas ein, und Hoffnung spiegelte sich auf ihrem Gesicht wider. »Aber Xander, er hat nicht ... er war doch bei dir ...«, sagte sie zu Buffy.

»Aha«, sagte Giles, als er den Bewusstlosen im Käfig erblickte. »Immerhin ein kleiner Trost.«

»Giles, wie sollen wir dem ein Ende bereiten?«, fragte Buffy. »Wie kann man diese Tiervereinigung wieder rückgängig machen?« Wie immer suchte sie schon nach einer Lösung, während die anderen noch über dem Problem brüteten. Nur eine der Eigenschaften, für die Willow die Jägerin so sehr liebte.

»Es tut mir Leid, aber ich habe noch nicht alle nötigen Informationen dafür«, erwiderte Giles. »Berichte über die *Primals* und ihre Methoden sind recht dünn gesät. Es gibt Gerüchte über ein Raubtier-Ritual, das sie durchführen, aber ...« Er schüttelte den Kopf und nahm eines seiner Bücher zur Hand. Rasch blätterte er durch die Seiten, bis er die gesuchte Stelle gefunden hatte, und fuhr dann fort. »Das ›Malleus Maleficarum‹ behandelt eine besondere Form von Besessenheit, wie sie in unserem Fall zutreffen könnte.«

Er legte das Buch auf den Schreibtisch und suchte weiter darin. »Ah, ja, hier steht es ... Demnach sollte es möglich sein, den Geist auf ein anderes Wesen zu übertragen ...«

»Wunderbar!«, unterbrach ihn Buffy. »Freiwillige vor.«

»Nun«, sagte Giles, »genau da dürfte das Problem liegen.«

»Also«, fuhr Buffy unbeirrt fort, »schicken wir den Geist der Hyäne einfach zurück in eine andere Hyäne.«

»Aber solange wir nicht mehr darüber wissen ...«, wandte Giles ein.

Doch Buffy war nicht mehr zu stoppen. »Ich wette, dieser Tierpfleger kann uns weiterhelfen. Vielleicht weiß er mehr, als wir denken. Wer weiß, warum er diese Hyänen wirklich unter Quarantäne gestellt hat.«

»Dann sollten wir mit ihm reden«, stimmte Giles zu.

Beflügelt von ihrem Enthusiasmus wollte Buffy schon in Richtung Ausgang davoneilen, da hielt sie mitten in der Bewegung inne. »Moment mal«, fiel ihr ein. »Jemand muss auf Xander aufpassen.«

»Das übernehme ich«, sagte Willow.

»Sicher, dass du das willst?«, fragte Buffy. »Wenn er wieder zu sich kommt und ...«

»Keine Sorge, ich kriege das schon hin. Geht ihr nur«, sagte Willow ruhig und nahm den Schlüssel von Buffy entgegen.

»Auf geht's!«, sagte Buffy zu Giles.

Als die beiden die Bibliothek verlassen hatten, war es wieder still in dem dunklen Raum. Willow war wieder allein.

Fast allein.

Wie jeden Abend ging Jessamyn auch heute im Park spazieren.

Sie liebte das laue Klima Südkaliforniens, das ihr solche Ausflüge gestattete. In Michigan, mit seinen langen und kalten Wintern, war ihr das nicht möglich gewesen. Hier waren die Abende zwar kühl, aber sehr erfrischend. Sie liebte es, das weiche Gras unter ihren Schuhsohlen zu spüren und die regelmäßigen Atemgeräusche ihres Babys in dem Tragegestell auf ihrem Rücken zu hören. Diese Spaziergänge hatten ihr geholfen, Geist und Seele gesund zu erhalten, nach der Geburt wieder zu sich selbst zu finden, und sie hoffte, dass auch ihr kleiner Sohn dies spürte.

Doch heute war etwas anders.

Als sie durch die Büsche trat, konnte sie nicht weit entfernt Häuser erkennen, wo hinter erleuchteten Fenstern Menschen zu Abend aßen, fernsahen oder ihre Kinder badeten.

Doch auf dem Rasen vor ihr lag dicht zusammengedrängt eine Gruppe schlafender Jugendlicher im Schein des fahlen Mondlichts. Sie sahen aus wie ein Wurf junger Welpen.

Nur nicht halb so süß.

Sie wollte einen weiten Bogen um sie machen. Die wirken wie Highschool-Schüler, dachte sie, aber irgendwie auch nicht ... Da nahm sie vor sich eine Bewegung wahr. Die Gruppe schien erwacht zu sein.

Und dann ertönte plötzlich ein leises Knurren.

Jessamyn blieb wie angewurzelt stehen.

Vier Augenpaare starrten sie an, starrten ihr Baby an ...

Es waren zwei Mädchen und zwei Jungen, und Jessamyn konnte nicht sagen, wer von ihnen sie bösartiger fixierte.

Zum Teufel mit dem weiten Bogen, dachte sie und zog sich langsam in die Richtung zurück, aus der sie gekommen war. Dann rannte sie. Rannte so lange, bis sie sicher sein konnte, dass der Abstand zwischen ihr und diesen unheimlichen Kids groß genug war.

Das Herz schlug ihr bis zum Hals, als sie sich umsah, in der Angst, dass sie sich doch angeschlichen haben könnten wie Wölfe, die ihre Beute verfolgten, wenn sie erst einmal Witterung aufgenommen hatten ...

Doch da war niemand. Aus der Ferne erkannte sie, dass sich die vier nicht von der Stelle gerührt hatten. Es schien, als ob sie das Interesse an ihr verloren und ihr Nickerchen fortgesetzt hatten.

Sie hatte diese Spaziergänge durch den Park immer sehr geliebt.

Und sie wusste, dass sie heute Abend zum letzten Mal hier gewesen war.

»Willow.«

Sie fuhr zusammen. Es war Xander, der aus dem Käfig nach ihr gerufen hatte. Sie stoppte das Hyänen-Video, das, wie sie zugeben musste, auf eine morbide Weise sehr faszinierend war, wenn auch ziemlich abstoßend.

Sie wandte sich zu ihm um. »Wie geht's dir?«

»Als ob mich jemand k.o. geschlagen hätte«, sagte er mit einem schiefen Grinsen. Erst jetzt schien er zu bemerken, wo er sich befand, und sah sich in dem Käfig um. »Warum bin ich hier drin?«

Schwierige Frage. »Um dich ... auszuruhen.« Sie ging auf den Käfig zu.

Xander stand auf und fuhr mit seinen Fingern über die dicken Eisenstäbe. »Habt ihr mich jetzt eingesperrt oder was?«

»Weil du ... krank bist. Buffy sagte ...«

»Ja, sicher«, sagte Xander ungehalten. »Buffy und ihre Patentlösung: ›Schlag sie zusammen und schalte sie aus.‹ Ich wüsste zu gerne, was sie mit jemandem macht, der wirklich krank ist.«

»Das ist nicht fair«, erwiderte Willow. »Buffy hat uns beiden das Leben gerettet, schon vergessen?«

»Bevor sie hier aufgekreuzt ist, war das allerdings nie nötig«, meinte Xander. Und damit hatte er, wie Willow zugeben musste, nicht ganz Unrecht. Nie zuvor war ihr Leben gefährlicher und aufregender gewesen, und seit sie mit Buffy zusammen waren, hatten sie schon mehr als einmal eine brenzlige Situation erlebt. »Oder war's etwa nicht einfacher, als wir, du und ich, noch alleine waren?«

»Vielleicht …« Andererseits hatte es in Sunnydale schon immer merkwürdige Todesfälle gegeben und Personen, die auf unerklärliche Weise verschwunden waren. Immerhin lag die Stadt am Höllenschlund. Buffys Erscheinen hatte daran nichts geändert; sie und Xander waren nur ein bisschen mehr in die ganze Sache involviert worden. Und das freiwillig, wie sie sich jetzt ermahnte. Wir haben uns aus freien Stücken dazu entschlossen, sie zu unterstützen. Es ist nicht so, als ob sie uns in irgendwas reingezogen hätte, was wir nicht wollten.

»Als es nur dich und mich gab«, fuhr er fort. Ihr gefielen seine Worte – sie hoffte nur, dieses Gefallen hielt sich in Grenzen. »Willow«, seufzte er. »Ich weiß, dass mit mir was nicht stimmt. Und ich glaube sogar, dass es schlimmer wird. Aber ich kann doch hier nicht rumsitzen und darauf warten, bis Buffy mich wieder zusammenschlägt. Bitte, hilf mir. Ich brauche dich.«

Sie genoss das, was er sagte, und wie er es sagte. »Ich will dir doch auch helfen.«

»Nein, du tust nur, was sie dir sagt.«

»Buffy versucht auch, dir zu helfen, das weißt du«, entgegnete Willow. »Zumindest weiß Xander das.«

»Klar. Buffy die Selbstlose, die immer nur an andere denkt. Wenn ich so gefährlich bin, wieso lässt sie dich dann hier mit mir allein?« Xanders Stimme war sanft und ruhig. Es war, als ob seine Worte die Gitterstäbe zwischen ihnen fortzauberten und sie die beiden einzigen Menschen auf dieser Welt waren.

Was ziemlich genau dem Zustand entsprach, den sie sich schon immer gewünscht hatte …

»Ich habe ihr gesagt, dass sie unbesorgt gehen kann.«

»Warum?«, fragte Xander.

»Weil ich dich besser kenne als sie«, erwiderte Willow leise. »Ich wollte sehen, ob du immer noch derselbe bist, wenn du wieder aufwachst.«

»Du weißt, dass es so ist. Schau mich an.«

Sie tat es, und was sie sah, war Xander. Den Jungen, den sie fast ihr ganzes Leben lang kannte, und von dem sie genauso lange geträumt hatte. Träume von verliebten Treffen, einer romantischen Hochzeit, einem glücklichen Lebensabend …

»Sieh mich doch an«, forderte er sie wieder auf. »Bitte.«

Sie kam näher an den Käfig heran, wollte ihn anfassen, durch sein Haar streichen, seinen Hals mit ihren Lippen berühren, seine Wange dort küssen, wo Buffys Schlag seine Spuren hinterlassen hatte …

Seine Hand schoss durch die Gitterstäbe und wollte nach dem Schlüssel an ihrem Hosenbund schnappen.

Erschrocken fuhr sie zurück.

»Jetzt weiß ich es«, sagte sie traurig.

Im gleichen Moment fiel sämtliche Vertrautheit und Freundlichkeit von Xander ab. »Lass mich raus«, brüllte er, und seine Stimme überschlug sich fast vor Wut. »Lass ... mich ... raus!«

Das Büro des Tierpflegers war geräumiger, als Buffy erwartet hatte.

Und er schien etwas von seinem Job zu verstehen. Diplome und Auszeichnungen schmückten die Wände genauso wie Fotos, afrikanische Masken, Waffen und andere Erinnerungsstücke. In der Mitte des Raumes stand ein Leuchttisch, auf dem zahlreiche Dias lagen.

Giles sah sich gerade einige davon an, während Buffy sich auf das konzentrierte, was der Mann zu sagen hatte.

»... und diese Schüler sind also von den Hyänen besessen«, resümierte er gerade mit ruhiger Stimme.

»Genau«, sagte Giles.

»Sind Sie sicher?«

»Ganz sicher«, bestätigte Buffy.

»Das Ganze scheint Sie nicht sonderlich zu überraschen«, stellte Giles fest.

»Der Zoo hat diese Hyänen direkt aus Afrika importiert«, erzählte der Zooexperte. »Schon vom ersten Tag an wusste ich, dass etwas mit ihnen nicht stimmt. Ich habe meine Hausaufgaben gemacht und herausgefunden, dass die Art, mit der wir es hier zu tun haben, sehr selten ist. Diese Tiere sind extrem bösartig und wurden in der Vergangenheit von diesen Leuten verehrt ...«

»Von den *Primals?*«, meinte Giles.

»Ja, genau. Ziemlich unheimliche Typen. Jedenfalls kannte diese Sekte ein Ritual, mit der sie sich des Geistes eines solchen Tieres bemächtigen konnte. Ich kann mir nur nicht vorstellen, wie das bei diesen Schülern vonstatten gegangen sein soll.«

»Wir wissen auch nicht, wie dieses Ritual genau abläuft«, sagte Giles. »Wir wissen nur, dass ein, ähm, gewisses Jagdverhalten und ein bestimmtes Symbol dabei eine Rolle spielen müssen.«

»Ein Jagdverhalten? Natürlich, das ergibt einen Sinn. Wo haben Sie diese Informationen her?«

Giles witterte eine verwandte Seele. »Nun, kennen Sie zufällig Sherman Jeffries' Werk über die alten Kulte und rituellen Handlungen? Dort heißt es unter anderem, dass ...«

Giles könnte ewig so weitermachen, dachte Buffy. Besser, wenn wir wieder zum Thema kommen. »Meine Herren!«, unterbrach sie die Fachsimpelei.

»Verzeihung«, sagte Giles.

Der Tierpfleger sah auf seine Uhr. »Tja, also, ich bin der Meinung, wir haben genügend Informationen, um eine Rückübertragung zu versuchen.«

»Wie gehen wir dabei vor?«, wollte Buffy wissen.

»Als Erstes müssen Sie diese besessenen Schüler zum Hyänengehege locken«, sagte der Mann. »Ich werde sie dort erwarten und dann das Ritual durchführen.«

Buffy runzelte skeptisch die Stirn. »Einen der Betroffenen haben wir schon, aber wie kriegen wir die anderen? Wir wissen ja gar nicht, wo sich die restliche Meute momentan rumtreibt.«

»Darüber würde ich mir keine Sorgen machen«, sagte der Tierpfleger. »Wenn Hyänen gefressen und sich ausgeruht haben, machen sie sich auf die Suche nach den Mitgliedern ihres Rudels. Die kommen also ganz von selbst zu Ihnen.«

Buffy sah Giles erschrocken an. »Willow!«, presste sie entsetzt hervor.

Xander lief im Käfig auf und ab wie ein – warum die Wahrheit leugnen? – wildes Tier.

Willow hielt Abstand.

Er hatte seinen Zug in diesem Spiel gemacht, und sie hatte seine Absicht durchschaut. Nun war der Schlüssel zu seinem Gefängnis viele Meter von ihm entfernt.

Zu allem Überfluss sah sie sich auch noch immer und immer wieder dieses Hyänen-Video an. Von seinem Standort aus konnte er die Bilder auf dem Monitor erkennen, und das triumphierende Gelächter des Rudels machte ihn beinahe rasend. Fast konnte er den Geruch des frischen Blutes riechen und den Geschmack von rohem Fleisch auf seinem Gaumen spüren.

»Willow«, sagte er.

Sie warf einen Blick über ihre Schulter. »Ich höre nicht mehr zu«, sagte sie und wandte sich wieder zum Bildschirm. Sie wollte ihn noch nicht einmal mehr sehen.

Kein Problem für mich, dachte Xander. Ich will sie auch nicht sehen. Ich will nur diesen verdammten Schlüssel.

Niemand außer ihm hätte die leisen Geräusche und den schwachen Geruch vernommen, der nun von draußen zu ihm hereindrang. Und all diese Dinge erschienen ihm plötzlich so wunderbar vertraut.

»Wil-lowwww!«

Das Rudel ist hier, dachte Xander erregt.

Und es sang das Lied der Hyänen.

5

Sie waren gekommen, ihn zu holen.

»Wil-lowwww!« Das war Kyles Stimme. Xander hatte gewusst, dass sie ihn nicht hier drin verrotten lassen würden. Immerhin waren sie seine Freunde. Meine wahren Freunde, dachte er. Und keine Luschen wie diese Leute, mit denen ich aufgewachsen bin, oder diese Buffy, die so genannte Jägerin ... Nur das Rudel kümmerte es wirklich, was aus ihm wurde.

»Xander, sei endlich still«, sagte Willow genervt.

»Wil-lowwww ...«, rief Kyle wieder.

Xander sah, wie sie zusammenzuckte, als sie begriff, dass die Rufe nicht von ihm kamen. Doch sie hatte nicht mehr die Zeit, zu reagieren, denn im gleichen Moment krachte etwas durch das Fenster der Bibliothek. Ein Regen aus Glassplittern ging auf sie nieder.

Willow schoss von ihrem Stuhl hoch und floh in Richtung Tür. Xander hatte nichts anderes von ihr, von dieser Memme, erwartet.

Ungeduldig trat er gegen die Gitterstäbe, wollte endlich wieder frei sein.

Sie waren gekommen, ihn zu holen. Sein Rudel. Sie zerrten und rissen an dem Käfig, und mit vereinter Kraft schafften sie es schließlich, die Tür aus ihrer Verankerung zu reißen.

Xander war frei.

Das Rudel kam auf ihn zu, begrüßte und beschnüffelte ihn.

Ja, er war wieder zu Hause. Im Kreise Seinesgleichen.

Da erinnerte er sich, dass sie immer noch da draußen war. Dass sie sich frei und ungehindert auf dem Schulgrundstück bewegte. Sie war verängstigt, aber sie konnte ihnen immer noch gefährlich werden. Ihm und dem Rudel. Willow musste gefunden und aufgehalten werden.

Xander führte die Jagd an.

Willow hetzte um eine Ecke, rannte auf die erstbeste Klassenzimmertür zu und drehte an dem Knopf.

Verschlossen.

O nein, dachte sie, als sie hörte, wie in der Bibliothek der Käfig aufgebrochen wurde. Sie wusste, sie würden schon bald hinter ihr her sein.

Und sie haben Direktor Flutie aufgefressen, dachte sie verzweifelt, ja sogar Herbert ... Und Xander ist jetzt wieder mit ihnen zusammen. Aber Xander ist nicht mehr Xander.

Wenn sie mich kriegen ...

Sie durchquerte die Halle und rannte auf eine andere Tür zu. Diese war nicht verschlossen. Lautlos schlüpfte sie in den Raum und zog die Tür vorsichtig hinter sich ins Schloss. Sie überlegte. Wer weiß, wie gut ihr Gehör jetzt ist ... Oder ihr Geruchssinn?

Ihr Herz hämmerte, als sie sich in dem dunklen Klassenzimmer einen Weg durch die Tischreihen bahnte. Dann kroch sie zitternd in den Fußraum des Lehrerpults und zog den Stuhl wieder zu sich heran. Das Versteck war nicht eben toll, aber mehr konnte sie nicht machen.

Das Rudel trennte sich vor der Bibliothek.

Jeder von ihnen, Kyle, Rhonda und Tor, suchte in einer anderen Richtung. Heidi ging mit Xander.

Er schnüffelte in die Luft.

Wenn es etwas gab, das er nach all den Jahren wiedererkannte, dann war es Willows Geruch.

Diese Tür.

Heidi hob den Kopf; ihre Nasenflügel bebten. Vielleicht riecht sie es ja auch, dachte Xander.

Er öffnete die Tür.

Im Raum war es dunkel. Und still. Mit geschärften Sinnen schlichen er und Heidi schnüffelnd voran.

Zusammengekauert unter dem Lehrerpult hielt Willow den Atmen an.

Jemand war im Raum. Keine Frage. Sie hörte leise Schritte und das regelmäßige Atmen ihrer Verfolger.

Die Schritte entfernten sich wieder, dann fiel die Tür zurück ins Schloss.

Sie war sicher. Nun musste sie dringend fort von hier und Hilfe holen.

Sie schob den Stuhl beiseite und kroch aus ihrem Versteck.

Xander wartete.

Heidi hatte den Raum wieder verlassen, doch er war einfach stehengeblieben, denn er wusste, dass sie hier war. Wenn es etwas gibt, kam ihm in den Sinn, dass ich nach all den Jahren ...

Vom Lehrerpult war ein Geräusch zu hören. Der Stuhl wurde weggeschoben, und da war sie.

Er knurrte zufrieden, sprang vor und setzte ihr nach. Sie stieß einen erstickten Schrei aus und rannte los. In ihrer Panik warf sie einen der Tische um, sodass er darüber stolperte und zu Boden ging.

Sie erreichte die Tür, riss sie auf und lief ...

... direkt in Heidis Arme.

Willow schrie. Heidi knurrte und drängte ihre Beute zurück ins Klassenzimmer. Wo Xander auf sie wartete.

Lange, viel zu lange hatte er auf diesen Moment gewartet ...

Heidi gab ein prima Ziel ab.

Sie war so auf Willow fixiert, dass sie nicht bemerkte, wie Buffy den Feuerlöscher gegen ihren Kopf schleuderte. Als das Metall Heidis Schädel traf, ertönte ein befriedigendes *Klock*, bevor sie bewusstlos zu Boden ging.

Giles zerrte Willow mit sich, um sie in Sicherheit zu bringen.

In eine relative Sicherheit.

Denn da war immer noch Xander.

Als dieser im Türrahmen erschien, hob Buffy den Feuerlöscher erneut. Doch er hatte schon zum Sprung angesetzt. Mit einem entschlossenen Tritt schickte sie ihn zu Boden, zerrte ihn wieder auf die Beine und prügelte ihn vor sich her. Schon das zweite Mal heute, dass ich mich mit Xander schlage, dachte sie, als dieser endlich zusammenbrach.

Ein Geräusch vom Ende des Gangs ließ sie herumfahren. Die anderen aus Xanders Gruppe waren soeben um die Ecke gebogen. Als das Rudel Buffy, Willow und Giles erblickte, setzte es zum Sprint an.

»Rennt!«, rief Giles. Er und die Freunde flüchteten in einen anderen Klassenraum und schlugen ihren Verfolgern im letzten Moment die Tür vor der Nase zu. Buffy stemmte sich von innen dagegen und hielt den Griff fest umklammert, während von der anderen Seite daran gerüttelt wurde. Ein wütendes Knurren war zu hören, dann warf sich jemand mit voller Wucht gegen die Tür.

Plötzlich trat Stille ein. Buffy und die anderen hörten, wie sich draußen auf dem Gang Schritte entfernten.

»Ich glaube, sie sind weg«, flüsterte sie.

»Das könnte ein Trick sein«, gab Willow mit zitternder Stimme zu bedenken, und Buffy konnte die Angst ihrer Freundin nur zu gut verstehen. Sie fühlte sich schrecklich, weil sie Willow mit diesen Bestien allein gelassen hatte. Aber schließlich konnte sie ja nicht überall zur gleichen Zeit sein.

»Das glaub ich nicht«, versuchte sie ihre Freundin zu beruhigen. »Sie sind hungrig und werden sich jetzt ein schwächeres Opfer suchen. Und das wird niemand von uns sein. Es tut mir Leid, Willow, ich konnte nicht wissen, dass die anderen Xander suchen würden.«

»Ist schon okay«, meinte Willow.

»Wir müssen sie unbedingt ins Hyänenhaus bringen«, meldete sich Giles zu Wort, »und diesem Spuk schnellstens ein Ende bereiten.«

»Ja, und wenn's geht, noch vor der nächsten Mahlzeit«, sagte Buffy. »Schätze, das ist mein Job.«

»Einzeln sind sie dir vielleicht nicht gewachsen«, protestierte Giles, »in der Gruppe allerdings ...«

»Sie sind stark«, gab Buffy zu. »Aber ich hab den Eindruck, dass sie auch immer dümmer werden. Geht ihr also ruhig schon mal in den Zoo, ich treibe sie euch in die Arme.«

Sie öffnete die Tür und ging hinaus in die Nacht.

Hoffentlich habe ich Recht, dachte sie.

Ein Besuch bei Freunden, so dachte Rich Anderson, ist normalerweise nichts, wovor man sich fürchten muss.

Doch kaum hatte sich die Tür ihrer Gastgeber hinter ihm und seiner Familie geschlossen, ging's auch schon los.

»Herrgott, ich hab nie behauptet, dass sie besser aussieht als du«, verteidigte er sich. »Ich habe lediglich festgestellt, dass sie besser aussieht.« Okay, lahme Haarspalterei, dachte er, aber jeder Versuch zählt.

»Ich weiß doch, was ich gehört habe«, sagte seine Frau Melissa verärgert. Sie blieb stehen, sah auf ihren Sohn hinab, der sich gerade einen Schokoriegel einverleibte, und sagte: »Kauen, Joey, kauen! Sonst erstickst du daran.«

Der kleine Joey nickte schweigend.

Als die drei in den Jeep stiegen, konnte Rich es kaum erwarten, wieder zu Hause zu sein. Vielleicht hat sie sich bis dahin ja wieder beruhigt, hoffte er. »Ich verstehe nicht, warum du jedes Mal diese Diskussion anfängst, wenn wir die beiden besuchen«, sagte er.

»*Ich* hab nicht damit angefangen«, sagte seine Frau eisig.

Rich durchsuchte seine Taschen. »Verdammt, wo sind die Schlüssel?«

»Nicht da?«, fragte sie.

Und dann, als in dem Wagen ein Moment der Stille eintrat, ertönte eine lockende, weibliche Stimme.

»Jo-eeey ... Jo-eeey ...«

Die Andersons sahen sich fragend an. Der Streit war vergessen. Nur eine Frage schien sie jetzt noch zu bewegen: Was zum Teufel ist das?

»Jo-eeey ... Jo-eeey ...«

Plötzlich erschien etwas vor dem Seitenfenster ihres Sohnes. Jemand hing kopfüber vom Dach des Wagens und starrte den Jungen grinsend an. Ein Knurren ertönte, und dann waren sie plötzlich überall und trommelten gegen die Fenster und Türen. Die Andersons waren umzingelt. Gerade noch rechtzeitig betätigte Rich die Zentralverriegelung.

Es waren vier, wie er zählte, doch er war sich nicht sicher. Es war dunkel, und sie bewegten sich hin und her, sprangen auf die Kühlerhaube, das Dach, pressten ihre bösartigen Fratzen gegen die Scheiben, brachten den Jeep ins Schaukeln und ... knurrten wie wild gewordene Bestien.

Melissa begann zu schreien, und auf dem Rücksitz hatte sich sein Sohn vor Angst zusammengekauert.

»Hey!«, schrie Rich. »Was soll das?«

Bestimmt hat schon jemand die Polizei gerufen, dachte er. Wir können also einfach hier sitzen bleiben und warten. Immerhin sind die Türen ja verriegelt ...

Das Krachen war ohrenbetäubend, als ein schwerer Oberkörper durch das hintere Fenster brach und auf dem Rücksitz landete. Arme griffen nach Joey, der sich nun heulend an den Rücken seiner Mutter klammerte.

»Joey!«, schrie Melissa.

Das Auto schaukelte heftig hin und her. Wieder zersplitterte Glas. Es war ein Albtraum, und die Andersons konnten nicht begreifen, warum eine wild gewordene Horde Teenager es auf ihren kleinen Sohn abgesehen hatte.

Weitere Fenster gingen zu Bruch, und tausend Hände schienen nun nach ihnen zu greifen. Das Knurren wurde lauter. Was wollen die bloß von uns?, dachte Rich, als sich seine Frau in Panik an ihn klammerte. Was haben die mit meinem Sohn vor?

Schwer waren sie ja nicht gerade zu finden, dachte Buffy.

Das Geschrei und der Krach zersplitternden Glases waren in dieser vorortlichen Idylle schon mehrere Blocks entfernt zu hören gewesen.

Als sie näher kam, erkannte sie das unverwechselbare Geknurre und Gelächter des Rudels, und sie sah, wie jemand aus der Gruppe versuchte, eine Person aus dem Fond eines Jeeps zu zerren. Vermutlich das schwächste Mitglied aus dem Kreise ihrer potentiellen Opfer. Was nicht heißen muss, überlegte Buffy, dass sie danach nicht auch über die anderen herfallen. Denn niemand in dem Wagen machte auf sie den Eindruck besonderer Wehrhaftigkeit und Entschlossenheit.

Sie stürzte sich in den Kampf, packte die Jacke des erstbesten Angreifers – es war schwer zu sagen, wer in dem Durcheinander wer war, zumal alle die gleiche dunkle Kleidung trugen – und riss ihn zu Boden.

Dann sprang sie auf das Dach des Jeeps und stand plötzlich Kyle gegenüber. Sie trat ihn unter das Kinn, und er stürzte zu Boden wie ein nasser Sack. Durch das eingeschlagene Sonnendach konnte sie Xander erkennen, dessen vordere Körperhälfte im Fond des Wagens hing und der an einem kleinen Jungen herumzerrte, der auf dem Rücksitz saß.

»Hat deine Mutter dir nicht verboten, mit deinem Essen zu spielen?«, rief Buffy ihm zu.

Er hielt inne, schraubte sich aus dem Rückfenster heraus und sah zu ihr hoch. Auch die anderen aus dem Rudel ließen von ihren Attacken ab und scharten sich um ihn, als ob sie ihm den Rücken stärken wollten.

»Na, kommt schon«, rief sie der Gruppe vom Dach aus zu. »Holt euch, was ihr haben wollt.«

Sie sprang vom Auto und rannte los. Hinter sich hörte sie das grausame Hyänen-Gelächter, und es kam näher und näher.

Das Rudel hatte die Verfolgung aufgenommen.

Im Zoo war es dunkel und still.

Der Tierpfleger hatte am Eingang Bescheid gegeben, dass man Giles und seine Leute erwarte, und der Wachmann war viel zu desinteressiert, um ihnen weitere Fragen zu stellen. Er wollte ihnen eine Karte mitgeben, damit sie das Büro des Mitarbeiters fanden, doch Willow erklärte ihm, dass sie schon einmal dort gewesen waren. Dann murmelte der Wachmann noch etwas von unbeleuchteten Wegen, bis sie ihm ihre Taschenlampe demonstrierte.

Natürlich war das Büro des Tierpflegers gar nicht ihr Ziel.

Innerhalb weniger Minuten hatten sie das Hyänenhaus erreicht. Willow konnte den scharfen Raubtiergeruch schon vor dem Eingang des Geheges riechen.

»Okay, hier ist der Durchgang zum Hyänenhaus«, sagte sie zu Giles. »Aber wo ist der Tierpfleger?«

»Er ist bestimmt schon drin«, meinte der Wächter und duckte sich unter dem gelben Absperrband hinweg. »Ich gehe schon mal rein und bereite alles vor. Du bleibst hier und warnst uns, wenn du Buffy und die anderen kommen hörst.«

Er ging den unbeleuchteten Pfad entlang, und bald hatte ihn die Dunkelheit verschluckt.

Willow umfasste ihre Taschenlampe noch ein bisschen fester.

Rund um den Zoo lag ein dunkler grüner Ring aus dichter Vegetation.

Fast wie im Dschungel, dachte Buffy, als sie sich durch das Dickicht schlug. Sie vermutete, dass der Pflanzengürtel angelegt worden war, um die tierische Geräuschkulisse aus dem Zoo etwas abzudämpfen. Vielleicht auch, um – umgekehrt – das Treiben in Sunnydale für die Tiere erträglicher zu machen.

Nicht dass die Stadt eine geschäftige, laute Metropole gewesen wäre, wenn man von den regelmäßigen Polizei- und Notarztsirenen, den panischen Schreien der Menschen, dem Dämonengeheul und hyänenbesessenen, randalierenden Kids einmal absah ...

Wie dem auch sei, der Schutzwall war eine gute Sache, wenn man sich nicht gerade als Lockvogel seinen Weg durch all die Bäume und Büsche schlagen musste, während mordlustige Hyänenmenschen einem auf den Fersen waren.

Immerhin waren die Räuber in freier Wildbahn mehr in ihrem Element als eine Jägerin.

Sie hatte einen guten Vorsprung gehabt, doch der schmolz nun in dem unwegsamen Gelände rund um den Zoo immer mehr dahin.

Sie hoffte nur, dass sie das Rudel rechtzeitig zur vereinbarten Stelle lotsen konnte.

Langsam ging Giles den Pfad entlang auf den Eingang des Hyänenhauses zu.

Drinnen war es totenstill und stockdunkel. Ein beißender Raubtiergeruch schlug ihm entgegen, als er eintrat. Er wusste nicht, was genau er erwartet hatte, jedenfalls nicht das hier.

»Ähm ... Doktor ...?«, rief er. »Sind Sie da?«

Ein Geräusch ließ ihn herumfahren. Der Tierpfleger war unbemerkt hereingekommen, vermutlich durch einen Nebeneingang.

Allerdings sah er ganz und gar nicht mehr aus wie ein Tierpfleger, wie Giles fand. Dann dämmerte es ihm. »Natürlich, Sie tragen ein Zeremoniengewand der Massai«, sagte er. »Sind Sie sonst noch irgendwie vorbereitet?«

Der Mann trat in das schwache Licht, das das Hyänengehege erleuchtete. Sein Gesicht war in einem bizarren Muster mit blauer und weißer Farbe bemalt, das Giles aufgrund seiner Recherchen über die Tiervereinigung wiedererkannte. Sein Gewand passte farblich zu diesem Make-up, darunter trug er ein enges Beinkleid. Knochenbänder klapperten an seinen Handgelenken und um seinen Hals, und er führte einen schweren Holzknüppel mit sich, den er nun von einer Hand in die andere wandern ließ.

Giles fand seine Aufmachung nicht unbedingt Vertrauen erweckend.

»So gut wie«, antwortete der Mann.

Giles' Blick fiel auf die seltsamen roten Zeichen am Boden. »Ach ja«, bemerkte er. »Der geheiligte Kreis. Den braucht man, um ...« Irritiert hielt er inne. »Aber der muss doch schon dort gewesen sein, als die Schülergruppe das erste Mal hier war. Wozu haben Sie ...«

Da fiel es ihm wie Schuppen von den Augen, und mit einem kurzen Auflachen wandte er sich wieder dem maskierten Tierpfleger zu.

»Wie schrecklich frustrierend muss das alles für Sie gewesen sein«, sagte Giles. »Da gelingt einer einfachen Gruppe Schülern rein zufällig das, wozu Sie nicht im Stande waren.«

Der Tierpfleger wirkte nicht sonderlich überrascht, als er sagte: »Ja, es hat mich schon ein bisschen gewurmt. Aber schon bald wird die Macht mein sein.«

In diesem Moment erkannte Giles, dass er es mit einem komplett Wahnsinnigen zu tun hatte. Er musste von hier verschwinden, um Willow und Buffy zu warnen, bevor es zu spät war.

Er trat einen Schritt zurück, doch der Tierpfleger war schneller und stieß ihm die Spitze seines Holzknüppels in den Magen. Giles krümmte sich, und bekam einen harten Schlag auf den Hinterkopf.

Der Wächter verlor das Bewusstsein und brach auf dem kalten Boden zusammen.

Der Tierpfleger verlor keine Zeit.

Rasch ergriff er den Bibliothekar bei den Handgelenken und zerrte ihn fort.

Die Verwirklichung seines Plans war in greifbare Nähe gerückt – und das Letzte, was er auf dem Weg zum größten Moment seines Lebens brauchte, war ein überflüssiger Körper.

Sie kamen immer näher.

Buffy konnte sie hinter sich atmen hören. Und es klang nicht halb so angestrengt wie ihr eigenes Gekeuche, wie sie beunruhigt feststellte. Diese Hetzjagd war nicht gerade ein Spaziergang.

Doch das Schlimmste war ihr Gelächter.

Dieses hysterische, wahnsinnige, hohe Hyänengelächter.

Es kam näher und näher.

Sie lief schneller.

Willow hörte, wie Fußgetrappel näher kam. Das musste Buffy sein. Wer sonst würde mitten in der Nacht durch den Zoo joggen?

Giles hatte gesagt, dass sie ihn rechtzeitig warnen sollte, also duckte sie sich unter der Absperrung hindurch und rannte den Pfad hinunter zum Hyänenhaus.

»Sie sind gleich da!«, rief sie, als sie über die Schwelle stürmte. »Giles …?« Keine Antwort. »Giles?«

Kein Giles weit und breit.

Dafür war der Tierpfleger schon da – in einer überaus befremdlichen Aufmachung. Doch Willow war mittlerweile an seltsame Anblicke gewöhnt – und wenigstens war diese Kreatur hier menschlich. »Wo sind die Hyänen für die Rückübertragung?«, keuchte sie atemlos.

Er deutete mit dem Daumen über seine Schulter auf den Käfig. »Gleich da vorne. Im Fütterungsbereich. Bleib zurück«, warnte er sie. »Sie haben noch nicht gefressen.«

»Wo ist Giles?«

»Der liegt auf der Lauer.«

»Aber die anderen sind fast hier«, sagte Willow mit möglichst ruhiger Stimme. »Sollte man nicht langsam die Hyänen herbringen?«

Der Tierpfleger brachte ein langes Lederband zum Vorschein. »Ja, sobald es an der Zeit ist«, sagte er und ergriff Willows Hände. »Aber du kannst mir helfen«, fuhr er fort, als er ihre Hände zusammenband.

Im Grunde hatte die Idee einiges für sich gehabt.

Doch nun, da das Rudel ihr an den Hacken klebte und sie noch nicht beim Hyänenhaus angelangt war, war Buffy sich dessen nicht mehr so sicher. Wenn nur eines dieser besessenen Kids zu einem entschlossenen Sprung ansetzte, war alles aus.

Sie hatte Xander zwar niedergeschlagen, wusste aber genau, wie stark sie wirklich waren. Wenn das ganze Rudel über sie herfiel, hätte sie keine Chance. Dann würde sie genauso hilflos als Teil der Nahrungskette enden, wie diese armen Antilopen in Willows Video.

Doch sie hatte es fast geschafft. Vielleicht konnten Giles und Willow ja doch noch alles zum Guten wenden ...

Und zum Beispiel meine sterblichen Überreste bestatten ..., fiel ihr dazu ein.

Sie brach durch das gelbe Absperrband und schrie: »Sie sind direkt hinter mir!«

Bitte, Giles, dachte sie flehend, hören Sie einmal im Leben nur zu, anstatt zu reden ...

»Das ist Buffy!«, rief Willow. »Machen Sie sich bereit.«

Der Tierpfleger zog die Lederfesseln enger und zauberte nun etwas unter seinem Gewand hervor. Es war ein langes Messer mit spiegelglatter scharfer Klinge.

»Hier«, sagte er, als ob er ihr ein Geschenk gemacht hatte.

»Was ist das?«

»Das Jagdritual, erinnerst du dich?«, sagte er, stellte sich hinter sie und hielt ihr das Messer an die Kehle.

»Verstehe«, erwiderte Willow. »Sie tun so, als ob sie mir die Gurgel durchschneiden und übertragen damit das Böse auf die Hyänen zurück?«

Sein Blick war abwesend. »So ähnlich«, meinte er, doch seine Stimme klang alles andere als überzeugend.

Und da wurde ihr plötzlich grausam klar, dass das alles kein Spiel war.

Buffy stürmte in das Hyänenhaus, und das Erste, was sie sah, war ein seltsamer blau angemalter Mann, der Willow ein Messer an die Kehle hielt.

Zudem war die Freundin gefesselt.

Von Giles war nichts zu sehen.

Und wie um die Dinge noch komplizierter zu machen, schrie Willow ihr jetzt entgegen: »Buffy, das ist eine Falle!«

Die Jägerin blieb wie angewurzelt stehen.

Was, wie sie fand, nicht unbedingt die klügste Entscheidung war, da ihr ja immer noch das Rudel im Nacken saß.

Im gleichen Moment rannte Xander auch schon in sie hinein, packte sie um die Taille und riss sie unsanft zu Boden. Dann fielen auch die anderen über sie her, gierige Hände und mahlende Kiefer schnappten nach ihr ...

»Nyumba Ya Sanaa«, hörte sie jemanden rufen. Es musste der Tierpfleger sein – Buffy erkannte seine Stimme wieder.

Alle Blicke waren plötzlich auf ihn gerichtet. Nur Buffy starrte das Rudel an, weil es so unvermittelt von ihr abgelassen hatte. Und so sah sie, wie die Augen von Kyle, Heidi, Tor, Rhonda und Xander plötzlich grün zu leuchten begannen. Sie riskierte einen Blick auf den Tierpfleger, und auch seine Augen glühten jetzt in diesem seltsamen grünen Licht.

Da fiel es ihr wie Schuppen von den Augen. Diese ganze Sache hier ist von Anfang an arrangiert worden, dachte sie. Das muss die so genannte Rückübertragung sein, der Xander und die anderen versehentlich zum Opfer gefallen sind, während dieser windige Tierpfleger das Ganze eigentlich für sich geplant hatte. Also hat er alles so eingefädelt, dass die Betroffenen sich wieder hier einfinden, während er diesmal anwesend ist.

Und nun haben die bösartigen Geister der Hyänen die Jugendlichen verlassen und sich allein in ihm konzentriert. Keine gute Nachricht, wie Buffy fand.

Genauer gesagt verhieß das eine Menge Ärger.

Als ob er den Gebrauch von Werkzeug von einer Sekunde zur anderen verlernt hatte, ließ der Tierpfleger das Messer fallen und packte Willows Kopf. Er knurrte wie eine wahnsinnig gewordene Bestie. Dann beugte er sich zu ihr vor und entblößte seine Zähne, um ihr das Fleisch von den Knochen zu reißen.

»Willow!« Das war Xander. Zumindest klang es nach Xander, und sie hätte nie gedacht, dass seine Stimme einmal so wundervoll in ihren Ohren klingen konnte. Er wandte sich von Buffy ab, rannte quer durch das Gehege und stürzte sich auf den wahnsinnigen Tierpfleger.

Sie gingen beide zu Boden, doch der Mann kam erstaunlich schnell wieder auf die Beine. Als Xander erneut auf ihn zustürmte, schleuderte er den Jungen mit einem gezielten Kinnhaken zurück.

Buffy sprang auf, rannte auf den Besessenen zu und trat ihm mit voller Wucht in sein bemaltes Gesicht. Er taumelte rückwärts und fiel. Doch schon stand er wieder auf und ging knurrend auf sie los. Sie stoppte ihn mit ihrer erhobenen Linken, und als er wieder angriff, nutzte sie seinen eigenen Schwung, um ihn an seinem Gewand zu packen und über ihre Schulter auf den harten Steinboden zu schmettern.

Jeder andere Gegner wäre längst außer Gefecht gesetzt gewesen. Doch die Rückübertragung schien ihm fast überirdische Kräfte verliehen zu haben. Schon sprang der Pfleger wieder auf die Füße und kam zähnefletschend auf sie zu.

Sie wiederholte den Trick, diesmal andersherum. Packte ihn, drehte sich und warf ihn über ihre Schulter zu Boden. Nur dass sich der Boden diesmal mitten im Hyänengehege befand.

Er schrie auf, erschien jedoch nur einen Moment später schon wieder am Rand des Geheges und versuchte, sich über die Absperrung zu ziehen. Da schrie er wieder, doch diesmal mehr aus Schmerz denn aus Angst. Plötzlich wurde er zu Boden gerissen und entschwand aus dem Blickfeld der Anwesenden.

Nur Sekunden später war von der anderen Seite der Umzäunung ein bösartiges Knurren zu hören, gefolgt von dem schrecklichen Geräusch mahlender, knirschender Zähne.

Buffy blickte zu Kyle und seinen Freunden und sah gerade noch, wie sie aus dem Hyänenhaus rannten, als sei der Leibhaftige hinter ihnen her. Sie konnte es ihnen nicht verdenken.

Dann riskierte sie einen Blick in das Gehege und wünschte, sie hätte es nicht getan. Wenn die Tierpfleger schon das Füttern der Tiere untersagen, dachte sie, dann muss das Verfüttern von Tierpflegern eine geradezu ungeheuerliche Übertretung der Zooregeln darstellen ...

Als sie sich wieder umdrehte, fiel ihr Blick auf Xander, der endlich wieder der Alte zu sein schien. Ja, es war Xander, wie jeder ihn kannte und liebte, und er löste gerade Willows Fesseln.

Das Quietschen einer Seitentür ließ sie herumfahren. Giles stolperte herein. Er schwankte und rieb sich den Hinterkopf. »Ähm ... hab ich was verpasst?«

Der nächste Tag brachte Sonne und einen strahlend blauen Himmel. Der Sommer war nicht mehr weit.

Buffy, Willow und Xander schlenderten auf dem Weg in den Unterricht über den Schulhof.

Buffy genoss die warmen Sonnenstrahlen, und sie war verwundert, wie sehr sie es zudem genoss, mit Xander zusammen zu sein.

»Ich hab gehört, der stellvertretende Rektor springt ein, bis sie einen Ersatz für Flutie gefunden haben«, sagte Willow.

»Das dürfte nicht allzu schwierig sein«, meinte Buffy. »Vorausgesetzt, der Neue will nicht wissen, was aus seinem Vorgänger geworden ist.«

»Okay, aber ich hatte damit nichts zu tun, ja?«, wiederholte Xander nun schon zum tausendsten Mal.

»Ja, ja«, erwiderte Buffy.

Sie betraten die Außentreppe. »Du hast nur das Schwein auf dem Gewissen«, ergänzte Willow.

»Ich hab ein Schwein gegessen? War es wenigstens gepökelt und hörte auf den Namen ›Schinken‹ oder so ...« Entsetzt schlug sich Xander die Hand vor die Stirn. »Meine Güte, ich hab ein rohes Schwein gegessen. Und von den Trichinen ganz zu schweigen ...«

»Na ja, das warst ja nicht wirklich du«, versuchte Buffy ihn zu beruhigen.

»Alles, woran ich mich erinnere, ist ein Zoobesuch«, sagte Xander, »und dann erst wieder daran, dass dieser Typ Willow ein Messer an die Kehle gehalten hat.«

»Du hast mir das Leben gerettet«, sagte Willow strahlend.

»Klar.« Am Treppenabsatz blieb Xander stehen. »Niemand tut meiner Willow ungestraft was zu Leide!« Er drückte sie an sich.

Und Willow hatte es nicht besonders eilig, die Umarmung zu beenden, wie Buffy feststellte.

»Das ist definitiv unser Xander«, bemerkte sie.

Xander berührte sein Gesicht und fuhr sich über die Brust. Buffy fand, dass er die Sache mit der Körpersprache jetzt ein bisschen übertrieb, aber verglichen mit seiner Hyänen-Phase war dieses Verhalten nicht der Rede wert. »Ich hab doch nicht etwa ...«, er verstummte. »Ich meine, ich hab doch sonst nichts gemacht, oder? Ihr wisst schon, irgendwas mit euch? Was Peinliches oder so?«

»Nee«, sagte Buffy grinsend.

»Überhaupt nicht«, bestätigte Willow.

Buffy nahm Willow bei der Hand und zog sie mit sich. »Los, wir kommen sonst noch zu spät.«

Willow drehte sich zu Xander um und winkte ihm zu. »Wir sehen uns beim Mittagessen.«

»Cool«, meinte er grinsend und reckte beide Daumen in die Luft. »Solange es was Vegetarisches gibt!«

Er war ziemlich sicher, dass sie ihm die Sache abgekauft hatten.

Gut.

Es war ein tolles Gefühl, wieder man selbst zu sein. Besser denn je, wie er zugeben musste. Doch manchmal muss man die Wahrheit zum Wohle seiner Freunde ein bisschen korrigieren.

Er grinste in sich hinein und trottete weiter. Da kam Giles auf ihn zu, korrekt gekleidet wie immer.

»Also, Xander, ich habe noch mal meine sämtliche Literatur über Tierbesessenheit durchgesehen, aber ich konnte nichts über einen anschließenden Gedächtnisverlust finden«, sagte er.

Xander schluckte hart. »Das haben Sie ihnen doch hoffentlich nicht gesagt?«

Giles kam näher und flüsterte ihm ins Ohr: »Dein Geheimnis nehme ich mit ins Grab.«

Damit war die Sache wohl erledigt. Allerdings wusste Giles nun Bescheid, und er wusste, dass Giles Bescheid wusste ... Xander war sicher, dass er ihm vertrauen konnte. Und doch ...

»Erschießt mich, stopft mich aus, stellt mich ins Museum«, ächzte er.

Giles gab ihm einen freundschaftlichen Klaps auf die Schulter. Verbündete bis in den Tod, dachte er.

Xander ging davon und schüttelte unablässig den Kopf. Er konnte sich nicht erinnern, sich jemals so geschämt zu haben.

Doch er wusste, die ganze Sache hatte auch ihr Gutes.

Auch wenn er nicht die geringste Ahnung hatte, was das sein sollte.

Er vermutete, dass es in Zukunft wohl kaum noch schlimmer für ihn kommen konnte. Und er wusste, wenn es ihm gelang, dieses peinliche Gefühl zu überwinden, war alles wieder gut.

Wenn das Wörtchen »wenn« nicht wäre ...

Intermezzo

Xander fuhr weiter aus der Stadt hinaus.

Der Fahrtwind pfiff vorbei, und der schwarze Asphalt der Fahrbahn glänzte fast unwirklich im Scheinwerferlicht.

Den Zoo hatte er weit hinter sich gelassen. Er peilte nun ein ganz bestimmtes Ziel an.

Der Wagen brachte ihn fast ohne sein Zutun zu seinem Bestimmungsort. Nur ganz leicht hielt er das Lenkrad umfasst. Als ob das Auto wüsste, wohin es ihn zog.

Wenige Minuten später nahm er den würzigen Geruch von Salzwasser wahr.

Viel war geschehen seit seinem kleinen Hyänen-Intermezzo. Er hatte von einer Theorie erfahren, nach der sich die Zahl der Veränderungen in einer Gesellschaft von Jahr zu Jahr steigert. Und der zufolge der Unterschied in der Lebensweise der Menschen im Jahre 500 und 1500 nicht wirklich groß war. Doch in den letzten Jahrzehnten hatten sich die Dinge in geradezu gigantischem Ausmaß und auf fast dramatische Weise verändert. Insofern würden Leute aus dem Jahr 1800 die Welt des 20. Jahrhunderts wohl kaum mehr wieder erkennen und im Lauf der Jahre vermutlich völlig aufgeschmissen sein.

Wie dem auch sei, die Sache mit den Hyänen hatte in seinem ersten Highschooljahr stattgefunden. Damals war er noch jung und naiv gewesen. Und je älter er wurde, desto klarer wurde ihm, dass die Veränderungen, die ein Mensch im Laufe seines Lebens durchmachte, wesentlich subtiler, dafür aber umso einschneidender waren.

Und er war sich nun auch bewusst, dass diese Veränderungen nicht in erster Linie mit animalischer Triebhaftigkeit zu tun hatten. Das hoffte er zumindest.

Erst nachdem Buffy in Sunnydale aufgekreuzt war und sich alles veränderte hatte, war Xander klar geworden, wie ereignislos sein Leben bis dahin verlaufen war. Jahre voller Ruhe und Frieden in einem kleinen Städtchen am Meer, und dann ...

... wurden die Dinge plötzlich interessant. Und beunruhigend zugleich.

Am Schlimmsten war es, als Buffy starb.

Genau genommen war sie klinisch tot. Gleichzeitig war Kendra, die neue Jägerin, auf der Bildfläche erschienen – Buffys Begegnung mit dem Jenseits war also nicht nur flüchtiger Natur.

Damals war Xander für Buffy der rettende Anker gewesen. Er hatte sie mit einer Mund-zu-Mund-Beatmung zurück ins Leben geholt – eine

Maßnahme, an die er sich beileibe nicht ungern erinnerte. Und Angel hatte hilflos daneben gestanden. Dann war sie zurückgekommen.

So viele Dinge waren inzwischen passiert, schöne Dinge und weniger schöne, wichtige und weniger wichtige. Buffy verliebte sich unsterblich in Angel und musste tief verletzt feststellen, dass der Vampir sich nach all den friedlichen Jahren wieder dem Bösen zugewandt hatte. Ein Zigeunerfluch war für seine gute Seite verantwortlich gewesen. Angel hatte nun eine Seele und ein Bewusstsein und hatte sich von da an ob seiner zurückliegenden Verbrechen so schuldig gefühlt, dass er sich auf die gute Seite schlug und gegen die Grauen der Nacht kämpfte. Und zu diesem Zeitpunkt hatte sich Buffy in ihn verliebt.

Leider hatte ihre Beziehung dazu geführt, dass der Fluch aufgehoben wurde und Angel wieder ganz der alte skrupellose Blutsauger war. Er hatte dann Miss Calendar, Giles' Freundin, getötet, ein Mitglied der Zigeunerfamilie, die ihn seinerzeit verflucht hatte. Und Buffy schwor sich nun, ihn wieder zu erlösen.

Xander steuerte den Wagen auf einen Parkplatz am Ufer und stieg aus. Er konnte die Brandung zwar hören, doch der Pazifik selbst war kaum zu erkennen.

Er lief den kleinen Pfad hinab zum Strand, und da war er. Ein riesiger schwarzer Teppich aus Wasser, der leicht hin und her wogte und im Vollmond glitzerte, als hätte jemand eine Hand voll Diamanten hineingeworfen.

Auch für ihn hatte sich eine Menge verändert. Zum Beispiel, dass er nun mit Cordelia Chase zusammen war. Für sie beide ziemlich überraschend. Leider war das Ganze nicht immer nur eitel Sonnenschein. Es hatte mit einem unschuldigen Kuss begonnen, na ja, vielleicht nicht wirklich unschuldig, und sich dann zu einer heimlichen Affäre entwickelt, von der niemand in der Schule etwas wissen durfte. Schließlich war die Wahrheit doch ans Licht gekommen, und die anderen hatten sich damit abfinden müssen – sogar Willow.

Für Willow war es sicherlich deshalb leichter gewesen, weil sie Oz kennen gelernt hatte, seines Zeichens Rock-Gitarrist und Nachwuchswerwolf, der bei jedem Vollmond das komplette Michael-Landon-Programm abspulte.

Und wider Erwarten hatte sich die Affäre mit Cordelia als weitaus erfreulicher herausgestellt, als zum Beispiel seine Romanze mit Ampata. Die hatte sich nämlich zum Schluss als rachsüchtige Inka-Mumie entpuppt.

Doch auch bei der Jägerin war High Life angesagt. Buffy hatte den Meister getötet, und der Gesalbte machte ihr fortan das Leben schwer. Bis die beiden Vampire Spike und Drusilla in der Stadt aufkreuzten und ihn töteten. Doch mit Angel *und* dem Eintreffen des Vampirpärchens in Sunnydale war die Stadt zu einem nicht ganz ungefährlichen Blutsauger-Pflaster geworden.

Xander streifte seine Schuhe ab, zog sich die Socken aus und bohrte seine Zehen in den kühlen Sand. Für einen Kalifornier verbringe ich eigentlich erstaunlich wenig Zeit am Strand, dachte er.

Dieser Gedanke weckte plötzlich neue Erinnerungen. Er wandte sich um und rannte zum Wagen zurück. Als er wieder festen Grund unter sich spürte, schüttelte er den Sand von seinen Füßen, zog sich Schuhe und Socken wieder an und setzte sich zurück ans Steuer.

Nun fühlte er sich wieder besser. Von hier aus wirkte der Ozean ruhig und sicher.

Der Abstand zwischen ihm und dem Wasser war jetzt genau nach seinem Geschmack …

6

An diesem Abend hatte der Strand nichts Tropisches, geschweige denn Subtropisches, wie Xander feststellte. Ziemlich ungemütlich hier, fiel ihm auf.

Dummerweise schien er der Einzige zu sein, der das so empfand. Wohin er auch sah – überall Jugendliche, die Spaß hatten, tanzten, quatschten oder sich sonst wie vergnügten.

Gut, sie trugen warme Pullover und Jacken und drängten sich um die Lagerfeuer. Und doch schienen sie sich zu amüsieren.

Das mochte daran liegen, dass die Sportler der Sunnydale High in letzter Zeit nicht gerade mit Siegesfeiern verwöhnt worden waren. Insofern mussten sie noch dazulernen, was die Suche nach einem geeigneten Ambiente anging ...

»Ehrlich, Leute, das war echt 'ne Schnapsidee, die Siegesfeier am Strand zu machen«, nörgelte Xander und rieb sich die Hände über dem Lagerfeuer. Er trug einen gestreiften Pulli über seinem T-Shirt und zitterte wie Espenlaub. »Hier ist es arschkalt.«

Cordelia, seine derzeitige So-gut-wie-Beziehung, und seine langjährige Freundin Willow standen neben ihm.

»Also ich finde das klasse«, schwärmte Willow. »Eine Party in freier Natur.«

»Das Team wollte es so«, fügte Cordelia lakonisch hinzu. »Immerhin war es ihr Sieg.«

»Team? Schwimmteam?« Xander grinste spöttisch. »Na ja, wenn ihr es denn so nennen wollt ... Doch mal ehrlich, die Yankees, Abbott und Costello, das A-Team, das waren Teams!«

»Neidisch?«, fragte Cordelia.

»Nee«, erwiderte Xander. »Oder vielleicht doch ...« Er überlegte. »Ja«, gab er schließlich zu. »Aber auch nicht mehr. Ich meine, seht euch das doch mal an«, er deutete auf einen Schüler, der unweit von ihnen am Strand herumhing: Er war groß, muskulös, hatte kurz geschorene Haaren und war nur mit einem Hawaii-Hemd bekleidet. Letzteres irritierte Xander ob der arktischen Temperaturen am meisten.

»Dodd McAlvy«, fuhr er mit gedämpfter Stimme fort. »Letzten Monat noch von Beruf Arschkriecher und heute der obercoole Macker – und das nur, weil er schnell schwimmen kann?«

»Ich kann dazu nur sagen«, warf Cordelia ein, »dass meine Cheerleader-Truppe sich schon viel zu lange mit Losern abgeben musste. Wurde höchste Zeit, dass unsere Schule mal bei irgendwas top ist.«

»Du unterschlägst unsere hohe Sterblichkeitsrate«, erinnerte Willow.

»Stimmt. Da sind wir definitiv spitze!«, rief Xander.

Er drehte sich um, doch die anderen Schüler schienen gänzlich unbeeindruckt von seinem plötzlichen Begeisterungsausbruch.

So viel zum Thema Teamgeist, dachte er.

Buffy saß auf einem Felsen am Strand und nahm versonnen wahr, wie sich der silberne Mondschein auf der pechschwarzen Oberfläche des Pazifiks spiegelte.

Die Lederjacke, die Angel ihr geschenkt hatte, hielt sie angenehm warm. Sie trug sie noch immer, auch wenn ... nun, trotzdem.

Um sie herum war die Party in vollem Gange, als ob sich die Kids des Grundes für ihre Anwesenheit in Sunnydale nicht bewusst waren, als ob die Kreaturen, die am Grunde des Meeres lauerten, genauso harmlos waren wie die Felsen, die aus dem Wasser ragten. Und doch hing das Leben jedes Schülers hier auf irgendeine Art von ihr ab. Wenn es sie nicht gäbe, wäre der Höllenschlund ein bei weitem gefährlicherer Ort.

Gefährlicher, als er ohnehin schon war.

Sie ahnen nicht einmal, in welcher Gefahr sie schweben, dachte Buffy. Und so sollte es auch tunlichst bleiben. Selbst wenn das bedeutete, dass die anderen ihren Beitrag zur Erhaltung von Leib und Leben in Sunnydale nie würdigen konnten.

»Schön«, hörte sie plötzlich jemanden hinter sich sagen. »Findest du nicht auch?«

Es war Cameron Walker. Sie kannte ihn nur flüchtig. Er war Mitglied des Schwimmteams und einer der besten Athleten, soweit sie wusste. Und er ist nicht von schlechten Eltern, dachte sie. Groß, kräftig gebaut, mit einem gewinnenden Lächeln und braun gelocktem Haar, das ausnahmsweise nicht dem Rasierer zum Opfer gefallen war. Sicher, dem Vergleich mit Angel hielt er nicht stand. Aber welcher Mann tut das schon?, seufzte Buffy innerlich. Andererseits ist Angel jetzt auf der dunklen Seite, während der nette Cam hier eine richtige Sportskanone ist. Und Angel bleibt wohl immer ein Vampir, Seele hin oder her. Vielleicht wäre ein ganz normaler Typ zur Abwechslung gar nicht schlecht. Quasi als Ausgleich ...

»Ja«, erwiderte sie. »Es ist so ...«

Er unterbrach sie, während er weiter unverwandt auf die glitzernde Wasseroberfläche starrte. »So unendlich«, murmelte er. »Der Ozean ist unsere wahre Mutter, er ist der Ursprung und das Ende allen Lebens.« Er kam näher und hockte sich neben Buffy auf den Felsen. Als er fortfuhr, sah er sie direkt an. »Ständig in Bewegung und doch so zeitlos.«

»Alle Achtung«, sagte Buffy, erstaunt über derart poetisch-philosphische Anwandlungen aus dem Munde eines Sportlers. »Ich hätte das Ganze eher mit ›groß‹ und ›nass‹ umschrieben.«

Er lachte höflich. »Ich und ein paar meiner Mannschaftskollegen, wir kommen einmal die Woche zum Training hierher, um uns mit der Strömung zu messen.«

»Kommt mir bekannt vor«, murmelte Buffy, drehte sich zu ihm um und setzte ihr professionellstes Sportreporterlächeln auf. »Also, Cameron Walker, Sie sind gerade ins Halbfinale eingezogen. Wie geht es nun weiter bei Ihnen?«

»Ich würde gerne mehr Zeit mit Buffy Summers verbringen«, sagte er. »Würde sie gerne besser kennen lernen.«

Hallo!, dachte sie überrascht. Das ist doch mal was anderes als ›ich würde gern mal nach Disneyland fahren‹.

»Du bist wohl einer von der ganz schnellen Truppe«, meinte sie.

»Keine Panik«, erwiderte Cameron hastig, offensichtlich bemüht, die Situation wieder zu entkrampfen. »Ich möchte nur bei dir sein, mehr nicht.«

Fast wäre sie drauf reingefallen. Sie sah ihn an, sah ihm direkt in sein typisch amerikanisches Gutelaune-Gesicht, nur um dann wieder nachdenklich aufs Wasser zu starren.

»Hilfe!«, schrie plötzlich jemand am Strand. Ein Hauch von Panik lag in der Stimme, und die Jägerin ging sofort in Alarmbereitschaft.

Als sie sich umdrehte, fiel ihr Blick auf Dodd McAlvy, der gerade den Kopf eines Schülers mit Gewalt in einen der zahlreichen Eiswürfelbehälter tauchte. Sein Opfer trug ein rotes Sweatshirt, mehr konnte Buffy nicht erkennen. Bis Dodd es kurz nach Luft schnappen ließ. Es handelte sich um Jonathon Levenson, eine jener Intelligenzbestien, die es wohl nie schaffen würden, sich aus der Schusslinie der Älteren und Stärkeren herauszuhalten. Japsend und würgend kam er hoch.

»Also wirklich, Jonny«, rief Dodd tadelnd, wohl wissend, dass er sich vor Publikum produzierte. »Du musst die Luft schon ein bisschen länger anhalten können, wenn du jemals ins Team willst.« Er stieß Jonathons Kopf zurück ins Eiswasser.

Buffy setzte sich in Bewegung, packte Dodd von hinten an seinem Shirt und riss ihn fort von seinem Opfer. Dabei fiel ihr eine Tätowierung an seinem Oberarm auf – ein Hai mit einem dümmlichen Grinsen im Gesicht, dem eine Zigarre zwischen den Zähnen steckte.

»Hey!«, schrie der Schwimmer empört.

»Nettes Tattoo«, meinte Buffy. »Hatten wohl keine Tweetys mehr auf Lager, was?« Sie versetzte ihm einen Stoß, und er plumpste zu Boden.

»Sag mal, spinnst du?«, fragte Dodd.

»Selber schuld«, konterte Cameron mit einem breiten Grinsen im Gesicht. Er war hinter Buffy getreten, wie um ihr den Rücken zu stärken.

Dodd rappelte sich wieder auf und kam auf Cameron und Buffy zu, als ob er die Auseinandersetzung fortführen wollte. Doch dazu kam es nicht mehr, denn ein anderer Schwimmer, Gage Petronzi, ging dazwischen.

»Mach mal halblang, Kumpel«, beruhigte ihn Gage. Er war noch größer als Todd und trug ein hohes Turtleneck-Shirt, das seinen rasierten Schädel perfekt zur Geltung brachte. »Ein paar von uns gehen 'ne Runde schwimmen. Kommst du mit?«

»Von mir aus«, meinte Dodd. Er warf Buffy einen vernichtenden Blick zu und schloss sich widerstrebend seinen Kumpels an.

Buffy wandte sich zu Jonathon um, der dastand wie ein begossener Pudel und vor Kälte zitterte. »Hey«, sagte sie. »Sollen wir dir ein Handtuch besorgen?«

»Warum kümmerst du dich nicht zur Abwechslung mal um deinen eigenen Kram«, gab Jonathon barsch zurück. »Ich kann auf deine Hilfe gut verzichten, ich pass schon auf mich selbst auf.« Verärgert stürmte er davon.

Komisch, dachte Buffy. Eigentlich sollte er auf Dodd und nicht auf mich sauer sein. Aber Undank ist der Welt Lohn. Da schlägt sich unsereins doch lieber mit Vampiren herum ...

»Siehst du?«, sagte sie zu Cameron. »Macht einfach Spaß, mit mir zusammenzusein ...«

Sie gingen am Strand entlang, und Gage sagte zu Dodd: »Also, diese Buffy ist wirklich seltsam.«

»Das kannst du laut sagen. Irgendwie unheimlich«, stimmte Dodd zu, machte ein paar Schritte ins Wasser hinein und blieb plötzlich wie angewurzelt stehen. Die Wellen rollten heran, umspülten seine Knöchel, liefen am Strand aus, und da überkam ihn auf einmal dieses merkwürdige Gefühl. Es war eine Art Ziehen tief in seinem Inneren, und dann überfiel ihn ein unstillbares Bedürfnis ...

Gage ging weiter, bis er plötzlich einen penetranten Geruch wahrnahm. Eigentlich war es eher ein Gestank, der ihm in die Nase stach wie vergammelter Fisch.

»Mann!« Er verzog das Gesicht. »Was ist das bloß für ein übler Mief?«

Er drehte sich zu Dodd um, doch der war nicht mehr zu sehen.

»Dodd?«, rief er und wirbelte mehrmals suchend um die eigene Achse. Er war doch eben noch da ... »Hey, Kumpel!« Keine Antwort. Er zuckte die Schultern und trottete hinüber zu einer anderen Gruppe von Partygästen.

Das Rauschen der Brandung übertönte die Schreie und das schmatzende Geräusch.

Wegen der Dunkelheit hatte Gage weder die Stofffetzen noch die dunkelroten Blutlachen auf dem nassen Sand sehen können, die matt im Mondschein glänzten und von denen nun Dampf in die kühle Luft aufstieg.

Wäre er näher gekommen, hätte er vermutlich ein ihm sehr bekanntes und nun zerrissenes Hawaiihemd entdeckt – und etwas, das in einem weitaus schlimmeren Zustand war.

Und dann hätte er wahrscheinlich beim Anblick des Tattoos gestutzt, das einen grinsenden, auf einem Stumpen kauenden Hai darstellte.

Doch all dies blieb Gage verborgen.

Genauso wie der Schatten, der nun lautlos in einem riesigen Abflussrohr verschwand, das seine stinkende Fracht ins Meer leitete.

Das Abflussrohr führte direkt nach Sunnydale.

7

»Eure Tortendiagramme sind echt klasse geworden«, lobte Willow die Anwesenden.

Bedächtig ging sie zwischen den Tischreihen auf und ab und warf prüfende Blicke auf die Computerbildschirme der Schüler.

Dieser Aushilfslehrerjob machte ihr wirklich großen Spaß.

Auch wenn der Grund, warum sie gebeten worden war, den Computerunterricht zu übernehmen, weniger schön war.

Willow vertrat die von Angel getötete Miss Calendar. Sie wusste nicht, ob sie Angel diesen Mord jemals verzeihen konnte. Jedes Mal, wenn sie an die Lehrerin dachte, bedauerte sie es fast ein wenig, den Job angenommen zu haben.

Aber eben nur fast.

»Wirklich gut«, sagte sie anerkennend. »Sehr gut.«

»Danke«, sagte eine der Schülerinnen. Kinder, dachte Willow. Und ich bin genauso alt wie sie.

»Sehr schön gemacht.« Anerkennend nickte sie einem anderen Schüler zu.

Dann kam Gage an die Reihe. Pflichtschuldig warf sie einen Blick auf seinen Monitor. Er mag ja ein guter Schwimmer sein, dachte sie, aber seine Computerkenntnisse lassen doch sehr zu wünschen übrig. Sollte er jemals einen Job im Supermarkt kriegen, dann wohl besser nicht an der Kasse ...

»Gage«, sagte sie ruhig. »Dein Diagramm hat verdächtige Ähnlichkeit mit Solitär.« Sie kam näher und sah ihm über die Schulter. »Solitär mit nackten Frauen, um genau zu sein.«

»Was geht denn hier ab?«, fragte Gage.

»Nichts«, erwiderte Willow, womit sie seinen Fall sehr treffend beschrieb.

Da läutete die Schulglocke, und das große Stühlerücken begann. Gage strebte mit den anderen in Richtung Tür, als ob er es nicht erwarten könnte, endlich wieder draußen zu sein.

Im gleichen Moment drängelte Direktor Snyder, der Nachfolger des armen Mr. Flutie, ins Klassenzimmer. Er war klein, hatte fast etwas Koboldhaftes, und auf seinem schmächtigen Körper thronte ein viel zu großer Kopf. Wie immer trug er einen grauen Dreiteiler; Jacke und Weste waren korrekt zugeknöpft.

Er traf Gage an der Türschwelle. »Gute Vorstellung gestern, mein Sohn«, sagte er wohlwollend. »Weiter so!«

Gage drückte sich wortlos an ihm vorbei und verließ den Raum. In diesem Moment bemerkte Willow den Schuldirektor.

»Hallo!«, rief sie und fügte dann zögernd hinzu: »Ähm ... Sir.«

»Rosenberg«, sagte er. »Wie läuft's mit dem Unterricht? Alles in Ordnung?«

»Tja, also ich ...«

»Großartig!«, unterbrach er sie. »Ich habe mit dem Schulamt gesprochen. Es wird schwierig werden, so spät im Jahr noch einen kompetenten Lehrer zu finden. Meinen Sie, Sie könnten bis zum Ende des Schuljahres damit weitermachen?«

Willow strahlte wie ein Honigkuchenpferd. Es war ein gutes Gefühl, die eigene Arbeit anerkannt zu wissen. »Natürlich, das Unterrichten macht mir großen Spaß, und ...«

»Fein«, sagte Mr. Snyder ohne die geringste Spur von Herzlichkeit. »Sie haben Teamgeist, und das gefällt mir. Aber im Team will man, dass alle in der Mannschaft Erfolg haben, dass alle das gesteckte Ziel erreichen.«

»Ähm ... ja, sicher«, antwortete Willow, unsicher, wohin dieses Gespräch führen sollte, und noch unsicherer, ob ihr dessen Verlauf gefallen würde.

»Wie ich höre, haben Sie Probleme mit Gage Petronzi.«

Willow atmete erleichtert auf. »Sie wissen also schon Bescheid. Ja, das stimmt«, gab sie zur Antwort. »Abgesehen von seinem Verhalten in der Klasse macht er nie Hausaufgaben, und seine schriftlichen Noten, na ja, bis jetzt hat er noch gar keine, weil er nie erscheint, wenn wir eine Arbeit ...«

»Das meine ich nicht«, fiel ihr der Direktor erneut ins Wort.

Das scheint sich zu einer schlechten Angewohnheit auszuwachsen, dachte Willow.

»Ich bin«, fuhr er fort, »vielmehr an einer ganz anderen Sache interessiert. Unsere Schule steht zum ersten Mal seit fünfzehn Jahren kurz davor, die Meisterschaft zu gewinnen, und Sie haben nichts Besseres zu tun, als einem unserer besten Athleten schlechte Noten um die Ohren zu hauen. Nachher muss er deswegen auch noch sein sportliches Engagement zurückstellen. Verstehen Sie das etwa unter Teamgeist, Miss Rosenberg?«

»Ja«, sagte Willow. »Ich meine, nein. Ich meine, ich versuche nur, gerecht zu benoten, und ...«

»Gage ist ein Champion«, insistierte Mr. Snyder. »Er steht unter wesentlich größerem Druck als die anderen Schüler. Ich denke also, wir sollten nachsichtiger mit ihm sein.« Er wandte sich zum Gehen.

Nun begriff Willow, was mit diesem Gespräch bezweckt werden sollte. Und das gefiel ihr ganz und gar nicht. »Verlangen Sie etwa von mir, dass ich seine Noten frisiere?«

Snyder hielt inne, zögerte und kam ein paar Schritte auf sie zu. »Das hab ich nicht gesagt«, erwiderte er mit ruhiger Stimme und sah Willow an, als ob er sie allein mit seinem Blick in die Knie zwingen wollte. »Alles, was ich Ihnen, ähm, vorgeschlagen habe, war, dass Sie Ihre Benotung noch einmal ... überdenken. Ich bin der Meinung, dass sich für einen Ausnahmeathleten wie Gage durchaus etwas ... Passenderes finden ließe, zum Beispiel eine 4 oder so.«

Er drehte sich um und verließ das Klassenzimmer.

Von Willows guter Laune war nicht mehr viel übrig.

Xander konnte kaum glauben, was Willow ihm soeben erzählt hatte.

Aber wenn er es recht bedachte, konnte an ihrer Story schon was dran sein – immerhin hatte sich Snyder schon bei so ziemlich jedem unter dreißig unbeliebt gemacht. Und dennoch ...

»Einfach so?«, wollte er wissen. »Er hat von dir verlangt, dass du seine Noten manipulierst?«

Sie kamen gerade aus dem zweiten Stock. Zwischen ihnen ging Cordelia, die, wie Xander zugeben musste, heute einfach umwerfend aussah in ihrem kurzen schwarzen Rock und dem ärmellosen weißen Pulli.

»Genau so«, lenkte Willow seine Aufmerksamkeit wieder auf das ursprüngliche Thema. »Er hat es zwar nicht wortwörtlich so formuliert, aber die Sache ist klar.«

Sie erreichten den ersten Stock, bogen rechts in einen Gang ein und schlenderten auf ihren Klassenraum zu.

»Das ist echt übel«, erklärte Xander. »Da werden ja alle verarscht, die sich das ganze Jahr über für ihre Noten krumm gelegt haben.«

»Xander, ich weiß ja«, meldete sich nun Cordelia zu Wort, »dass du dich als Sprachrohr der Loser aller Welt verstehst, aber es ist nun mal eine Tatsache, dass sich manche hier besondere Privilegien erworben haben. Man nennt diese Leute Gewinner. So läuft das nun mal im Leben.«

Xander versuchte die Tatsache zu verdrängen, dass das Mädchen, das gerade gesprochen hatte, auch das Mädchen war, mit dem er ging. Doch so war Cordelia nun mal, abgesehen davon, dass sie beide schon nach kurzer Zeit jeden Respekt voreinander verloren hatten. »Und was ist mit dem Alle-Menschen-sind-gleich-Grundsatz?«

»Hilflose Möchte-gern-Propaganda der Hässlichen und Minderbemittelten«, gab sie prompt zurück.

»Ich dachte, das stammt von Lincoln?«, wandte Xander ein.

»Ätzendes Muttermal und idiotischer Hut«, fiel Cordelia dazu ein.

»Eigentlich«, meldete sich Willow zu Wort, »ist das von Jefferson.«

»Das war doch dieser Sklaventreiber, nicht?«

Xander war erstaunt über Cordelias fundierte Geschichtskenntnisse, doch er ließ es sich nicht anmerken. »Wisst ihr, was mich total nervt?«, fragte er stattdessen. »Dass Buffy nicht hier ist und mir bei meiner Empörung über diese hirntoten Schwimm-Heinis moralischen Beistand leisten kann. Miss Summers ist nämlich zur Zeit damit beschäftigt, sich einem von ihnen an den Hals zu werfen.«

Cameron Walkers mitternachtsblauer Ford Mustang bog langsam auf einen der Schulparkplätze ein.

Der Lunch mit Cam war nicht wirklich interessant gewesen, wie Buffy zugeben musste. Das mochte damit zusammenhängen, dass Cam ganz einfach nicht wirklich interessant *war*. Eher aufschlussreich, dachte sie und ließ ihren Gedanken freien Lauf.

»... ich weiß nicht, vielleicht ein Delfin«, sagte er gerade. Er hatte fast während des gesamten Mittagessen geredet, doch Buffy konnte sich seltsamerweise an kein einziges Wort mehr erinnern. »Ein Delphin im Meer. Weißt du, wenn ich mich in den Weiten des Ozeans befinde, ist es, als ob ich dort nie allein wäre. Hast du jemals von einer Frau namens Gertrude Ederle gehört?«

»Nein, Cam, das habe ich nicht.«

Doch ihre Antwort bedeutete nicht mehr als eine Verschnaufpause für ihn. Er hörte ihr gar nicht wirklich zu. Sie fühlte, wie ihre Augenlider schwer wurden, als er fortfuhr. »Das war die erste Frau, die den Ärmelkanal durchschwommen hat. Sie sagte genau dasselbe. Und sie meinte sogar, sie hätte mit dem Meer geredet, ja ganze Unterhaltungen mit ihm geführt. Ich mache das auch manchmal. Einmal war ich da draußen, und da habe ich ...«

»Hör mal, Cam«, unterbrach sie ihn, nicht zuletzt aus Angst um ihre geistige Unversehrtheit. »Ich danke dir, denn ich hatte fast vergessen, wie nett es ist, sich einfach mal nur zu unterhalten ... oder in meinem Fall, einfach nur zuzuhören, ohne irgendwelche Hintergedanken und so.«

»Hey, ich hab keine Hintergedanken«, sagte er. »Ich möchte nur, dass du dich in meiner Gegenwart wohl fühlst.«

»Das tue ich. Ich fühle mich so wohl, dass ich jeden Moment einnicken könnte, und deshalb ...«

»Trägst du eigentlich einen BH?« Sein Blick klebte an ihrem ärmellosen Top.

Was? Diese Frage kam recht unerwartet. »Wie bitte?«

»Ach, komm schon«, erwiderte Cameron. »Du willst mir doch nicht weismachen, dass du seit gestern Abend nicht permanent daran denkst.«

Buffy packte den Türgriff. »Ich denke nur, dass ich am besten schnellstens von hier verschwinden sollte.«

Doch Cameron, der sein Auto besser kannte als sie, hatte schon die elektronische Zentralverriegelung betätigt.

»Entspann dich«, sagte er. »Ich werde dir schon nichts tun.«

Dieser Spruch kommt mir bekannt vor, dachte sie. Immerhin bin ich die Jägerin ... Wenn nicht mal ihr eigener Tod sie aus der Ruhe bringen konnte, dann wohl kaum ein übereifriger Schwimmer. »Ehrlich gesagt mache ich mir weniger Sorgen um meine Person«, sagte sie nur.

Das schien Cam zu gefallen. »Du magst es auf die harte Tour, stimmt's?«, fragte er und wollte nach ihr greifen.

Sie erwischte ihn am Handgelenk und bog es brutal zurück. Mit der anderen Hand packte sie ihn am Schopf, knallte dann seinen Schädel gegen die Nackenstütze und anschließlich sein Gesicht gegen das Lenkrad. Die Hupe ertönte.

»Au!« kreischte er. »Ahh! Verdammt! Du hast mir ... aua! ... die Nase gebrochen!«

Im gleichen Moment fühlte Buffy Direktor Snyders Blick im Rücken. »Freudlos« war einigermaßen untertrieben für den Ausdruck, der auf seinem Gesicht lag.

Sie ließ von Cam ab.

Gleichzeitig bedeutete ihr Snyder mit der universellen Herkommen!-Geste, dass er sie zu sprechen wünschte.

Und Buffy wusste, dass ihre Verteidigungsmaßnahme mit Nachsitzen nicht unter sechs Wochen geahndet werden würde.

Schwester Greenleigh bereitete eine kühlende Kompresse für Cams Nase, indem sie das Tuch mit den Eisstücken so hart auf die Tischplatte knallte, dass es wie eine kleine Explosion klang.

Als sie den Beutel mit dem zertrümmerten Eis auf das Gesicht ihres Patienten legen wollte, zuckte Cameron ängstlich zurück. Seine rechte Hand war bereits stramm bandagiert.

Buffy ihrerseits war viel zu sehr damit beschäftigt, sich zu verteidigen, als dass sie seinem Leiden die nötige Aufmerksamkeit hätte schenken können.

»Aber ich hab gar nicht angefangen, Direktor Snyder«, sagte sie zum wiederholten Male. »Ich wurde angegriffen.«

»Danach sah das aber nicht gerade aus«, bemerkte Snyder.

»Ich wusste gar nicht, wie mir geschah«, mischte sich nun Cameron ein. »Ich meine, erst macht sie mich an, und dann dreht sie völlig durch.«

»Ich dich angemacht?«, fragte Buffy fassungslos. Glaubt er wirklich allen Ernstes ...?

»Also bitte«, sagte Cameron mehr zu Snyder als zu Buffy. »Sehen Sie sich doch nur mal an, wie sie rumläuft.«

Was, wie Buffy fand, nun so schlecht auch nicht war. Sie trug ein enges, aber nicht hautenges, ärmelloses schwarzes Shirt mit V-Ausschnitt, einen weißen Minirock und dazu schwarze Stiefel. Was zum Henker ist damit nicht in Ordnung?, fragte sie sich.

In diesem Moment ging die Tür auf, und ein weiterer Besucher stürmte in das ohnehin schon überfüllte Krankenzimmer von Schwester Greenleigh. Es war Carl Marin, der Schwimmtrainer der Schule, ein großer, untersetzter Mann mit schlohweißem Haar und von oben bis unten in den Sunnydale-Farben Burgund und Gold gekleidet.

Der Teamgeist höchstpersönlich, dachte Buffy und verdrehte die Augen. Unser seit langem erfolgreichster Coach ist bestimmt gekommen, um nach seinem verwundeten Krieger zu sehen. Der hat mir gerade noch gefehlt ...

»Trainer«, grüßte Mr. Snyder den Hereinkommenden sportlich.

Wortlos ging der Coach an ihm vorbei zu seinem angeschlagenen Schützling. »Wie geht's, Cameron?«, fragte er besorgt.

Cameron entfernte die Eiskompresse und präsentierte dem Coach seine lädierte Nase.

»Und, Coach Marin?«, fragte Snyder besorgt. »Wie sieht's aus?«

Der Trainer inspizierte Cams Nase wie ein General seine Truppen. »Gott sei Dank ist sie nicht gebrochen. Aber er wird wohl für einige Tage ausfallen.«

»Ich meinte eigentlich unsere Chancen, die Meisterschaft zu gewinnen«, sagte der Direktor und nahm den Coach beiseite. »Können wir es jetzt noch schaffen?«

»Oh«, sagte Marin. »Also, Cam muss erst wieder hundertprozentig fit sein. Er ist der beste Schwimmer im Team, nun wo Dodd ...« Er brach ab.

»Was ist denn mit Dodd?«, fragte Buffy.

»Das geht Sie nichts an«, blaffte Snyder. »Ich hoffe für Sie, dass seine Nase«, er deutete auf Cam, »bis zum Wettkampf am Freitag wieder in Ordnung ist.«

Coach Marin ging zu dem Untersuchungstisch, auf dem Cam saß. »Walker«, sagte er. »Ich möchte, dass Sie ins Dampfbad gehen, sobald Sie hier fertig sind. Das hält die Nebenhöhlen frei.« Und an Schwester Greenleigh gerichtet: »Passen Sie gut auf meinen Goldjungen hier auf, okay, Ruthie?«

»Na klar doch«, erwiderte sie nur.

Dann wandte sich Coach Marin an Buffy. »Und Sie sollten sich von nun an ein bisschen sittsamer kleiden. Wir sind hier schließlich nicht im Tanzclub.« Er taxierte sie von oben bis unten und verließ dann das Behandlungszimmer. Direktor Snyder folgte ihm.

Cam blieb auf dem Tisch sitzen und presste sich die Kompresse gegen das Gesicht. Er grinste Buffy unverschämt an.

»Und jetzt stehe ich als Schlampe da«, berichtete Buffy ihren Freunden. »Und dass nur, weil er ein verrenktes Handgelenk und eine blutige Nase davongetragen hat und ich nichts.« Skeptisch sah sie in die Runde. »Was nicht gerade für mich spricht, wenn ich's recht bedenke. Und Cam kommt ungeschoren davon, weil er bei diesem verdammten Schwimmteam ist, das, falls es noch niemand mitbekommen haben sollte, in letzter Zeit an Benehmen ganz schön zu wünschen übrig läßt.«

Sie unterbrach ihre Schimpftirade und musste feststellen, dass Giles, Willow und Xander von ihren Büchern aufgesehen hatten und sie nun schweigend anstarrten.

Will saß am Tisch, und Giles hatte sich dagegen gelehnt. Xander hatte einen dicken Schmöker auf dem Schoß.

Kommt mir hier eher vor wie in einem Studierzimmer als in einer Bibliothek, dachte Buffy. Na ja, überlegte sie. Eigentlich sieht's hier auch doch nach Bibliothek aus. Ich bin nur nicht mehr daran gewöhnt, dass sie auch entsprechend genutzt wird ...

»Und?«, fragte sie und lachte leise. »Was gibt's bei euch so Neues?« Sie sank auf einen Stuhl am Kopf des Tisches.

»Danke der Nachfrage«, sagte Giles in seinem typisch britischen Akzent. »Offenbar wurden heute Morgen menschliche Überreste am Strand gefunden.«

»Dodd McAlvys Überreste, um genau zu sein«, ergänzte Willow.

»Vampire?«, fragte Buffy.

»Nein«, erwiderte Giles. »Er wurde ausgeweidet. War nicht mehr viel von ihm übrig.«

»Mit anderen Worten«, meinte Xander, »ein Bootsunfall scheidet aus ...«

»Jemand hat ihn aufgeschlitzt und nur seine Innereien aufgefressen?«, fragte Buffy ungläubig.

»Ja, so wie bei diesen Oreo-Keksen«, sagte Willow. Die anderen sahen sie verständnislos an. »Na ja«, fuhr sie rasch fort. »Ihr wisst schon, die mit dieser leckeren Schokoladenfüllung ...«

»Direktor Snyder hat das Lehrerkollegium gebeten, die Nachricht noch unter Verschluss zu halten, um die Schüler nicht zu beunruhigen«, unterrichtete sie Giles.

»Sie meinen wohl eher das Schwimmteam«, sagte Xander. Der Sarkasmus in seiner Stimme war unüberhörbar.

»Also suchen wir eine Bestie«, stellte Willow fest.

»Die Menschen frisst und Haut nicht anrührt«, ergänzte Giles.

»Das macht irgendwie keinen Sinn«, murmelte Buffy.

»Stimmt«, meinte Xander. »Die Haut ist doch das Beste!«

Buffy zuckte die Schultern. »Irgendwelche Dämonen mit zu hohem Cholesterinspiegel vielleicht?«

Giles sah sie befremdet an.

»Sie sollten später noch mal in Ruhe darüber nachdenken, Giles. Dann lachen vielleicht sogar Sie«, sagte sie.

Sie hoffte, Recht zu behalten.

Cameron Walker saß im Dampfbad, die Ellbogen auf die Knie gestützt.

Die warme Luft war Balsam für seine schmerzenden Muskeln, doch seine Nase bereitete ihm noch immer Sorgen. Er legte den Kopf zurück, betastete vorsichtig die aufgeplatzte Haut auf seinem Nasenrücken und überprüfte dann seine Fingerkuppen. Kein Blut mehr – Gott sei Dank.

Plötzlich war ihm, als würde er draußen ein Geräusch hören. Angestrengt lauschte er in die Stille hinein. Nichts. Er lehnte sich zurück und entspannte sich wieder.

In diesem Moment flog die Tür auf, und Cameron erschrak fast zu Tode.

»Okay, mein Sohn«, rief Coach Marin ihm zu. »Das reicht für heute. Zeit für die Dusche.« Und schon war der Trainer wieder in dem dichten Dunst verschwunden.

In Sunnydale war Nacht.

Die Highschool war nun ein dunkles menschenleeres Gebäude, wie es nach Einbruch der Dämmerung so viele auf dieser Welt gibt.

Xander spazierte durch den düsteren Gang im Erdgeschoss und klimperte mit dem Kleingeld in seiner Hand. Er hatte furchtbaren Durst, und seine Augen waren überanstrengt vom vielen Lesen. Warum gibt es eigentlich nicht so was wie ein Lexikon der Dämonen, dachte er. Recherche macht ganz schön Durst ...

Im Weitergehen zählte er noch einmal die Münzen nach und stieß prompt an der Ecke mit Cameron Walker zusammen. In hohem Bogen fielen die Geldstücke zu Boden.

»Pass doch auf!«, knurrte Cam.

Xander sah ihn betont unterwürfig an. »Verzeiht bitte, Eure Schwimmeminenz.« Er bückte sich, um sein Geld wieder aufzuklauben.

»Loser«, gab Cameron zurück und ging weiter.

»Deine Nase steht dir ausgezeichnet, Cam«, rief Xander ihm nach. »Sie passt zu dir.«

Cam stoppte, drehte sich um und starrte Xander feindselig an. »Wie meinst du das?«

»Ich meinte nur, dass Buffy jetzt wohl nicht mehr an erster Stelle auf deiner Favoritenliste steht.«

Cam baute sich vor ihm auf und verschränkte die Arme vor seiner Brust, doch Xander lachte nur. »Mann, ich liebe es, wenn ihr euch mit ihr rumprügelt.«

Betont nachsichtig schüttelte Cameron den Kopf. »Du kannst von Glück reden, dass ich Hunger habe.«

»So ein Pech aber auch, die Cafeteria ist schon seit Stunden geschlossen«, sagte Xander in gespieltem Mitleid.

»Nicht für mich.« Er drehte sich um und ließ Xander einfach stehen.

Der fragte sich wieder einmal, warum zum Teufel sich die Mitglieder von Schwimmteams immer für etwas Besseres hielten.

Die Cafeteria lag im Dunkeln, nur der hereinfallende Mondschein beleuchtete schwach die leeren Auslagen und Stahlregale.

Nichts zu essen weit und breit.

Cameron schlich durch den großen Vorraum und hoffte, in den Kühlschränken im Küchenbereich doch noch fündig zu werden.

Als er eintrat, raubte ihm der Gestank fast den Atem. »Verdammt, was ist das?«, fragte er halblaut in die Stille hinein.

Keine Antwort.

Xander stand vorm Getränkeautomat und focht den uralten Kampf der Durstigen dieser Welt aus: So eine große Auswahl, und nur eine Sorte darf es sein. »Grapefruit, Orange, Grapefruit, Orange ...«

Er zuckte zusammen, als aus Richtung der Cafeteria ein Schrei ertönte, der ihm das Blut in den Adern gefrieren ließ.

Das Limo-Dilemma musste warten. Er rannte los.

Die Cafeteria sah verlassen aus. Sie war dunkel, und kein Geräusch war zu hören.

Aber jemand hat geschrien, dachte er, und Cameron war auf dem Weg hierher ... Zögernd trat er ein.

Er bemerkte sofort, dass Tische verschoben und Stühle umgeworfen worden waren. Xander wusste, die Putzkolonne würde niemals ein solches Chaos hinterlassen. Irgendetwas musste passiert sein.

Und dem Gestank nach zu urteilen nichts Angenehmes.

Er lief um einen umgestürzten Tisch herum, und da sah er es. Etwas Undefinierbares, ein dampfender Haufen aus Kleidung und Haut, und etwas, das nach Blut aussah. Das meiste davon entzog sich jeglichem Wiedererkennungswert, aber da war auch noch eine Hand, die tatsächlich wie eine Hand aussah, mit fünf Fingern und allem, was dazugehörte ...

Xander fühlte, wie ihm schlecht wurde. Er presste eine Hand über Mund und Nase, zum einen, um den Gestank nicht mehr riechen, zum anderen, um sich nicht übergeben zu müssen. »O Gott«, murmelte er mit erstickter Stimme. »Großer Gott ...«

Ich muss Hilfe holen. Buffy und die anderen sind noch in der Bibliothek, dachte er. Ich könnte in weniger als einer Minute bei ihnen sein. Vor allem, wenn ich renne ...

Rennen war definitiv eine gute Idee.

Er drehte sich um. Und überlegte es sich anders.

Das lag vor allem daran, dass er sich Auge in Auge mit einem Monster wiederfand, das seine schlimmsten Albträume noch übertraf.

Es war grün und schuppig, und es hatte Zähne. Viele Zähne. Aus seinem schrecklichen weit geöffneten Maul hingen lange Barteln, wie man sie bei Katzenfischen findet. Ach so, deshalb werden sie Katzenfische genannt, dachte Xander unpassenderweise, zumal ihnen sonst rein gar nichts Katzenhaftes zu Eigen ist. Die Hände des Monsters gingen in Finger mit riesigen Krallen über. Und noch dazu war das Ungetüm beinahe einen Kopf größer als Xander.

Das Monster brüllte.

Und Xander folgte seinem Beispiel.

8

Wie sich herausstellte, konnte Cordelia ganz gut zeichnen.

Am meisten wunderte dies Xander, der bis dahin angenommen hatte, dass sich ihre Talente auf Cheerleading, beißenden Sarkasmus und hingebungsvolle Körperpflege beschränkten.

Doch da saß sie nun in der Bibliothek, den Zeichenblock auf ihren Knien, einen Bleistift in der Hand, und brachte eine Skizze des Monsters zu Papier. Und das wies sogar einige Ähnlichkeiten mit dem Ding in der Cafeteria auf.

Mit Betonung auf *einige*.

»Nein, das Maul war viel größer«, sagte Xander. »Und die Mundwinkel waren nach unten gezogen. Etwa so.« Er demonstrierte ihr, was er meinte. »Und mehr Zähne hatte es auch.«

Ungehalten warf Cordelia Block und Bleistift auf den Tisch und erhob sich. »Ich tue mein Bestes.«

»Und das hast du wirklich gesehen?«, fragte Giles in seiner besonnenen Art und deutete auf die Zeichnung.

»Ja, ich glaube schon. Nein. Doch, ich bin mir ziemlich sicher, obwohl ...«

Giles schwieg einen Moment, um Xander Zeit zum Nachdenken zu geben. Dann fragte er: »Ein Missverständnis schließt du aus?«

»Na ja, es war dunkel, und das Ding ist so schnell durchs Fenster abgehauen. Ich war ein bisschen geschockt, als ich es gesehen hab und ...«

»Na los, gib's schon zu«, unterbrach ihn Cordelia. »Du bist weggerannt wie ein Mädchen.« Wie war das noch mit dem beißenden Sarkasmus?, fragte Xander sich unwillkürlich.

»Moment mal«, protestierte er dann. »Du wärst noch viel schneller auf und davon gewesen!«

Die Tür schwang auf, und Buffy und Willow kamen herein.

»Buffy hatte Recht«, verkündete Will. »Laut Statistik waren Dodd und Cameron die besten Schwimmer im Team.« Sie reichte Giles einen Computerausdruck.

»Nummer eins und zwei, um genau zu sein«, ergänzte Buffy. »Was bedeutet, dass Gage Petronzi, der drittbeste Schwimmer der Schulauswahl, als Nächstes auf der Speisekarte steht – vorausgesetzt, meine Theorie stimmt.«

»Mein Gott, das ist ja furchtbar«, sagte Cordelia geknickt. Xander sah sie erstaunt an. Eine menschliche Regung? »So werden wir die Meisterschaft nie gewinnen«, fuhr sie fort. Fehlalarm, dachte Xander enttäuscht. »Langsam macht das Cheerleaden echt keinen Spaß mehr.«

Xander hob eine Hand. »Wer ihren Schmerz nachempfinden kann, der möge sich bitte melden.«

Giles ignorierte die beiden und studierte die Ausdrucke. »Wenn deine Theorie stimmt, dann käme Rache als Motiv infrage.«

»Vielleicht hat aber auch jemand diesen Meeresdämon aus seinen angestammten Gefilden herbeigelockt«, meinte Buffy, »und ihn mit dem Racheakt beauftragt.« Sie dachte einen Moment lang über das soeben Gesagte nach, dann sah sie Giles an und grinste vielsagend. »Aus seinen angestammten Gefilden? Ich glaube, ich verbringe eindeutig zu viel Zeit mit Ihnen.«

»Aber wer würde das Schwimmteam so sehr hassen?«, fragte Xander. »Ich meine, wer außer mir.«

Willow hatte eine Idee und meldete sich. »Ähm.«

Buffy sah zu ihr hinüber. »Ja, Willow?«

»Was ist mit Jonathon? Dodd und die anderen haben ihm während der Strandparty ziemlich übel mitgespielt, wisst ihr noch?«

»Und er hat gesagt, er kann gut auf sich selbst aufpassen«, erinnerte sich Buffy. »Gute Idee, Willow, du solltest dir den Jungen mal zur Brust nehmen.«

Willow schien ein bisschen erstaunt. »Wirklich? Ich?«, fragte sie ungläubig. Doch dann fügte sie energisch hinzu: »Ich werde ihn ausquetschen wie eine Zitrone.«

»Und in der Zwischenzeit«, sagte Giles und sah Buffy über seine Brillengläser hinweg an, »könnte es nicht schaden, wenn du Schwimmer Nummer drei ein wenig Schutz angedeihen lassen würdest. Diskret natürlich.«

»Geht klar«, erwiderte Buffy.

»Was ist mit mir?«, meldete sich Xander. »Was kann ich tun?«

»Nun«, schlug Cordelia vor. »Du könntest auf den Parkplatz gehen und üben, wegzurennen wie ein Mann.«

Xander verschränkte die Arme vor seiner Brust und zog es vor, zu schweigen. Es gibt ein paar Dinge, dachte er, da ist und bleibt sie einfach unschlagbar.

Am nächsten Tag saß Gage Petronzi in der Aufenthaltshalle, die Füße auf dem Tisch, und spielte mit seinem Gameboy.

Letzteres hoffte Buffy jedenfalls.

Die Halle war gut besucht, doch auch nicht so, als dass sie in der Menge der Schüler untergegangen wäre. Wenn Gage aufsah, konnte er sie durchaus bemerken. Noch dazu war ihr hellviolettes Shirt nicht gerade ein Musterbeispiel an Unauffälligkeit. Sie hielt sich ein Magazin vors Gesicht und blätterte ab und zu die Seiten um, damit es aussah, als würde sie lesen. Natürlich ließ sie Gage dabei keine Sekunde aus den Augen. Das Letzte, was passieren durfte, war, dass eines dieser Monster in ihrem Beisein zuschlug.

Gage hob den Kopf und sah sich um. Schnell richtete sie ihren Blick auf das Magazin. Als er sich wieder seinem Videospiel zuwandte, verfolgte sie erneut jede seiner Bewegungen.

Das Verhör fand in Willows Computerklassenzimmer statt.

Jonathon saß in der ersten Reihe, den Lichtkegel ihrer Schwanenhalslampe hatte Willow genau auf sein Gesicht gerichtet, sodass er kaum etwas sehen konnte. Immerhin hatte sie genügend Filme gesehen, wo diese Methode mit Erfolg angewendet wurde.

Sogar in Basic Instict, dachte sie, doch dann fand sie das Beispiel nicht ganz so passend.

»Also, Jonathon«, sagte sie schneidend. »Du wolltest also schon zweimal ins Schwimmteam und wurdest immer abgelehnt?«

»Ich bin Asthmatiker«, sagte er nur, »da konnte ich nicht mithalten.«

»Und das hat dich gewurmt, stimmt's?«

»Kann schon sein.«

»Du konntest es kaum ertragen, dass Dodd und die anderen dich dauernd rumgeschubst haben?« Wer würde das schon?, dachte sie sich im Stillen.

»Und?«

Für einen Moment war sie ein bisschen verunsichert, doch dann stellte sie die entscheidende Frage. »Und da wolltest du dich rächen, nicht wahr?« Und lauter: »Ist es nicht so?«

An dieser Stelle, so wusste Willow, brachen die meisten Delinquenten zusammen und gestanden.

Jonathon blinzelte einige Tränen weg. »Ja, okay. Es ist so.«

Erfolg!, triumphierte Willow. Elektroschocks können wir uns also sparen ...

»Gut«, fuhr sie fort. »Also hast du dich der schwarzen Künste bedient und ein Ungeheuer aus den Tiefen des Ozeans herbeigerufen, das für dich Rache nehmen sollte.«

Er sah sie an, als wäre ihr gerade ein zweiter Kopf gewachsen.

»So war es doch, oder nicht?«, hakte sie nach.

Langsam schüttelte er den Kopf, offensichtlich überaus verwirrt ob der merkwürdigen Wendung, die die ganze Sache plötzlich genommen hatte. »Was? Nein, ich hab mich gestern in die Schwimmhalle geschlichen und ... ins Becken gepinkelt.«

»Oh ...« Enttäuscht ließ Willow die Schultern sinken. Die Enttäuschung war ihr deutlich anzusehen. Dann, als ihr klar wurde, was Jonathon eben gesagt hatte, verzog sie angewidert das Gesicht. »Pfui Teufel ...«

Coach Marin und Direktor Snyder betraten das Schulgebäude und durchquerten die große Eingangshalle.

Wie immer war Marin in den Farben der Schule ausstaffiert, während der Direktor einen seiner zahlreichen grauen Anzüge trug. Lediglich Hemd und Schlips wurden von Zeit zu Zeit variiert.

»Das ist ein schwerer Schlag für uns«, klagte der Trainer. »Und früher oder später werden die anderen Jungs davon erfahren. Wie kann ich sie dann noch zum Schwimmen motivieren?«

»Ja, eine wahre Tragödie«, stimmte Snyder zu. Sie bogen in den Aufenthaltsraum ein. »Wir alle fühlen mit Ihnen, Coach. Nie habe ich bessere Jungs kennen gelernt als Cameron und ... diesen anderen.« Vertraulich ergriff er den Arm des Trainers und unterstrich jedes seiner Worte mit Gesten, als er fortfuhr. »Doch ich weiß, sie würden wollen, dass ihre Leute weitermachen und endlich den Titel holen. Es wird Zeit, wieder ans Team zu denken.«

»Aber das Team ist nicht mehr komplett«, wandte Marin ein. »Wie soll ich bis zu den Ausscheidungen heute Nachmittag Ersatz finden? So wie die Dinge zur Zeit stehen, erhalten wir doch nie und nimmer eine Starterlaubnis.«

»Sie finden schon jemanden«, versicherte Snyder. »Alles, was der Ersatzmann zu tun hat, ist doch, eine Badehose zu tragen, oder etwa nicht?«

Die beiden Männer setzten ihren Weg durch den Aufenthaltsraum fort.

Xander, der an einem nahe gelegenen Tisch saß, hatte jedes ihrer Worte mitbekommen.

Gage lehnte sich weit über den Billardtisch und führte seinen Stoß aus.

Über seinem weißen Sweatshirt trug er die Teamjacke in den Schulfarben – Burgund und Gold.

Die hämmernde Musik aus den Boxen vermochte den lauten Knall nur bedingt zu übertönen, mit dem die Spitze des Queue nun gegen die Kugel donnerte.

Er spielte allein.

An der Bar saß Buffy, ebenfalls allein. Ihr blondes Haar war am Hinterkopf zusammengesteckt und durch einen Holzstab fixiert. Sie war heute ganz in Schwarz gekleidet, die beste Tarnung im schummrigen *Bronze*, wie sie fand.

Doch sie funktionierte nicht.

Gaze spürte ihre Blicke und drehte sich zu ihr um. Schnell sah sie weg, rutschte von ihrem Hocker und schlenderte gemächlich hinter eine der schweren Stützsäulen des *Bronze*.

Doch auch von hier aus konnte sie nicht ungestört operieren, denn schon bald hatte Gage sie wieder entdeckt. Verärgert warf er seinen Queue auf den Billardtisch und ging davon.

Buffy umrundete die Säule, um die Verfolgung aufzunehmen, und lief ihm direkt in die Arme.

Sie wandte sich um und versuchte es auf der anderen Seite, doch er war wieder da und wartete auf sie.

»Sag mal, bist du mein Schatten, oder was?«, fragte er gereizt. »Die Nummer ist ziemlich alt, weißt du? Also, was willst du von mir?«

Auf frischer Tat ertappt war guter Rat natürlich teuer. »Tja ... ich ... na ja ... es ist mir ein bisschen peinlich«, stotterte sie, »aber ich bin ein ... totaler Schwimmergroupie.«

»Ja, sicher ...«, meinte Gage und verdrehte die Augen. Offensichtlich kaufte er ihr diese Geschichte nicht ab.

Buffy beschloss, aufs Ganze zu gehen. »Nein, ehrlich. Für mich gibt's nichts Aufregenderes als einen Typen, der nach Chlor riecht.« Sie bedachte ihn mit einem ihrer Schmachtblicke. »Oh Baby ...«

»Alles klar.« Er drehte sich um und ging von dannen.

Sie folgte ihm und stellte sich ihm in den Weg. »Okay, okay«, sagte sie. »Offensichtlich ist mein Sexappeal heute auf seinem Nullpunkt, also will ich ehrlich zu dir sein. Es gibt da etwas, das hier sein Unwesen treibt und Leute frisst. Und ich glaube, du bist das nächste Opfer.«

Auch diese Story vermochte Gage nicht so recht zu überzeugen. »Äh ... und das denkst du, weil ...«

»... das Ding schon ein paar Mal zugeschlagen ... und Leute getötet hat.«

»Du hast sie ja nicht mehr alle«, meinte Gage. »Cam hat mir schon von deinen Spielchen erzählt. Weißt du was? Such dir jemand anderen, dem du auf den Geist gehen kannst.« Er schob sich an ihr vorbei in Richtung Tür.

Sie hatte es total vermasselt, keine Frage, und sie konnte es noch nicht einmal mehr über sich bringen, ihn weiter zu verfolgen.

Auch draußen konnte er das unheimliche Gefühl, das Buffy bei ihm ausgelöst hatte, nicht abschütteln.

Gage schüttelte den Kopf, um wieder klar denken zu können, und murmelte: »Mann, ist die durchgeknallt.«

Er hatte mehr zu sich selbst gesprochen, doch nun fiel ihm auf, dass er nicht allein war. Am Ende der Gasse stand ein großer, gut aussehender, wenn auch ein wenig blasser Mann in einem schwarzen Trenchcoat. Der

Typ musste ihn gehört haben, denn nun kam er auf ihn zu und sprach ihn an.

»Woher weißt du das?«, fragte Gage irritiert.

»Sie und ich … wir hatten mal was miteinander«, sagte der Fremde. »Der größte Fehler meines Lebens.«

»Mein Beileid, Kumpel«, nickte Gage.

»Die Frau ist total krank im Kopf«, fuhr der Mann fort. Gage fühlte sich ein wenig unbehaglich, weil der Typ einen so vertraulichen Ton anschlug. Immerhin kannten sie sich erst seit ein paar Minuten.

»Wem sagst du das? Sie denkt wohl, sie ist so 'ne Art Gottesgeschenk an die Menschheit.«

»Wer ist sie denn? Die Auserwählte?«, fragte der Fremde.

»Genau.«

»Weißt du was«, sagte der Mann. »Ich glaube, sie braucht einfach mal jemanden, der sie von ihrem hohen Ross herunterholt.«

»Das wäre nicht schlecht«, erwiderte Gage. Die Idee gefiel ihm. »Aber wer sollte das sein?«

»Du hast Glück, mein Freund …«

Gage wollte sich wieder seinem Gesprächspartner zuwenden, doch der Fremde war auf einmal wie vom Erdboden verschluckt. Trotzdem konnte er immer noch seine Stimme hören. »Ich kümmere mich darum …«

Und dann war der Mann plötzlich wieder da. Aber er hatte sich verändert. Seine Stirn war irgendwie … verdickt und runzelig. Dadurch wirkten seine Augen schmaler und … bösartiger. Und seine Zähne waren … also, sowas nennt mal wohl eher Fänge, dachte Gage.

»… und versuche, jemanden für diese Aufgabe aufzutreiben.«

Gage wollte schreien, als der Typ nach ihm griff und dabei animalisch grunzte. Doch mehr als ein Krächzen brachte er nicht zustande. Der andere war stark, und innerhalb von Sekunden war Gage überwältigt und seinem Angreifer hilflos ausgeliefert. Der Schwimmer fühlte, wie sich scharfe Zähne in seinen Hals bohrten. Das sind definitiv Fänge, dachte er und schnappte nach Luft. »Hey, hör auf damit!«, schrie er entsetzt. »Verdammt, lass das!«

Gage bemerkte, dass die Lautstärke seiner Hilferufe mit jeder Sekunde schwächer wurde. Wenn mich bis jetzt niemand gehört hat, dachte er, ist es jetzt eh zu spät.

Resigniert verließ Buffy das *Bronze*.

Sie konnte Gage nicht beschützen, wenn er ihren Schutz nicht wollte. Und doch war er der Nächste auf der Speisekarte, da war sie sich sicher. Die Vorstellung, auf die sterblichen Hüllen weiterer Schüler zu stoßen, die liegen gelassen worden waren wie leere Plastiksäcke, missfiel ihr. Besonders, wenn man das nächste Opfer bereits kannte …

Plötzlich vernahm sie einen erstickten Hilfeschrei, was sie nicht weiter wunderte. Angesichts der aktuellen Ereignisse waren all ihre Sinne geschärft, zudem war sie die Jägerin, allseits auf der Hut, allseits bereit …

Die Rufe klangen irgendwie nach Gage, und auch nach »Hilfe!« und »Geh weg von mir!« und wieder »Hilfe!« …

Sie begann zu rennen, stürmte um die nächste Ecke und die Gasse hinunter.

Und da war er, lag zappelnd und stöhnend am Boden. Über ihm ragte eine schwarz gekleidete Gestalt auf, die würgte und spuckte, als ob sie gerade etwas wirklich Ungenießbares gegessen hätte.

Buffy nahm Anlauf und trat den Mann mitten ins Gesicht. Er reagierte darauf mit einem ihr nur allzu bekannten Grunzen. Instinktiv zückte sie einen ihrer spitz zulaufenden Pflöcke, hob den Arm zum Stoß, und … erkannte plötzlich, wen sie da vor sich hatte.

Sie erstarrte mitten in der Bewegung.

»Ach, Miss Summers«, sagte Angel mit einem eisigen Lächeln. »Schön wie immer.«

Bevor sie über eine passende Entgegnung nachdenken konnte, bückte sich der Vampir und hob Gage vom Boden auf wie eine Puppe. Dann warf er den Schwimmer direkt in ihre Richtung. Der Aufprall war hart, und Gage und sie stürzten zu Boden, aber eine Sekunde später war Buffy schon wieder auf den Beinen. Doch Angel rannte bereits in die Nacht und war schon bald ihrem Blickfeld entschwunden. Buffy verzichtete auf die Verfolgung.

»Oh«, stöhnte Gage und rappelte sich auf. Er blutete aus der Bisswunde an seinem Hals, schien aber ansonsten unverletzt. »War das das Ding, das Cameron getötet hat?«

»Nein«, versicherte ihm Buffy. »Das war, ähm, etwas anderes.«

»Etwas anderes?«

»Tja, leider haben wir eine Menge davon hier in Sunnydale«, sagte sie matt. »Gute Nacht.«

Kaum hatte sie ein paar Schritte gemacht, da hörte sie auch schon Gages Stimme hinter sich. »Hey! Bringst du mich nach Hause?«

Das Schwimmbecken der Sunnydale High hatte olympische Ausmaße und lag in einer Halle, die von hölzernen Zuschauertribünen gesäumt war.

In den vergangenen Jahren war sie nur selten genutzt worden, nicht einmal anlässlich von Wettkämpfen. Doch in diesem Jahr, da die Meisterschaft zum Greifen nah war, war die Halle gut besucht, ja selbst die Trainingsstunden zogen Zuschauer an.

Unter den heutigen Zuschauern befanden sich auch Buffy, Willow und Cordelia, wenngleich sie auch aus anderen Gründen hier erschienen waren als die restlichen Besucher.

Die Mitglieder des Schwimmteams hatten sich am Beckenrand eingefunden und wirkten relativ entspannt. Sie trugen bereits ihre Badekappen und Schwimmbrillen. Jetzt rief Coach Marin: »Schwimmer! In Position!«, und die Wettkämpfer nahmen auf den Startblöcken Aufstellung.

Der Trainer blies in seine Trillerpfeife, und plötzlich war das Becken voller Bewegung. Kraftvoll kraulten die sechs Schwimmer durchs Wasser, jeder in seiner Bahn, während Coach Marin am Beckenrand mitlief und seine Jungs anfeuerte. »Weiter, weiter!« rief er ihnen abwechselnd zu. Als ob er es mit kleinen Kindern zu tun hat, wunderte sich Buffy, denen man alles hundertmal eintrichtern muss, oder mit nicht ganz so hellen großen Kindern ... Ihr kamen ihre Treffen mit Cameron Walker in den Sinn, und sie gelangte zu dem Schluss, dass es vielleicht gar nicht mal verkehrt war, einen Schwimmer geistig nicht zu überschätzen.

»Tief einatmen!«, rief der Trainer gerade. Jetzt war wohl gerade Theorie angesagt.

Plötzlich hielt Gage mitten im Schwimmen inne und ließ seinen Blick über die Zuschauertribüne schweifen. Als er Buffy entdeckte, winkte er ihr zu. Zögernd erwiderte sie den Gruß.

Dem Coach war dieses Intermezzo natürlich nicht entgangen. »Sag mal, Gage«, bellte er. »Wird das heute noch mal was? Los, weiter!«

Gerade hatte Buffy ihren Freunden von ihrem nächtlichen Erlebnis vor dem *Bronze* berichtet.

»Und er hat das Blut wieder ausgespuckt?«, wunderte sich Cordelia. »Ich dachte, Angel steht auf Blut?«

»Das tut er normalerweise auch«, erwiderte Buffy.

»Vielleicht waren seine Augen größer als der Magen«, meinte Willow.

»Oder aber, etwas ist nicht in Ordnung mit dem Blut von Gage«, überlegte Buffy. »Vielleicht nimmt er ja Steroide?«

»Das würde auch die Persönlichkeitsveränderungen bei den Schwimmern erklären«, sagte Willow.

»Und ihren Siegeszug«, ließ Cordelia verlauten.

Willow dachte einen Schritt weiter. »Vielleicht wird diese Bestie ja auch von irgendwas im Blut angezogen?«

»Habt ihr eigentlich Erfolg gehabt bei eurer Suche nach diesem Fischmonster?«, wandte sich Buffy an Cordelia.

»Negativ«, sagte diese. »Wir konnten keinen Meeresdämon finden, auf den die Beschreibung von Xander passt. Nicht dass dieser Feigling ein verlässlicher Zeuge gewesen wäre, aber ...« Cordelia brach ab, denn etwas am Pool hatte ihre Aufmerksamkeit geweckt.

»Oh!«, seufzte sie entzückt. Ihre Augen wurden groß und rund. »Dort unten, meine Damen, steht genau mein Traumtyp ...«

Buffy und Willow folgten ihrem Blick. Gerade war ein weiterer Schwimmer am Beckenrand erschienen. Er wirkte sehr athletisch, hatte wohlgeformte, muskulöse Beine, und war mit einer äußerst knappen Schwimmhose bekleidet. Sein Bauch war flach, seine Brust stark, seine Schultern breit, seine Arme kräftig ... Die Schwimmbrille baumelte noch um seinen Hals, und sein Gesicht hatte eine entfernte Ähnlichkeit mit ...

»Xander?!«, rief Willow überrascht.

»Xander?«, echote Cordy.

Beim Klang seines Namens schien Xander einzufallen, in welchem Aufzug er eigentlich hier herumstand. Hastig griff er sich ein Schwimmbrett zur Tarnung.

Die Mädchen kletterten von der Zuschauertribüne und rannten auf ihn zu.

»Was zum Teufel machst du hier?«, fragte Cordelia.

»Verdeckte Ermittlungen«, flüsterte Xander.

»Sehr verdeckt bist du ja nicht gerade«, kicherte Buffy.

»Verschwinde bloß von hier, bevor noch jemand mitkriegt, dass du dich als Mitglied des Schwimmteams ausgibst«, meinte Cordelia pikiert.

»Sowas hab ich nicht nötig«, protestierte Xander. »Ich hab mich gestern Abend offiziell beworben. Und ich wurde genommen.«

»Wirklich?«

»Klar«, sagte er. »So kann ich wenigstens Gage und die anderen im Auge behalten. Buffy kann schließlich nicht überall sein.«

»Vor allem nicht, wenn die zu Observierenden nackt sind«, meinte Willow. Buffy stieß sie erbost an, und sie korrigierte sich hastig. »Ich meine, beim Duschen und Umziehen und so ...«

Der schrille Klang der Trillerpfeife zerriss die Luft.

»Harris, mach dich bereit«, rief Coach Marin Xander zu. »Flirten kannst du in deiner Freizeit.«

»Okie-dokie, Coachie«, gab Xander zurück. Er verließ die Mädchen, legte das Schwimmboard zurück an seinen Platz und gesellte sich zu den anderen aus seinem Team.

Cordelia konnte sich vor Begeisterung kaum einkriegen, doch Buffy wusste nicht, ob sie über Xander oder sich selbst so in Verzückung geriet. »Ich gehe mit einem Schwimmer aus dem Schulteam«, sagte sie verträumt.

»Endlich hat dein Leben einen Sinn«, meinte Buffy.

Cordy ignorierte diesen Kommentar. Sie war viel zu sehr damit beschäftigt, Xander dabei zuzusehen, wie er nun seine Schwimmbrille aufsetzte, auf den Startblock stieg und sich für den Absprung bereit machte.

»Was ist eigentlich mit Jonathon?«, wandte sich Buffy an Willow. »Hat er gestanden?«

»Nicht wirklich. Alles, was er zugab, ist, dass er ins Becken gepinkelt hat.«

»Oh«, machte Buffy.

Xander sprang ins Wasser und legte kraftvoll eine größere Tauchstrecke zurück.

»Oh«, machte Buffy noch einmal.

Xander hatte in seinem kurzen Leben noch nicht allzu viel Zeit in Dampfbädern zugebracht.

Genauer gesagt war die Erfahrung, hier mit einer Gruppe Jungs herumzuhängen und nur ein Handtuch um die Hüften zu tragen, ihm völlig fremd.

Und die Tatsache, dass niemand ein Wort sprach, machte das Ganze auch nicht unbedingt leichter. Langes Schweigen konnte unangenehm werden. Doch ein langes und noch dazu nacktes Schweigen war geradezu unerträglich.

Er beschloss, die Situation ein wenig aufzulockern. »Sagt mal, kriegt ihr hier drinnen eigentlich keine Platzangst? Ich meine, wo ist der Witz? Man schwitzt, man kriegt keine Luft, und lesen kann man hier auch nicht. Klar, man könnte sich ein Buch mitbringen, aber dann würden die Seiten ziemlich schnell feucht und labberig, und ...«

Im Umkleideraum vor dem Dampfbad gab es einen Abfluss, der zum Kanalisationssystem unter der Schule führte. Über der Öffnung lag ein quadratisches Gitter, das normalerweise passgenau in den Boden eingelassen war.

Und normalerweise verblieb es auch in dieser Position.

Normalerweise ...

Lustlos schlenderte Buffy auf dem Gang hin und her.

Dann blieb sie stehen und tat so, als studiere sie mit großem Interesse ein »Bitte-nicht-rauchen«-Schild an der Flurwand.

Dann ging sie langsam wieder zurück und lehnte sich gegen die Wand.

Endlich trat Xander aus dem Umkleideraum. Er trug ein weißes Handtuch um seinen Kopf. Falls das Lawrence von Arabien nachempfunden sein soll, war das eine ziemlich fragwürdige Entscheidung, dachte sie.

»Dir würde diese Undercover-Aktion wahrscheinlich richtig Spaß machen«, stöhnte er. »Zwanzig Minuten in einem Backofen, zusammen mit einer Horde nackter, schwitzender Typen, ich sage dir …«

»Wo ist Gage?« Sie kam direkt zur Sache.

»Keine Ahnung. Er war eben noch da drin und hat sich seine Schuhe angezogen. Die haben aber keinen Klettverschluss, also gib ihm noch 'ne Minute.« Er winkte ihr kurz zu und ging davon. »Jetzt bist du dran.«

Im Umkleideraum kämpfte Gage tatsächlich mit den Schnürsenkeln seiner Sportschuhe.

Als er es schließlich geschafft hatte und sich wieder aufrichtete, stach ihm ein unangenehmer Geruch in die Nase. Er schnüffelte, doch seine Schuhe waren es nicht. Er roch an seinen Achseln. Nichts. Was auch kein Wunder war, denn er hatte gerade erst geduscht.

Er erhob sich von der Bank und ging durch den verlassenen Umkleideraum auf die Wand mit den Metallschränken zu. Der Gestank wurde stärker. Als ob sich ein Walross in einem der Spinde versteckt hatte und dort verendet war.

Er suchte weiter nach dem Ursprung der Luftverpestung und wurde schließlich fündig: Vor einem ganz bestimmten Schrank war der Gestank am Schlimmsten.

Entschlossen öffnete er die Tür.

Buffy gähnte und bewegte träge ihre Füße. Wer weiß, ob sie nicht schon Wurzeln geschlagen hatte …

Wie lange braucht eigentlich ein Schwimmer, um sich seine Schuhe anzuziehen, fragte sie sich kopfschüttelnd. Vielleicht blockiert das viele Chlor ja irgendeine Hirnwindung, überlegte sie. Oder die Steroide sind schuld. Pfeilschnell im Wasser, lahm wie eine Schnecke an Land …

Sie wusste nicht, zum wievielten Mal sie nun schon diesen Gang auf und ab gelaufen war, doch gerade, als sie sich wieder in Bewegung setzen wollte, hörte sie den Schrei.

»Mein Gott! Hilfe!«

Das klang nach Gage.

Sie stürmte durch die Schwingtür und rannte in den Umkleideraum.

Gage schrie wieder, die Panik in seiner Stimme war unüberhörbar. »Hilfe! Helft mir! Helft mir doch!«

Als Buffy um die Ecke bog, sah sie ihn.

Doch er war nicht allein.

Vor ihm stand eines dieser Fischmonster, von denen Xander ihnen berichtet hatte.

Sie schubste Gage aus dem Weg; er taumelte, fiel gegen eine der Schranktüren und rutschte zu Boden. Seine Gesichtszüge waren vor Entsetzen ganz verzerrt.

Doch Gage würde warten müssen, zuerst musste sie sich um diese riesige, schleimige Kreatur aus den Tiefen des Meeres kümmern. Sie ging in Kampfstellung.

Da stieß Gage, der noch immer am Boden lag, einen weiteren ohrenbetäubenden Schrei aus.

Irgendetwas schien nicht mit ihm zu stimmen.

Da das Monster keine Anstalten machte, anzugreifen, ging sie das Risiko ein und rannte zu dem Verletzten.

Der Schwimmer lag zusammengekrümmt am Boden wie ein Säugling, und als Buffy ihn erreichte, schlug er heftig um sich. Es war, als focht er einen schweren Kampf aus.

»Gage?«, fragte sie besorgt.

Erneut gab er einen lauten Schrei von sich. Sein Hemd stand offen, und er trommelte wie wild auf seine nackte Brust.

Lebensmittelvergiftung?, mutmaßte Buffy. Herzinfarkt?

Oder vielleicht etwas viel Schlimmeres?

Plötzlich hob sich Gages Brustkorb, und die unnatürlich gespannte Haut zeigte merkwürdige Risse. Buffy mochte ihren Augen kaum zu trauen, als der Schwimmer nun begann, die Stelle über dem Sternum mit beiden Händen aufzureißen. Etwas Ähnliches hatte sie schon einmal in medizinischen Dokumentationen gesehen, doch bei den Patienten waren darunter Organe und Rippen zum Vorschein gekommen.

Nicht so bei Gage.

Stöhnend hob er nun seine rechte Hand und sah sie an. Da rutschte die Haut von seinen Fingern wie ein abgestreifter Handschuh, und etwas Nasses, Glitschiges kam zum Vorschein. Schlimmer noch: Materie der gleichen Konsistenz bahnte sich nun ihren Weg aus dem Loch in Gages Brustkorb.

Als das, was zum Vorschein gekommen war, sich zu seiner vollen Größe aufrichtete, wusste Buffy Bescheid. Ein neues Fischmonster war in Gage entstanden, hatte sich aus seiner toten Hülle herausgeschält wie eine Schlange, die sich häutet.

Alles, was einmal Gage gewesen war, lag nun als leerer Hautsack auf dem Boden, und vor Buffy ragte eine riesige, offensichtlich wenig freundlich gestimmte Bestie auf.

Und wie die meisten Monster, die gerade das Licht der Welt erblickt hatten, schien es sehr hungrig zu sein.

Wütend schlug es nach ihr.

Sie machte einen Schritt zurück, bis ihr siedend heiß einfiel, dass das andere Fischmonster direkt hinter ihr stand.

Sie saß in der Falle. Umzingelt von einigen gar wundersamen Vertretern der heimischen Meeresfauna.

Ein Königreich für einen Angel, war ihr einziger Gedanke.

9

Fast gleichzeitig begannen die beiden Kreaturen zu knurren. Es klang wenig einladend.

Demnach handelt es sich hier wohl nicht um eine Fisch-Familienzusammenführung, dachte Buffy.

Sie verlor keine Zeit, versetzte dem Monster, das vor ihr stand, einen schnellen Tritt, sodass es rückwärts taumelte. Mit einer schnellen Drehung trat sie dem anderen Biest gegen die Brust. Die Wucht des Aufpralls riss es von den Füßen.

Blindlings schnappte sie sich einen Abfalleimer aus Metall und warf ihn nach dem ersten Angreifer. Der fegte das Geschoss beiseite wie eine lästige Fliege.

Buffy brauchte dringend eine Waffe ...

In einer der Ecken entdeckte sie einen Lacrosse-Schläger. Sie hatte diesen Mannschaftssport nie durchschaut, erinnerte sich aber, dass man hierfür einen soliden langen Schlagstock verwendete, der sich ausgezeichnet als Knüppel eignete ... Sie schnappte sich den Schläger und schleuderte ihn einem der Fischmonster vor den Kopf. Es schrie auf vor Schmerz und wich zurück. Diese Maßnahme funktionierte auch ausgezeichnet bei dem anderen grünen Biest, sodass sie sich dieses mit ein paar wohlgezielten Stößen in die Rippen für eine Weile vom Hals halten konnte. Das Monster kreischte und ging auf Abstand.

Es fühlt den Schmerz, dachte sie. Also muss es verletzlich sein ...

Ihre strategischen Überlegungen wurden jäh von der Attacke des anderen Monsters unterbrochen, dass ihr plötzlich seine scharfen Zähne in den Arm schlug, sie dann kurzerhand packte und gegen einen der Schränke warf wie eine Puppe.

Benommen lag Buffy am Boden und wusste, dass die beiden Bestien nun leichtes Spiel mit ihr haben würden.

Doch dazu sollte es nicht mehr kommen, denn in diesem Moment stürzte Coach Marin in den Umkleideraum, half ihr auf und geleitete sie in eine sichere Ecke.

Als ob sie einen fairen Kampf fürchteten, flohen die beiden Fischmonster im gleichen Moment in Richtung des Abflussgitters und verschwanden in der Kanalisation.

Bei ihrem letzten Besuch in Schwester Greenleighs Zimmer hatte sie sich einen Tadel abgeholt, diesmal war es ein dicker Verband.

Buffy saß auf dem gleichen Platz, den Cameron bei ihrem letzten Zusammentreffen eingenommen hatte. Schwester Greenleigh in ihrer weißen Tracht vermittelte den Eindruck, als hätte sie sich seitdem nicht vom Fleck gerührt.

»Ich glaube nicht, dass die Wunde genäht werden muss«, sagte sie. »Aber vielleicht sollte sich Ihr Hausarzt das noch mal anschauen.«

»Wie geht es dir?«, wollte Giles wissen.

»Ganz gut, bis auf diesen brennenden Schmerz«, erwiderte Buffy.

Coach Marin trat neben den Bibliothekar. »Die gute Nachricht ist«, sagte Giles zu ihm, »dass niemand aus Ihrem Team wirklich zu Tode gekommen ist.«

»Und die schlechte Nachricht, dass sie nun alle Monster sind, mehr Fisch als Fleisch sozusagen ...«, ergänzte Buffy.

Der Coach machte ein bestürztes Gesicht. »Wie konnte das nur passieren?«

»Wollen Sie damit sagen, Sie haben keine Ahnung?«, fragte Giles.

»Na ja«, sagte der Trainer. »Da arbeitet man jahrelang hart, und plötzlich gewinnt man jeden Wettkampf ... da bildet man sich schnell ein, es liegt am eigenen Einsatz, und man freut sich, dass man tatsächlich dazu imstande ist, die Jungs zu Höchstleistungen anzuspornen. Doch irgendwann fängt man an, sich Gedanken zu machen ...«

Giles schien nicht überzeugt. »Haben Sie die Jungs denn nie gefragt, ob sie irgendetwas nehmen?«

Der Coach sah ihn traurig an. »Vielleicht hatte ich einfach Angst davor.«

Nach der Schule trafen sich Xander, Buffy und Willow im Computerraum.

Willow saß bereits vor einem der Rechner, als die beiden anderen hereinkamen. Typisch für sie, fand Xander. Während er und Buffy sich immer noch durch die Tücken des zwanzigsten Jahrhunderts kämpften, befand sich die technikbegeisterte Willow schon längst im einundzwanzigsten.

»Da«, sagte Buffy und deutete auf den Monitor.

Willow las: »Dodd McAlvy ... Sehnenriss. Gage Petronzi ... Fraktur des Handgelenks ... Depression ... Kopfschmerzen ...«

»Es steht alles in den medizinischen Akten der Schule«, stellte Buffy fest.

»Das sind durchweg Symptome von Steroid-Missbrauch«, konstatierte Willow.

Xander verstand nicht. »Und seit wann hat denn exzessives Doping die Verwandlung in ein Meeresungeheuer zur Folge?«

»Da muss noch was anderes mit im Spiel gewesen sein«, mutmaßte Willow. »Wie dem auch sei, die Jungs standen bis zur Halskrause unter Drogen.«

»Und Schwester Greenleigh hat sie alle behandelt. Sie muss Bescheid gewusst haben«, fügte Buffy hinzu.

»Wenn Steroide so gefährlich sind, warum tun sie sich das bloß freiwillig an?«, fragte Willow.

Wie naiv sie doch manchmal ist, dachte Buffy. »Sie wollten um jeden Preis gewinnen«, erklärte sie. »Gewinnen bedeutet Trophäen einheimsen, und Siegestrophäen bedeuten Prestige für die Schule. Du siehst ja, wie sie dafür angehimmelt werden. So war das schon immer.«

»Stimmt, schon die Diskuswerfer der Antike bekamen bei öffentlichen Kreuzigungen immer die besten Plätze ...«, warf Xander ein.

»Na prima. Ich dagegen«, meinte Buffy, »darf mir beim Kampf gegen die Mächte des Bösen die Fingernägel ruinieren. Und mein Französischlehrer erinnert sich nicht mal mehr an meinen Namen.«

Wenn da mal nicht ein Zusammenhang besteht, dachte Xander, doch er verkniff sich die Bemerkung. »Also, wie gehen wir vor?«, fragte er. »Steigen wir Schwester Greenleigh aufs Dach?«

»Ja, knöpfen wir sie uns vor!«, rief Willow vielleicht eine Spur zu enthusiastisch.

»Die hat wahrscheinlich schon Feierabend«, sagte Buffy. »Aber ich denke, das kann warten. Xander, warum findest du in der Zwischenzeit nicht heraus, was genau diese Jungs konsumieren, oder zumindest, wie sie es konsumieren. Du weißt schon: Pülverchen, Pillen, Injektionen ...«

»Euer Schnüffler ist schon unterwegs!«, rief Xander und schlug die Hacken zusammen.

»Und was machst du, Buffy?«, fragte Will.

»Giles lädt gerade sein Betäubungsgewehr«, erwiderte sie. »Wir gehen fischen.«

Sunnydales Unterwelt hatte ihren ganz eigenen Charme.

Dieser Ort der Finsternis war durchzogen von Abwasserrohren, die groß genug waren, dass sich ein Mensch aufrecht darin fortbewegen konnte. Und ekelhaft genug, dass sich nur die Abgebrühtesten so etwas antaten.

Buffy nahm an, dass dies auf die Abwasserkanäle so ziemlich jeder Stadt zutraf. Aber in Sunnydale ist ja alles eine Nummer widerwärtiger als anderswo, dachte sie, warum also nicht auch die Kanalisation ...

Sie war froh, dass ihr Wächter sie begleitete. Zumal sie nur eine Taschenlampe trug, während er sein riesiges altes Gewehr dabei hatte. Die Waffe war angeblich stark genug, einen Bären zu erlegen.

Hoffen wir, dass das für unsere Zwecke ausreicht, betete Buffy.

Fast gleichzeitig nahmen sie eine Bewegung im Schein der Taschenlampe wahr. Sofort versuchte Buffy, dem Objekt mit dem Lichtstrahl zu folgen. Giles entsicherte das Gewehr und brachte es in Anschlag.

Doch da legte sie ihm beruhigend ihre Hand auf den Arm. Es war nur eine fette Ratte. Widerlich zwar, aber nicht im Geringsten übernatürlich. Mehr noch, das Tier war hier zu Hause, während Giles und sie nur Eindringlinge in seinem Territorium waren.

Sie setzten ihre Suche fort.

Zur gleichen Zeit im Dampfbad musste Xander feststellen, dass er sich allmählich an den Anblick seiner nackten Teamkameraden gewöhnt hatte.

Auch hatte er die Unaufdringlichkeit der winzigen dünnen Handtücher zu schätzen gelernt, die ihm ein Mindestmaß an Intimsphäre garantierten.

Lediglich die mangelnde Gesprächsbereitschaft der anderen irritierte ihn nach wie vor, zumal es ohne Konversation schwierig war, an Informationen zu kommen.

»Ich fühl mich richtig toll«, begann er. »Schwimmen ist echt klasse. Hatte 'nen Möhrensaft zum Frühstück und Weizenkeim-Müsli ... das hat mich sofort fit gemacht. Es gibt echt nichts Besseres, oder? Das Frühstück eines Champions, wenn ihr mich fragt.« Energiegeladen ballte er seine Hände zu Fäusten und sah sich um. Keine Reaktion.

Genauso gut könnte ich in einem Raum voller Leichen sitzen, dachte er. Andererseits hab ich diese Erfahrung schon mal gemacht, und in denen steckte mehr Leben als in diesen Jungs hier.

»Okay, also, wann kriegen wir unsere nächste Dosis?«, fragte er.

Bingo. Endlich kam Leben in die Anwesenden.

»Was meinst du?«, fragte Sean, der nicht weit von Xander entfernt in einer Ecke hockte.

Xander überhörte ihn und rief in die Runde: »Also, wer hat was dabei? Ich bräuchte ein bisschen was, um meine Leistung zu steigern und mir die Kante zu geben. Rrrrrrr ...«

Sean wandte seinen Blick ab. Die anderen taten so, als sei er gar nicht anwesend.

Xander fand, dass er sich nun lange genug in subtilen Anspielungen ergangen hatte. Es war an der Zeit, die Dinge beim Namen zu nennen. »Die Steroide? Wo sind sie denn jetzt?«

Diesmal lachte Sean. »Du badest gerade deine Hände darin.«

»Was heißt das?«, fragte Xander verständnislos.

»Das heißt, du sitzt mittendrin, Kumpel.« Sean holte tief Luft und blies sie langsam wieder aus. »Aromatherapie«, erklärte er grinsend.

Zackig umrundete Coach Marin das Becken – wie ein Mann auf einer wichtigen Mission.

Schwester Greenleigh, die ihn verfolgte, versuchte mühsam, Schritt zu halten. »Das muss aufhören, Carl«, sagte sie. »Die armen Kinder.«

Er warf ihr einen Blick über seine Schulter zu. »Geht Ihnen der Arsch auf Grundeis, oder was soll das? Für Feiglinge ist in diesem Team kein Platz.«

»Begreifen Sie eigentlich gar nichts? Sie sollten sich bloß mal reden hören!«

»Wir sind so kurz vorm Ziel«, sagte er. »Wir müssen die Mischung nur noch ein bisschen optimieren.« Er erreichte eine Treppe und stieg sie hinunter.

Doch Schwester Greenleigh blieb ihm auf den Fersen. »Carl, Sie können doch nicht ernsthaft daran denken, die Jungs weiter mit diesem Zeug zu vergiften?«

»Ich mache die Besten aus ihnen«, beharrte der Trainer. »Darunter läuft gar nichts!« Sie erreichten den Versorgungsraum mit der Wasserpumpe für den Pool. Marin stieg die kleine Treppe empor, die auf eine Plattform führte.

»Sie machen Monster aus ihnen!«, rief die Schwester ihm verzweifelt zu. »Carl, machen Sie es doch nicht noch schlimmer. Sie haben doch schon drei verloren!«

Sie war jetzt direkt hinter ihm. Plötzlich blieb der Trainer stehen und drehte sich zu ihr um. »Verloren? Sie sind nicht verloren!«

Er packte sie am Oberarm und versetzte ihr einen leichten Stoß in genau die Richtung, wo sich normalerweise das Abflussgitter befand. Doch es war entfernt worden, und darunter gähnte ein großes Loch.

Kreischend stürzte Schwester Greenleigh in die Tiefe.

Und landete in einer dreckigen Sickergrube, in der ihr das kalte stinkende Wasser bis zur Hüfte reichte.

»Carl! Was soll das?«, schrie sie und begann zu weinen.

Bösartig grinste Marin zu ihr hinab. »Ich kümmere mich nur um meine Jungs«, sagte er. »Sie mögen nicht mehr im Rennen sein, aber sie sind immer noch ein Team. Und ein Team sollte was zwischen die Zähne bekommen.«

»Carl!«, flehte sie.

Doch der Coach hatte das Gitter schon wieder über die Öffnung geschoben. »Sie Feigling!«, zischte er ihr zum Abschied zu. Dann entfernten sich seine Schritte.

Sie war allein. Allein in dieser dunklen, stinkenden Kloake.

Langsam watete sie durch das Wasser. Es muss einen Weg hier heraus geben, dachte sie. Das Wasser muss ja von irgendwoher kommen und auch irgendwohin wieder abfließen …

Ich komm hier raus, schwor sie sich. Ich bin kein Opfertyp. Und dann wird Carl dafür bezahlen, dass …

In diesem Moment fühlte sie, wie etwas ihre Knöchel packte. Sie konnte nicht einmal mehr schreien, so schnell wurde sie unter Wasser gezogen.

Nur wenige Sekunden später war die ölige Wasseroberfläche wieder spiegelglatt.

10

Nervös lief Xander in der Bibliothek auf und ab.

Er war für gewöhnlich nicht der Typ, der sich vor Nervosität die Fingernägel abkaute, aber dies war auch keine gewöhnliche Situation.

»Sie inhalieren die Steroide also mit dem Dampf«, sagte Giles, als ob er den Anwesenden damit eine Neuigkeit verkündete.

»Nicht *sie*. Wir! Ich!«, rief Xander aufgebracht. »Wir müssen schnellstens was dagegen unternehmen, meinen Sie nicht? Die Zeitbombe tickt, Leute ...«

Willow saß auf einem Stuhl in seiner Nähe und sah ziemlich beunruhigt aus. Buffy thronte im Schneidersitz auf dem Tisch, und Cordelia sah einfach umwerfend aus, wie sie dort auf den Stufen hockte – nicht dass sie dem Jägerinnen-Team von irgendeinem Nutzen gewesen wäre; schließlich war sie weder Chemikerin noch kämpferische Amazone.

»Warum die Panik?«, meinte Buffy. »Schließlich warst du dem Zeug ja nur ein einziges Mal ausgesetzt.«

Xander sah sie durchdringend und verzweifelt zugleich an.

»Oder zweimal?«, fragte sie verunsichert.

»Nein, dreimal, meine Liebe«, erwiderte Xander. »Meine Fischverwandlung ist also nur noch eine Frage der Zeit.«

»Oooh«, machte Willow.

»Was soll ich bloß tun?«, fragte Xander. Er musste sichtlich um seine Beherrschung ringen.

»Du, du, immer nur du ... Und was ist mit mir?«, platzte Cordelia heraus. »Es ist schon schlimm genug, mit dem unbeliebtesten Typen der Schule zu gehen, aber mit der Kreatur der Blauen Lagune zusammen zu sein, das geht nun wirklich zu weit!«

»Schwarze Lagune«, verbesserte Xander und versuchte, die aufkommende Hysterie zu unterdrücken. »Die Kreatur der Blauen Lagune heißt Brooke Shields. Und schönen Dank auch für deine Unterstützung.« Resigniert sank er auf eine Stufe zu ihren Füßen und barg den Kopf in seinen Händen.

Das ist das Ende, dachte er.

»Ich denke, wir sollten die restlichen Jungs aus dem Schwimmteam einsperren, bevor sie Bekanntschaft mit dem Monster in sich machen«, schlug Buffy vor.

»Gute Idee«, sagte Giles. »Und außerdem müssen wir herausfinden, was genau in diesem Dopinggas drin ist, damit das toxikologische Labor des Krankenhauses ein Gegenmittel herstellen kann.«

Ab sofort ist mein neues Lieblingswort *Gegenmittel*, dachte Xander. Klingt wie Musik in meinen Ohren ...

»Okay, ich rede mit Schwester Greenleigh«, bot Willow an und stand auf.

»Leute zu verhören scheint dir inzwischen richtig Spaß zu machen«, stellte Buffy grinsend fest.

Willow lächelte. »Die Kunst dabei ist, keine Spuren zu hinterlassen«, sagte sie im Hinausgehen.

»Wo wir schon mal dabei sind«, sagte Buffy. »Ich denke, es könnte nicht schaden, wenn ich mir mal den Trainer vorknöpfe. Irgendwie bezweifle ich, dass er nichts anderes gemacht haben will, als die Jungs seelisch und moralisch zu motivieren.«

Xander sah ihr nach, als sie die Bibliothek verließ.

Hoffentlich haben sie schnell Erfolg, dachte er besorgt. Immerhin könnte ich jeden Moment anfangen, durch Kiemen zu atmen ...

Der Versorgungsraum für die Schwimmhalle war nicht gerade ein anheimelnder Ort.

Hier war es eng und stickig, und es roch nach Fett, Chlor und Schweiß. Nicht so schlimm wie die Kanalisation, wie Buffy feststellte, doch ganz gewiss kein Platz, an dem man sich länger als nötig aufhalten wollte.

Was ihn wiederum zum idealen Treffpunkt mit Coach Marin machte.

»Sie haben wirklich eine blühende Fantasie, Fräulein«, sagte er, während er sie eine kleine Treppe hinaufführte.

Damit hatte er nicht ganz Unrecht. »Stimmt, im Moment zum Beispiel stelle ich Sie mir im Knast vor«, erwiderte Buffy. »Sie tragen einen unförmigen orangefarbenen Overall und – nein, was ist denn das? – jetzt prügeln gerade die Wachen auf sie ein!«

»Sie haben keinen Beweis für Ihre Behauptung, und überhaupt ...«

Sie schnitt ihm das Wort ab. »Sagen Sie mir, was in dem Dampf ist?«, fragte sie ihn geradeheraus. Er weiß es – er muss einfach Bescheid wissen, daran hatte sie keinen Zweifel mehr.

Und erstaunlicherweise verriet er es ihr: »Nach dem Zusammenbruch der Sowjetunion kamen Geheimdokumente ans Licht, die sehr detailliert verschiedene Versuchsreihen beschrieben, welche die Russen bei ihren Olympiaschwimmern mittels der DNS von Fischen durchgeführt haben – Tarpune, Makrelenhaie und so fort. Aber sie hatten keinen Erfolg damit.«

»Aber Sie schon? Irgendwie jedenfalls ...« Buffy war erstaunt, dass der Schwimmtrainer, der nicht gerade als Intelligenzbestie bekannt war, dort triumphiert haben sollte, wo Heerscharen russischer Wissenschaftler versagt hatten. Vielleicht wieder mal ein gutes Beispiel für amerikanischen Erfindungsreichtum? Doch eine Frage war noch offen. »Warum?«

»Was ist das für eine idiotische Frage? Für den Sieg natürlich. Um aus meinem Team das erfolgreichste aller Zeiten zu machen. Ist Ihnen nicht klar, dass wir beste Chancen auf die Bundesmeisterschaft haben?«

»Ist Ihnen nicht klar, dass mir das scheißegal ist, Marin?«, konterte Buffy. »Es ist vorbei. Es gibt kein Schwimmteam mehr.«

Noch immer schien der Trainer nicht zu verstehen. »Mannomann, als man den Teamgeist verteilt hat, haben *Sie* wohl noch nicht mal in der Reihe gestanden, oder?«

»Stimmt«, erwiderte Buffy, »ich stand in der Reihe für gesunden Menschenverstand.«

Während Buffy sprach, hatte ihr der Trainer den Rücken zugedreht und im Schubfach eines Schranks herumgewühlt. Plötzlich fuhr er herum und richtete eine schwere Pistole auf sie.

Von ihrem Standort aus wirkte die Waffe ziemlich bedrohlich. Der Lauf war ein riesiges schwarzes Loch, und Buffy mochte sich den Schaden, den die dazugehörige Kugel anrichtete, noch nicht einmal vorstellen.

»Ab in das Loch!«, befahl der Trainer nun und deutete mit dem Lauf seiner Waffe auf den quadratischen Einlass im Boden. Das Gitter war schon beiseite geschoben.

Sie rührte sich nicht von der Stelle. Er wird mich doch nicht wirklich abknallen, oder etwa doch? Ihre Gedanken überschlugen sich.

Andererseits, so überlegte sie, hatte er keine Skrupel, aus Schwimmern Fischmonster zu machen, die sich jetzt mit Vorliebe in der Kanalisation rumtreiben. Nicht der Typ Mann also, den man unterschätzen sollte, wenn er eine Waffe auf dich richtet ...

»Rein da!«, zischte Coach Marin. Als sie sich immer noch nicht bewegte, fügte er hinzu: »Sofort!«

Sie setzte sich auf den Rand des Lochs und ließ ihre Beine in den kalten dunklen Schacht baumeln. »Es ist noch nicht vorbei, Marin.«

»Runter!«, befahl er.

Sie stieß sich ab und fiel in das Abflussloch.

Das Wasser war widerlich und kalt, aber nicht tief. Sie ging kurz unter, kam aber gleich wieder an die Oberfläche. Als sie nach oben blickte, sah sie das wahnsinnig grinsende Gesicht des Trainers in der rechteckigen Öffnung.

Triumphierend winkte er ihr mit seiner Pistole zu. »Sie finden, ich kümmere mich nicht gut um meine Jungs?«, rief er. »Glauben Sie mir, das tue ich. Sie zählen auf mich.«

Etwas im Wasser bewegte sich, und sie erschrak. Ein Fischmonster?

Nein, es war etwas anderes. Etwas großes Rotes und Weißes trieb träge an ihr vorbei und wäre fast mit ihr kollidiert.

Es war der Körper von Schwester Greenleigh.

Zumindest das, was noch von ihm übrig war, denn große Teile fehlten – was die roten Flecken auf ihrer weißen Uniform erklärte.

Buffy fühlte, wie Panik in ihr aufzusteigen drohte, doch sie musste sich zusammenreißen. »Und was nun?«, rief sie dem Trainer zu. »Wollen Sie mich auch an Ihre Schützlinge verfüttern?«

»Oh ... ihr Abendessen hatten sie schon«, erklärte Marin. »Aber die Jungs haben natürlich auch noch andere Bedürfnisse ...«

»Keiner da«, stellte Cordelia fest. »Willow und Giles müssen die Jungs vom Schwimmteam wohl schon einkassiert haben.«

Ratlos standen Xander und sie am Beckenrand.

Andererseits, dachte Cordelia, wenn sich Xander ein bisschen mehr Mühe gegeben hätte, anstatt sich in einer Tour selbst zu bemitleiden, wären wir bei unserer Suche vielleicht erfolgreicher gewesen.

»Sieht mein Hals schon schuppig aus?«, fragte er sie.

»Natürlich tut er das, so wie du die ganze Zeit daran herumfummelst.« Wissen Jungs eigentlich gar nichts über Hautpflege?, seufzte sie innerlich. Feuchtigkeit statt roher Gewalt, so lautet das Zauberwort ...

Vor der Tür zum Männer-Umkleideraum blieb Xander stehen. »Ich muss mich mal im Spiegel ansehen«, sagte er. »Warte hier auf mich. Aber tu dir keinen Zwang an reinzukommen, wenn du mich schreien hörst.«

Er huschte hinein, und sie dachte kurz darüber nach, in den Frauen-Umkleideraum zu gehen und sich selbst ein bisschen frisch zu machen. Doch nein, hier stand mehr auf dem Spiel als das Risiko einer nicht perfekten Frisur oder glänzenden Nase: Hier ging es um die Meisterschaft. So drehte sie eine weitere Runde um den Pool und wartete auf Xanders Rückkehr.

Kurz darauf hörte sie hinter sich eine Tür zuschlagen. »Wie steht's, sind dir schon Kiemen und Flossen gewachsen?«, fragte sie Xander über ihre Schulter hinweg.

Doch statt einer Antwort war nur ein riesiges Platschen im Becken zu hören. Chlorgeruch erfüllte die Luft, als das Wasser aufgewirbelt wurde.

Sie drehte sich um und starrte in den Pool. »Xander?«

Er schwamm schnell. Wie ein Brecher pflügte er durchs Wasser, war nunmehr eine einzige Woge aus Bewegung und Blasen.

Doch dann wurden seine Stöße ruhiger und harmonischer, und er glitt durchs Wasser wie ein ...

... Fisch.

Was er, wie Cordelia jetzt entsetzt erkannte, auch war.

Ein Fisch oder besser, ein Art Fisch-Mensch, mit Kiemen, Flossen und Stacheln, die dunkelgrün und schuppig …

»Oh Gott!«, jammerte sie. »Xander … ich bin's. Cordelia! Ich weiß, dass du mir nicht mehr antworten kannst, aber … Gott, es ist alles meine Schuld. Du bist ins Schwimmteam gegangen, um mich zu beeindrucken. Du warst so mutig, und du hast so scharf ausgesehen in dieser Schwimmhose …«

Was für eine Verschwendung, zum Heulen!, dachte sie nur.

Unbeeindruckt schwamm das Fischmonster weiter. Sie wusste nicht, ob es sie überhaupt hören konnte, aber das musste sie einfach noch loswerden: »Und ich möchte, dass du weißt, dass du mir immer noch etwas bedeutest, egal, wie du jetzt aussiehst«, fuhr sie mutig fort. »Und wir können uns ja immer noch treffen und … Ich meine, ich verstehe natürlich, wenn du nun die Gesellschaft von Fischen vorziehen würdest …«

Sie kniete sich an den Beckenrand, nah genug, dass er diese vertrauensbildende Maßnahme nicht übersehen konnte und weit genug entfernt, dass ihr Kleid nicht nass wurde. »Ich werde versuchen, dir dein Leben so angenehm wie möglich zu machen, ob es nun Wasserspielzeug für die Badewanne ist oder …«

»Ähm«, sagte plötzlich jemand hinter ihr. Sie drehte sich um schnappte nach Luft. Es war Xander.

»Das bin ich nicht.« Er trat neben sie und deutete auf die Kreatur im Wasser.

Also gut,überlegte Cordelia, hier steht Xander, und er ist eindeutig menschlich, aber wer zum Teufel schwimmt da …?

In diesem Moment schoss das Monster aus dem Wasser empor und schnappte nach ihr.

»O Gott! Hilfe!«, kreischte Cordelia. »Ohhhh!«

Dann stürmten sie davon.

Und trotz ihrer Panik registrierte Cordelia erfreut, dass Xander diesmal rannte wie ein Mann.

Giles schloss die Tür des Bibliothekkäfigs hinter den fünf Schwimmern.

»Nicht aufregen, Leute«, sagte er. »Entweder wir finden ein wirksames Gegenmittel, oder, ähm …« Er schob den Riegel vor. »Also, ganz ruhig.«

Willow sah auf ihre Liste. »Tja, damit hätten wir alle Jungs bis auf Sean.«

Xander und Cordelia, die gerade in die Bibliothek stürzten, hatten ihren letzten Satz mitbekommen. »Ihr könnt davon ausgehen, dass wir ihn gefunden haben«, sagte Cordelia atemlos. »Als wir Sean das letzte Mal sahen, schwamm er nackt im Pool …«

»Wo ist Buffy?«, fragte Xander, der es an der Zeit fand, dass die Jägerin in Aktion trat.

»Bis jetzt ist sie noch nicht wieder aufgetaucht«, erwiderte Willow.

Was Xander mehr als ungewöhnlich vorkam.

Im Abwasserschacht unter dem Versorgungsraum schienen die Geräusche von überall herzukommen.

Von oben tropfte Wasser, dann und wann ertönte ein dumpfes Grollen sowie ein unidentifizierbares Platschen und Schwappen …

»Na herzlichen Glückwunsch«, murmelte Buffy und drehte sich langsam herum, um sich dem Feind zu stellen. »Es mit einem ganzen Schwimmteam auf einmal aufzunehmen, hat mir in meiner Laufbahn gerade noch gefehlt …«

Sie wusste, die Monster kreisten sie langsam ein. Ein lautes Plätschern ließ sie zusammenfahren. Das Wasser geriet in Bewegung, und doch konnte sie keinen einzigen der mutierten Schwimmer in dem Schacht ausmachen. Aus irgendeinem Grund griffen sie noch nicht an.

Doch sie waren da draußen, und sie konnte nichts weiter tun, als unbewaffnet und zudem hüfthoch im Wasser stehend auf sie zu warten …

Xander traf den Trainer im Versorgungsraum an. Er kniete gerade am Boden.

Man konnte nicht genau erkennen, was der Sportlehrer dort trieb, aber da Buffy vor ihrem Verschwinden auf dem Weg zu ihm gewesen war, schwante Xander Böses.

»Alles okay, Coach?«, fragte er beim Hereinkommen.

Erschrocken fuhr der Mann herum und stand auf. »Ah, ähm, Harris. Wie geht's?« Er grinste wie ein vierjähriger Schlingel, den man beim Bonbonklauen erwischt hatte. Dann wanderte sein Blick zu der Waffe, die auf einer nahe gelegenen Tonne lag.

Buffy schrie vor Schreck, als eine der Kreaturen plötzlich durch die Wasseroberfläche schoss und auf sie zuschwamm.

Sie erwischte einen ihrer Arme und stieß das Monster kraftvoll von sich.

Doch es war nicht allein.

Ein weiterer Fischmutant tauchte direkt hinter ihr auf. Sie versuchte ihn wegzustoßen, doch der erste umschloss ihre Beine unter Wasser wie ein Schraubstock. Mit einem Ruck brachte er sie zu Fall, und sie ging unter.

Der Geschmack der fauligen Brühe in ihrem Mund ließ sie würgen. Ihre Augen begannen zu brennen.

Blind trat und schlug sie um sich, stets darauf bedacht, nicht noch mehr brackiges Wasser zu schlucken. Das Monster ließ nicht locker. Plötzlich spürte sie, wie es seine Zähne in ihr Bein schlug, und unter Aufbietung aller Kräfte trat sie noch einmal nach ihm und strampelte sich endlich frei.

Japsend kam Buffy an die Wasseroberfläche. Das Fischmonster, das sie gebissen hatte, folgte ihr, doch diesmal fackelte sie nicht lange, sondern packte es und schleuderte es mit all ihren Kräften gegen die Wand.

Da attackierte sie schon wieder das andere Biest von hinten. Sie bekam seinen vorgestreckten Arm zu fassen, warf sich den Angreifer über die Schulter und schmetterte ihn ebenfalls gegen die Wand.

Im Versorgungsraum hatte Trainer Marin derweil nach seiner Waffe gegriffen.

Doch Xander hatte seine Absicht durchschaut und den Arm des Trainers im letzten Moment festgehalten. Der Mann war stark, doch er vermochte die Hebelwirkung nicht zu nutzen. Ganz im Gegensatz zu Xander, der den Arm des Coach nun nach oben riss und so hart auf die Kante der Tonne schlug, dass die Waffe zu Boden fiel.

Um auf Nummer sicher zu gehen, rammte er Marin auch noch seinen Ellbogen ins Gesicht. Der Coach fiel um wie ein gefällter Baum.

Buffy zeigte erste Ermüdungserscheinungen.

Im Wasser zu kämpfen war äußerst kräftezehrend, und jeder Schritt, jede Bewegung powerte sie um ein Vielfaches mehr aus als eine vergleichbare Darbietung auf trockenem Land.

Noch dazu schienen diese Fischmonster unverwüstlich zu sein. Egal wie oft sie zutrat oder -schlug, sie kamen immer wieder zurück – als sei das alles nichts weiter als eine kurzweilige Leibesertüchtigung.

Sie hatte nicht vor, sich zu ergeben und als Fischfutter zu enden. Doch als jetzt gleich drei der grünen Biester sie langsam einkreisten, machte sie sich langsam mit dem Gedanken vertraut.

»Buffy! Schnell! Deine Hand!«

Das war Xanders Stimme.

Sie blickte auf und sah, dass ihr Freund seinen Arm durch die Öffnung im Boden des Versorgungsraums gesteckt hatte.

Doch die Entfernung war viel zu groß. Jedenfalls für ein normales Mädchen. Doch sie war die Jägerin. Und an ihr war schon lange nichts mehr normal.

Sie sammelte alle Energie, die sie noch aufbieten konnte, und setzte ihren Körper unter Spannung wie eine Metallfeder.

Und dann sprang sie.

Sie erwischte Xanders Handgelenk und er das ihre.

Doch war er auch stark genug, sie hinaufzuziehen?

Schon sprang eines der Fischmonster in die Höhe und versuchte, ihr Bein zu packen. Plötzlich waren sie überall. Klauen griffen und zerrten an ihr, aufgerissene Mäuler versuchten, sie in die Waden zu beißen. Sie strampelte und trat wie eine Besessene nach ihnen. »Xander! Hol mich hier raus!«

Langsam, sehr langsam, begann er, sie nach oben zu ziehen. Doch die Monster gaben nicht auf. Zwei von ihnen hängten sich nun an ihre Füße. Irgendwie schaffte sie es, sie abzuschütteln.

»Halte durch«, rief Xander von oben. »Wir schaffen es!«

»Zieh!«, schrie Buffy aus dem Schacht.

Und Xander zog. Endlich bekam Buffy seinen Unterarm zu packen und hangelte sich Stück für Stück an ihm nach oben.

Auf Händen und Knien kroch sie schließlich über den Rand des Schachts und auf den Boden des Versorgungsraums. »Danke«, keuchte sie atemlos und hustete.

»Keine Ursache, was tut man nicht alles für sein Team«, meinte Xander grinsend und doch erleichtert. Noch immer waren seine Knie weich vor Anstrengung. Vielleicht sollte ich in Zukunft ein bisschen mehr Krafttraining betreiben, dachte er.

Buffy musste wieder husten und rieb sich die brennenden Augen. Als sie wieder klar sehen konnte, fiel ihr Blick auf Coach Marin, der plötzlich hinter Xander aufgetaucht war und ihn jetzt mit einem Rohr k.o. schlug.

Ihr Freund plumpste auf den Boden wie ein nasser Sack und blieb regungslos liegen.

Doch Buffy zögerte nicht lange und trat dem Trainer kurzerhand die Beine unter dem Körper weg. Kopfüber fiel er in den Abwasserschacht, aus dem sie gerade gekrochen war.

Im letzten Moment bekam Buffy sein Bein zu packen.

»Helfen Sie mir!«, kreischte er. »So helfen Sie mir doch!«

Doch der Trainer war kein Fliegengewicht. Außerdem zappelte er herum wie ein verwundeter Büffel und entglitt so zu guter Letzt doch ihrem Griff. Platschend landete er im Wasser.

Sofort warf Buffy sich zu Boden und streckte ihren Arm in den Schacht. »Nehmen Sie meine Hand«, rief sie ihm zu.

Doch er nahm sie nicht einmal wahr. »Äh, Jungs ...«, stotterte er, als dunkle Schatten ihn umkreisten. »Jungs, macht keinen Scheiß, hört ihr?«

Doch vergeblich. Schon fielen seine Kreaturen über ihn her, und das Letzte, was Buffy von ihm sah, war ein burgund-goldenes Knäuel.

Tja, jetzt sind die Tage seines Erfolgs wohl gezählt, dachte sie.

In diesem Moment taumelte Xander auf sie zu und hielt sich den Kopf. Fassungslos starrte er in den Schacht. »Diese Jungs haben ihren Trainer wohl zum Fressen gern.«

Manchmal, dachte Xander, ist man schon dankbar, wenn man sich nur einigermaßen aufrecht fortbewegen kann.

Sein Kopf schmerzte noch immer und er hatte eine hässliche Beule davongetragen.

Andererseits atmete er immer noch durch seine Lungen – und nicht durch Kiemen. Im Grunde war er froh, überhaupt noch zu atmen, da Coach Marin ihn zum Glück mit einem stumpfen Gegenstand und nicht mit seiner Knarre ausgeschaltet hatte. Auch war er weder gefressen noch von seinen Fischmonster-Teamkollegen auf andere Weise tätlich angegriffen worden.

Und so saß er jetzt in der Aufenthaltshalle, vollständig bekleidet und trocken wie eine Mumie und froh, dass seine Tage in knappen Wettkampfschwimmhosen hinter ihm lagen.

Besser noch, Cordelia saß neben ihm und ihm gegenüber Willow und Buffy. Drei bezaubernde Damen und nur ein Mann, dachte Xander. Was kann es Schöneres geben?

»Mal sehen«, begann er. »Um drei hab ich die chemische Analyse, und um fünf treffe ich dann die Jungs wegen der Plasmatransfusion. Sieht aus, als ob ich heute Nachmittag 'ne Menge zu tun hab.«

»Yep, der Spaß hört wohl niemals auf, was?«, sagte Buffy lächelnd.

»Giles ist ziemlich zuversichtlich, dass diese Behandlungen den gewünschten Erfolg haben«, meinte Willow.

Das hörte Xander gern. Es würde nämlich nicht gerade einfach sein, seine Eltern davon zu überzeugen, dass er sein Bett schon bald gegen einen riesigen Salzwassertank einzutauschen gedenke.

»Das ist gut«, erwiderte er. »Die Verwandlung in ein Fischmonster stand nämlich nicht auf der Liste der Dinge, die ich noch machen wollte, bevor ich zwanzig werde.«

Cordelia wandte sich zu ihm um und sagte ungewohnt zärtlich: »Und ich wollte dir noch sagen, dass du dich in meinen Augen wirklich bewährt hast. Und du musst nächstes Jahr auch nicht dem neuen Team beitreten, wenn du nicht willst.«

Worauf du dich verlassen kannst, meine Liebe, dachte Xander.

»Ich wäre auch schon zufrieden«, fuhr sie fort, »wenn du einfach nur Football spielst.« Sie lächelte.

Buffy und Willow tauschten vielsagende Blicke.

In diesem Moment kam Giles herein und hinderte Xander so daran,

Cordelia eine Antwort zu geben, von der sich ihre Beziehung nie wieder erholen würde.

»Die Leute vom Veterinäramt sind gerade gegangen«, verkündete er. »Unsere Monster sind offensichtlich abgetaucht, sozusagen ...«

Hey, das war ja schon fast witzig, dachte Xander. Humor schien für den Bibliothekar normalerweise etwas aus einer anderen Welt zu sein.

»Heißt das, wir müssen uns wieder selbst auf die Jagd machen?«, wollte Willow wissen.

»Das glaube ich nicht«, erwiderte Buffy. »Ich denke, wir werden sie nie wiedersehen.«

»Wohin sind sie wohl gegangen?«, wollte Giles wissen.

Buffys Blick schweifte einen Moment lang ab an einen Ort, an den ihr die anderen nicht folgen konnten. »Nach Hause«, antwortete sie leise.

Langsam rollte die Brandung heran, schaumgekrönte Wellen brachen sich und liefen dann sanft am Ufer aus.

Der Strand war wie ausgestorben. Die Kids waren in der Schule und die Touristen längst wieder zu Hause. Die Surfsaison war endgültig vorbei.

Hätte es jedoch einen einsamen Beobachter gegeben, so wäre ihm vielleicht der dunkle Schatten aufgefallen, der sich nun noch einmal Richtung Sunnydale umwandte, wie um der Stadt einen letzten Abschiedsblick zu schenken, und dann ins offene Meer hinausschwamm.

Und wenn dieser Beobachter noch ein wenig länger verweilt hätte, so wäre ihm womöglich auch der zweite und dritte Schatten nicht entgangen, die nun dem ersten folgten.

Dann ließen sich die drei Geschöpfe auf den Armen des Ozeans hinaustragen in ihre Welt.

Zurück nach Hause.

Intermezzo

Es war spät – verdammt spät, wie Xander feststellte.

Seine Eltern hatten es bestimmt schon längst aufgegeben, sich zu fragen, wann er denn nach Hause käme. Insofern machte er sich keine großen Sorgen mehr. Aber morgen musste er pünktlich zur Schule, oder vielmehr heute, wie er sich im Stillen korrigierte.

Trotz – oder gerade wegen – der Ereignisse dieser Nacht war er hundemüde und sehnte sich nach seinem Bett.

Er verließ den Strandparkplatz und fuhr zurück Richtung Stadt. Obwohl es in den frühen Morgenstunden sehr kalt war, ließ er das Dach geöffnet, weil es – hey, er saß schließlich in einem Cabrio, und das allein zählte.

Xander nahm an, dass seine Eltern alle möglichen Erklärungen dafür gefunden hatten, warum er nachts oft stundenlang unterwegs war. Es stimmte ihn ein wenig traurig, dass sie in diesem Zusammenhang vermutlich nur an die üblichen Teenager-Sachen dachten. Andererseits war es so wohl auch besser für sie.

Wenn sie wüssten, was wirklich vor sich ging – zum Beispiel, dass er fast zum Fischmensch mutiert oder von dem bösartigen Vampir Spike entführt worden war oder dass er sich wegen eines eigenwilligen Wunsches von Cordelia sogar selbst schon in einen Vampir verwandelt hatte –, wären sie vermutlich chronisch krank vor Sorge, und ihr behandelnder Psychiater könnte mit Geld nur so um sich schmeißen.

Also ließ er seine Eltern im Dunkeln, was große Teile seines Lebens betraf.

Auf die Gefühle anderer Menschen Rücksicht zu nehmen, war für Xander ein weiteres Zeichen für seine zunehmende Reife, insbesondere, wenn diese anderen Menschen ihn großgezogen und ihm ein Zuhause gegeben hatten.

Und Xander hoffte wirklich, dass all die Veränderungen, die er in der letzten Zeit durchgemacht hatte, ihn zumindest in die Nähe der Straße zum Erwachsenwerden gebracht hatten, wenn nicht sogar mittendrauf.

Irgendwann, so dachte er, kommt der Punkt, da hat man wirklich die Schnauze voll von diesem ganzen Schulstress, der Pubertät und dieser ›deine Stimme und dein Körper haben sich zwar verändert, doch man denkt, dass du immer noch zu nichts nutze bist‹-Nummer.

Auch die anderen hatten seit der Sache mit den Fischmonstern einiges durchgemacht.

Buffy hatte Angel zur Hölle geschickt, jedenfalls vorläufig – was von Sunnydale aus gesehen keine allzu weite Reise gewesen sein muss. Doch sie hatte es ausgerechnet dann getan, als Willow einen Zauberspruch rekonstruierte, den Miss Calendar auf einer Diskette hinterlassen hatte. Einen Zauberspruch, der Angels Seele wiederherstellen konnte. Ziemlich ungünstiges Timing also, ein Umstand, der Buffy ziemlich zusetzte.

Nicht zuletzt aus diesem Grund hatte sie damals die Stadt verlassen, ihren Namen geändert und ihren Jägerinnen-Job gegen eine Kellnerinnen-Schürze eingetauscht. Eine fragwürdige Entscheidung, wie Xander fand. Er wusste, Kellnerinnen mussten sich oft mit ziemlich widerwärtigen Gästen herumärgern. Doch keine von ihnen würde wohl so weit gehen, besagte Gäste mit einem Tritt zu enthaupten. Kurz: Obwohl er Buffy sehr mochte, musste er doch zugeben, dass Geduld nicht gerade zu ihren Stärken zählte.

Aber schließlich war sie zurückgekehrt nach Sunnydale, und das Jägerteam war wieder vereint. Und dann stieß Faith zu ihnen, eine andere Jägerin, die auf den Plan gerufen worden war, als Spikes Freundin Drusilla Kendra getötet hatte. Offensichtlich gab es einen Fehler im Jägerinnen-System, denn irgendwie wurde die Tatsache, dass Buffy zwar gestorben, aber nicht endgültig tot war, nicht berücksichtigt.

Faith indes hatte alles in allem besser ins Team gepasst als Kendra, zumindest aus seiner Sicht. Sie hatte Giles mehr oder weniger zu ihrem Wächter auserkoren, und Buffy hatte plötzlich eine Verbündete. Ziemlich ungewöhnlich, wenn man bedachte, dass die ganze Jägerinnen-Mythologie darauf beruhte, dass es immer nur eine geben durfte.

Und als ob die Dinge nicht schon kompliziert genug gewesen wären, kehrte Angel in die Stadt zurück. Was einmal mehr bewies, dass der Rückfahrschein aus der Hölle leichter zu kriegen war, als es schien. Doch Buffy hatte ernsthafte Probleme, ihm nach allem, was geschehen war, wieder zu vertrauen – wahrscheinlich sogar mehr Probleme als das ganze restliche Team. Doch es schien, als ob Jenny Calendars Zauber gewirkt hatte, denn aus dem dämonischen Angel war ein cooler, unwiderstehlicher und eindeutig zu gut aussehender Jägerinnen-Schwarm geworden …

Xander drehte eine weitere Runde durch Sunnydales Zentrum, um ganz sicher zu gehen, dass alles in Ordnung war. Die letzte Patrouille im Batmobil sozusagen. Alle Bürger schienen friedlich in ihren Betten zu schlummern.

Als er an *Uncle Bob's Magic Cabinet* vorbeifuhr, kam ihm Willows neues Hobby in den Sinn. Die Sache mit dem Zauberspruch hatte sie so sehr fasziniert, dass sie beschlossen hatte, sich zukünftig ernsthaft der Hexenkunst zu widmen. Was bis auf gelegentliche Pannen besser klappte als gedacht.

Und dann war, nach all den Jahren ihrer guten Freundschaft, bei ihnen doch noch der Aspekt der Leidenschaft dazugekommen. Das war insofern unglücklich, als dass Xander selbst zu diesem Zeitpunkt bereits mit Cordelia ging, während Will sich schon mit Oz traf. Sie hatten versucht, die Sache unter Kontrolle zu bringen, sich nicht mehr so oft zu sehen, und sogar gemeinsam an einem Zauberspruch gearbeitet, der ihre gegenseitige Anziehung zunichte machen sollte. Und doch waren sie schließlich mitten in einem Kuss von Oz und Cordy überrascht worden – eine ziemlich unerfreuliche Situation.

Als ob man uns dafür verantwortlich machen könnte, dachte Xander. Immerhin haben wir echt gedacht, wir müssten sterben, nachdem Spike uns in dieser Fabrik eingeschlossen hatte. Wir hätten das sonst nie getan ... Wer von ihnen hatte schon ahnen können, dass Oz in der Lage sein würde, Willow zu riechen, und dass Cordelia ihn auf seiner Suche begleitete ...

Cordelia hatte wenig Verständnis gezeigt für die besonderen Umstände, in denen dieser Kuss – okay, gestand Xander sich ein, man könnte es auch exzessive Fummelei nennen – zustande gekommen war, und sie hatte die Sache ziemlich aufgebauscht. Manchmal zahlt es sich eben nicht aus, gerettet zu werden, dachte er.

Die ganze Angelegenheit hatte schließlich darin gegipfelt, dass er zeitweise der Meinung gewesen war, Cordelia nur noch dann zum Schweigen bringen zu können, wenn er seine Lippen auf die ihren presste. Doch in den Pausen dazwischen übertraf sie sich geradezu selbst mit ätzenden, sarkastischen Kommentaren und Vorurteilen gegenüber Leuten, die nicht ihren Vorstellungen entsprachen.

Was nach ihrer Definition so ziemlich jeder war.

Oz hingegen hatte erwartungsgemäß toleranter reagiert und seine Beziehung zu Willow sogar erneuert. Womit Xander ganz unverhofft wieder ins lustige Singleleben entlassen war. Der lustige Part dabei hielt sich allerdings sehr in Grenzen, dachte er.

Und so zogen seine persönlichen Stationen auf dem Weg des Erwachsenwerdens an ihm vorbei, doch er empfand den Tag, an dem er achtzehn geworden war, als den einschneidendsten, und das nicht unbedingt im positiven Sinne.

Doch für eine Jägerin war dieser Tag noch problematischer als für andere Teens, denn die Aussicht darauf, dass man nie ein Privatleben haben würde, da man praktisch jede Nacht gegen das Böse dieser Welt kämpfte, war ganz schön bitter. Andererseits wurden nicht viele Jägerinnen achtzehn, sodass der große Tag unter ihnen erfahrungsgemäß eher selten zu einer Sinnkrise führte.

Doch Buffy hatte bis zu diesem Tag überlebt. Und der Rat der Wächter musste daher eine Vorschrift einhalten, derzufolge eine Jägerin, die ihre Ausbildung erfolgreich hinter sich gebracht hatte, eine Prüfung namens »Cruciamentum« absolvieren musste.

Nette Bezeichnung für eine Geburtstagsparty, fand Xander.

Das bedeutete für Buffy nichts anderes, als dass sie sich einem ausgesprochen bösartigen Vampir zum Kampf stellen musste – allerdings ohne ihre Kräfte zum Einsatz bringen zu können. Sie konnte zwar auf Dinge wie List, Fantasie und Zuversicht zurückgreifen, war jedoch ihrer Stärke beraubt.

Zu allem Überfluss durfte die Jägerin auch nichts von all dem erfahren. Sie sollte sich dieser verschärften Kampfbedingungen erst im Moment der Verteidigung bewusst werden.

Zu diesem Zweck sollten sie und ihr Widersacher in ein Haus eingesperrt werden, aus dem nur einer lebend wieder herauskommen durfte. Doch der Vampir entkam noch vor dem großen Showdown und trug den Kampf in Buffys Haus, indem er ihre Mutter bedrohte.

Das war der Moment, an dem Giles den Wächterrat hinterging und seiner Schutzbefohlenen alles über die Prüfung und ihre besonderen Bedingungen erzählte.

Der Rat zeigte sich zwar sehr beeindruckt von Buffys »kräfteloser« Kampfvorstellung, weniger jedoch von Giles illoyalem Verhalten. Und so entließ man den Bibliothekar kurzerhand aus seinem Amt, und Buffy war fortan wächterlos.

Reizende Knaben, diese Ratsmitglieder ..., dachte Xander.

Ganz Sunnydale schlief, und er wusste, dass er dem Beispiel dieser guten Bürger folgen sollte.

Langsam steuerte er den Wagen in die Auffahrt seines Elternhauses. Er stieg aus und schloss die Wagentür so leise er konnte. Das Auto würde auch morgen noch hier stehen; es war ja nicht so, dass er seine mangelnde Fahrpraxis in einer einzigen Nacht nachholen musste. Dazu hatte er noch ein ganzes Leben lang Zeit. Und eines Tages würde er einen eigenen Wagen besitzen.

Er war nun in seinem letzten Highschooljahr, und eine turbulente Zeit der Veränderungen lag hinter ihm. Doch schon bald würde er den ganz großen Schritt in die Welt der Erwachsenen machen, mit dem dann ganz neue Sorgen und noch mehr Verantwortung einhergingen. Er würde das Leben eines gestandenen Mannes führen, vielleicht eines Tages heiraten und Vater sein. Und vielleicht hatte er auch irgendwann einen Teenager zu Hause, der sich jeden Abend herumtrieb und in geborgten Autos die Stadt unsicher machte.

Xander sah sich schon gemeinsam mit seinem Sohn am Frühstückstisch sitzen, und er wusste, er würde ihm nicht die Hölle heiß machen, sondern versuchen, sich ein Lächeln abzuringen, seinem Sprössling freundschaftlich auf die Schulter klopfen und ihn zu seiner neugewonnenen Selbstständigkeit beglückwünschen.

Er ging ins Haus und schlich hinauf in sein Zimmer. Trotz der Ereignisse des Tages stand die gute alte Sunnydale High noch immer und erwartete ihn in wenigen Stunden.

Er hatte nicht vor, sie zu enttäuschen.

11

Die Höhle war voller Rauch und von überall her drang Knurren.

Buffy konnte nicht ausmachen, wo wer war, konnte die Dämonen zwar hören, aber nicht erkennen. Was bedeutete, dass auch sie nicht gesehen wurde.

Was eigentlich eine gute Nachricht war – wenn sie allein hier gewesen wäre. Doch sie musste sich auch um ihren Wächter, genauer gesagt, ihren ehemaligen Wächter Giles sowie um Xander und Faith kümmern. Wiewohl Faith, die ebenfalls eine Jägerin war, sich noch am besten selbst verteidigen konnte.

Doch der Punkt war, hier gab es Dämonen, und zwar ausgesprochen widerwärtige Exemplare ihrer Gattung, und die galt es zu erledigen. Sie hatte zwar schon ein paar von ihnen ausgeschaltet, aber einer reichte schon, ihren Freunden in diesem Dunst zum Verhängnis zu werden.

Durch den Nebel drang ein winziger schwacher Lichtpunkt an ihr Auge. Nur unscharf konnte Buffy Willows Silhouette erkennen; die Freundin trug eine Kerze, sprach nun einige Worte Latein und blies dann die Flamme aus.

Ein plötzlich aufkommender Wind fegte durch die Höhle und vertrieb die Rauchschwaden.

Gleichzeitig wurde der letzte überlebende Dämon für sie sichtbar. Es war ein weibliches gehörntes Exemplar mit stahlgrauer Haut, spitz zulaufenden Ohren und einem Mund voller abstoßender Zähne. Falls es im Dämonenland Schönheitswettbewerbe geben sollte, würde diese Dame sicherlich nie einen der ersten Plätze belegen.

Und wohl auch nicht bei der Wahl zur Miss Anmut, dachte Buffy und griff an.

Sie erwischte die Dämonin gerade in dem Moment, als diese sich umdrehen wollte, und knüppelte sie zu Boden. Doch sie war unglaublich stark, und Buffy musste all ihre Kraft aufwenden, um sie unten zu halten, bis Giles bei ihnen war. Einmal mehr war sie dankbar für ihre Jägerinnen-Kräfte, insbesondere nachdem sie die unangenehme Erfahrung hatte machen müssen, wie es war, ohne sie auszukommen. Wäre sie einfach nur die sterbliche Buffy Summers gewesen, hätte diese hässliche Kreatur ihr wohl auf der Stelle den Kopf abgerissen und die Wand ihrer Behausung damit geschmückt.

Giles packte einen Arm des Scheusals, und gemeinsam zogen sie die Dämonin auf die Beine und pressten sie gegen eine Wand. Doch selbst für Giles war sie zu stark. Sie schleuderte den Wächter von sich, als wäre er nur eine Strohpuppe. Er prallte gegen die gegenüberliegende Wand und blieb für einen kurzen Moment am Boden liegen.

Doch Buffy bekam die Dämonin wieder zu packen und drückte sie erneut gegen die Wand. Dann schrie sie Faith zu: »Jetzt!«

Faith kam herbeigerannt, hob ein Zeremonien-Breitschwert und stieß es der Dämonin mitten ins Herz. Ein lang gezogener Schrei ertönte.

Als Faith die Klinge wieder herauszog, war sie voller Blut.

Buffy ließ die Kreatur los. Tot fiel sie vornüber und schlug direkt neben Giles auf, der die Leiche angewidert ansah.

»Ich glaube, das war der Letzte«, sagte er nur.

Willow eilte ins Zentrum der Höhle. Sie umklammerte immer noch den Halter mit der erloschenen Kerze.

»Alles in Ordnung mit dir, Will?«, fragte Buffy.

»Ja, mir geht's gut«, erwiderte Willow. »Ich zittere nur noch, war ganz schön unheimlich.«

Buffy half Giles auf die Füße. Er schien nicht verletzt zu sein, allenfalls ein bisschen benommen von der Heftigkeit des Angriffs.

»Danke«, sagte er, immer noch ein bisschen atemlos.

»Also, wenn wir diesen Rauchvertreibungsspruch nicht gehabt hätten ...«, begann Buffy und deutete auf Willow.

»Stimmt«, meinte Willow. »Der hat richtig gut funktioniert. Und diesmal ist auch nichts geschmolzen.«

»Also, diese dämonischen Weiber waren ganz schön tough«, bemerkte Faith. »Was war das für eine komische Truppe?« Die Frage war berechtigt, zumal alle ihre Angreifer ausnahmslos weiblich gewesen waren, was Buffys Erfahrung in der Dämonenwelt zufolge eher ungewöhnlich war. Was ging hier bloß vor? Feminismus in seiner bösartigsten Form? Dämonische Suffragetten? Giles wird es schon herausfinden, dachte sie.

»Ich wünschte, ich wüsste es«, sagte Giles. Er beugte sich über die letzte Angreiferin und betrachtete ihr Gesicht, eine Herausforderung für jeden ehrgeizigen Schönheitschirurgen. »Die meisten Informationsquellen sind sozusagen ausgetrocknet, seit der Rat mich meines Amtes enthoben hat. Ich wusste zwar, dass es hier irgendwo einen Schlupfwinkel geben sollte, aber ich hatte angenommen, dass es Vampire sind«, gab er zu. »Diese Kreaturen hier sind auch mir neu.«

»Und sie waren außergewöhnlich stark«, bemerkte Buffy.

»Ja, es tut mir Leid. Ich hätte besser vorbereitet sein sollen, und ich hätte niemals zulassen dürfen, dass Willow und, oh ... äh ...« Er brach ab.

Vor einer der Wände bewegte sich ein großes Stück Pappe zwischen all dem Geröll und Gerümpel, und vier Augenpaare waren nun starr darauf gerichtet, gespannt, wer oder was darunter zum Vorschein kommen würde. Buffy und Faith gingen in Kampfbereitschaft, da es sich durchaus um einen weiteren Angriff handeln konnte. Doch die beiden Jägerinnen entspannten sich sogleich, denn es war nur Xander, der sich gerade aufrappelte. Er atmete schwer.

»Danke. Mir geht's gut!«, rief er den anderen zu. »War nur ein bisschen staubig hier ...«

Er stieg über den Schutthügel, hinter dem er sich versteckt hatte. »Toll gemacht!«, lobte er die Anwesenden. »Einfach brillant!« Er klatschte in die Hände. »Ich glaube, das war ein großer Treffer.«

»Geht's dir auch wirklich gut?«, wollte Willow wissen.

»Ausgezeichnet«, gab er wenig überzeugend zurück. »Wirklich. Nur falls jemand mein Rückgrat hier irgendwo rumliegen sieht, bitte nicht drauftreten, okay?«

»Wenn du so weitermachst, wirst du dich eines Tages ziemlich übel verletzen«, meinte Buffy.

»Oder sogar umbringen«, fügte Faith hinzu.

»Oder beides«, fuhr Buffy fort. »Und deswegen solltest du dich vielleicht nicht immer gleich ins Getümmel stürzen. Wie wär's also mit einem Job als Kriegsberichterstatter?«

Diese Bemerkung schien Xander irgendwie verletzt zu haben, und plötzlich tat er Buffy ein bisschen Leid. Aber immer noch besser, als wenn er körperlich verletzt worden wäre, dachte sie.

»Entschuldige mal«, sagte er. »Wer hat denn im entscheidenden Moment die Anführerdämonin abgelenkt, indem er ihr seinen Kopf zum Draufschlagen hingehalten hat?«

Faith schien Buffys Mitgefühl für ihn nicht zu teilen. »Stimmt«, sagte sie, »richtig heldenhaft, wie du hier rumgekreischt hast ...«

»Wohl noch nie was von Kriegsgeschrei gehört, oder was?«, protestierte Xander.

Buffy wechselte das Thema. »Okay, was machen wir mit den drei Hübschen hier? Verbrennen?«

Das war das Stichwort für Willow. »Fein! Ich hab Marshmallows dabei«, rief sie strahlend. Die anderen sahen sie stirnrunzelnd an. »Manchmal«, fuhr sie fort, »kann sogar ich richtig geschmacklos sein.«

Giles versuchte, das Gespräch wieder zum eigentlichen Thema zurückzulenken. »Ich denke, wir können sie hier zurücklassen. Mich würde vielmehr interessieren, wer sie sind und ob wir uns auf weitere Attacken von ihresgleichen gefasst machen müssen.«

»Ich hoffe nicht«, sagte Buffy angesichts der unglaublichen Stärke dieser Dämoninnen. »Die sind einfach zu fit.«

»Und wenn schon? Ich sage nur, her mit ihnen!«, verkündete Xander vollmundig.

Giles legte ihm eine Hand auf die Schulter und versuchte, den jungen Mann wieder auf den Boden der Realität zu bringen. Das war auch ganz in Buffys Sinn. »Hör mal, Xander«, sagte er. »Ich finde, es wird das Beste sein, wenn du dich bei Gefechten zukünftig ein wenig im Hintergrund hältst. Zu deiner eigenen Sicherheit.«

Xander zog die Stirn kraus und sagte mit Fistelstimme: »Aber ich bitte Sie, Mr. White. Wenn Clark und Lois immer die besten Geschichten kriegen, werde ich nie ein guter Reporter.«

Giles schaute ihn verständnislos an.

»Jimmy Olsens Witze kann ich mir bei Ihnen wohl schenken, was?«, sagte Xander.

»Tut mir Leid«, meinte Giles.

»Ist schon okay.«

Sie verließen die Höhle, ließen die Leichen der drei Dämoninnen zurück und traten hinaus in die Nacht.

12

Der nächste Morgen war klar.

Es war Januar, und das Footballfieber hatte die ganze Schule gepackt.

Xander hing auf dem Schulhof der Sunnydale High herum und sehnte sich danach, endlich wieder das gute alte Leder in den Händen zu haben.

Allerdings nicht so sehr, als dass er Cordelias Vorschlag gefolgt und dem Team beigetreten wäre. Sein letztes Jahr an der Highschool wollte er nicht in einem Sportteam verbringen.

Und doch hatte er irgendwie den brennenden Wunsch, einmal einen perfekten Pass selbst auszuführen: Das gute alte Y-Chromosom.

Unweit von ihm spielten ein paar Jungs mit dem Ball herum. Deutlich konnte er das Klatschen von Leder hören, wie es beim Fangen eines Balls entsteht.

»Hey, Doug!«, rief Xander ihnen zu. »Schmeiß mal rüber!« Er hüpfte auf und ab, sodass ihm das Hemd aus der Hose rutschte.

Doug, ein sehniger, hoch gewachsener Typ in Sportjacke war Mitglied des Footballteams. Er warf Xander einen kurzen Blick zu und gab den Ball an Les ab.

»Les! Mann!«, schrie Xander ihm zu. »Hierher, ich bin frei.«

Les warf den Ball zurück zu Doug.

Inzwischen war auch die Neugierde der Cheerleaderinnen geweckt.

Langsam wird's peinlich, dachte Xander, wenn mir nicht bald jemand den verdammten Ball zuwirft.

»Ey, Kumpel!«, rief er, kaum imstande, den leicht verzweifelten Unterton in seiner Stimme zu unterdrücken. »Doug, hierher, Mann! Wirf doch! Doug, bitte!«

Endlich ließ sich Doug erweichen und warf einen hohen Pass in Xanders Richtung.

»Na also«, seufzte Xander erleichtert und rannte los, um das Ding zu fangen. »Gleich hab ich dich!«

Doch das war leider nicht der Fall.

Der Ball prallte an seinen Fingerkuppen ab und landete im Schoß eines Schülers namens Jack O'Toole. Na ja, korrigierte sich Xander im Stillen. Nicht direkt in seinem Schoß, mehr in seinem Mittagessen ... Die Limodose flog vom Tablett, und das Sandwich büßte durch den Aufprall erheblich an Form ein.

Auch war das Wort »Schüler« im Zusammenhang mit Jack O'Toole nicht unbedingt passend, weil es Tätigkeiten wie Lernen und Studieren implizierte – Dinge, die auf Jack O'Toole nicht zutrafen. Er war im letzten Highschooljahr, und wie Xander wusste, war er das schon drei Jahre lang. Weder hatte er sich in dieser Zeit auch nur ansatzweise zusammengerissen, noch hatte er sich dazu durchringen können, von der Schule abzugehen.

Möglicherweise hatte er Angst, auf diese Weise eine nicht unerhebliche Zahl an Opfern aufgeben zu müssen, die er terrorisieren konnte.

Jack erhob sich von den Resten seines Lunchs, den Football in der Hand. Er hatte kurzes Haar und war unrasiert, was in seinem Alter durchaus auffiel. Über seinem einfachen weißen Shirt mit V-Ausschnitt trug er eine braune Lederjacke. Um seinen Hals baumelte ein Medaillon an einer Lederschnur.

Xander begriff, dass er sich soeben ganz oben auf Jacks Schikaneliste eingetragen hatte.

Rasch versuchte er, die Dinge wieder halbwegs gerade zu biegen. »Tut mir wahnsinnig Leid, Mann. Dougs Arm macht zur Zeit Probleme, und das stimmt uns alle schrecklich traurig. Ähm ... alles okay mit deinem Mittagessen?«

»Was ist dein Problem? Bist du zurückgeblieben, oder was?«

»Nein«, stammelte Xander. »Ich musste mit sieben diesen Test machen. Dabei stellte sich raus, dass ich in einigen Dingen ein bisschen zu langsam bin, vor allem in Mathe und räumlichem Denken, aber bestimmt nicht zurückgeblieben oder so ... Soll ich dir noch 'ne Limo besorgen?«

»Ich polier dir gleich die Fresse«, zischte Jack. Wenn das die Dirty-Harry-Nummer sein soll, dachte Xander, dann hat er die ziemlich gut drauf ...

»Hey, Moment mal«, protestierte er. »Das war ein Versehen. Cool down, Mann.«

Jack sah ihn mit einer Mischung aus Belustigung und unverhohlener Aggressivität an. »Willst du dich mit mir anlegen, oder was?«

»Nicht wirklich.« Xander setzte sein verbindlichstes Lächeln auf. »Hab heute schon was vor.«

Jack schien nicht sonderlich beeindruckt. »Wenn ich meine Jungs zusammentrommle, treten wir dir so lange in den Arsch, bis du ihn nicht mehr wiedererkennst.« Er warf Xander den Ball zu. »Und jetzt verpiss dich.«

Nur allzu gerne folgte Xander seiner freundlichen Aufforderung. Als er den Schulhof wieder erreicht hatte, rief Doug ihm zu: »Los, Mann! Den Ball!«

Xander folgte auch dieser Aufforderung unverzüglich; sein Interesse an Football war fürs Erste Geschichte. Als er sich umdrehte, stand Cordelia vor ihm. Offensichtlich hatte sie die ganze erniedrigende Szene mitbekommen.

Na super, dachte er. Ein Mann sollte die größten Niederlagen im Leben stets vor den Augen seiner Ex erleben.

»Mannomann«, staunte sie. »Von all deinen Demütigungen, die ich miterleben durfte, war das ja wohl der Gipfel.«

»Immerhin hab ich den letzten Wurf gehalten.«

»Ja, sicher ... Und im Gegenzug wird O'Toole dir eine neue Visage verpassen«, sagte Cordelia. »Der Typ ist ein Psycho, was allerdings immer noch besser ist als ein Schlappschwanz.«

»Wie kommt es eigentlich«, fragte Xander und warf Jack einen verstohlenen Blick zu, »dass ich mich ohne mit der Wimper zu zucken mit Vampiren, Dämonen und den widerwärtigsten Kreaturen abgebe, und trotzdem Angst vor einem kleinen Scheißer wie Jack O'Toole habe?«

»Vielleicht weil Jack im Gegensatz zu den erwähnten Kreaturen bemerkt hat, dass es dich überhaupt gibt?«

Dies war wieder einmal einer der Momente, in denen er nur zu gut verstand, warum er und Willow als Kinder den Ich-hasse-Cordelia-Club ins Leben gerufen hatten.

»Es muss hart sein für dich«, fuhr Cordelia fort. »Alle deine Freunde haben irgendwas Besonderes. Sind Jägerinnen, Werwölfe, Hexen oder Vampire. Aber du bist einfach nichts. Wie fühlt man sich eigentlich als ewiger Jimmi Olsen?«

Bemerkenswert scharfsinnig, dachte Xander. Wenn man bedenkt, wer das soeben gesagt hat. »Ich hab mich nur ein bisschen mit ihm unterhalten, und ...« Er zuckte die Achseln. »Ach, scher' dich doch um deinen eigenen Kram.«

»Ach? Hab ich da etwa eine empfindliche Stelle getroffen, Mr. Möchtegerncool?«

Xander wusste nicht, warum er nach all den Jahren immer noch das Bedürfnis hatte, sich gegen Cordelias verbale Attacken zur Wehr zu setzen. Vielleicht eine tief verwurzelte Unsicherheit? Was immer der Grund dafür war, er konnte einfach nicht anders.

»Zufällig bin ich ein integraler Bestandteil des Teams, und zufällig habe auch ich eine Menge beizutragen.«

»Dass ich nicht lache.« Sie wandte sich zum Gehen.

»Wirklich!«

Langsam drehte sich Cordelia noch einmal zu ihm um. »Du willst ein integraler Bestandteil der Gruppe sein? Du bist in dieser Gruppe der ... Überflüssigste überhaupt. Du bist der Zeppo der Scooby-Gang.«

Xander verstand die Anspielung auf die Marx-Brothers sehr wohl. Groucho, Chico und Harpo – die drei kannte jedes Kind, ja, selbst Gummo war den meisten Leuten noch ein Begriff, aber Zeppo war derjenige der Brüder gewesen, an den sich niemand mehr erinnerte.

»Und Coolness«, fuhr sie fort und warf einen Blick auf Jack O'Toole, der noch immer mit den Überresten seines Mittagessens beschäftigt war, »das ist etwas, das selbst ein Schwachkopf, der die letzte Klasse zum dritten Mal wiederholt, besser drauf hat als du.«

Sie ging davon und erstickte damit jede weitere Verteidigungsarie seinerseits im Keim. Xander hörte noch, wie sie im Davongehen murmelte: »Das musste einfach mal gesagt werden ...«

Xander ignorierte sein Mittagessen auf dem Cafeteria-Tablett, das aus Spaghetti mit undefinierbarer Fleischsoße, einem Brötchen und einem Apfel bestand. Er konnte es riechen, aber sein Appetit wurde dadurch nicht wirklich angeregt.

Er saß hier mit Oz, der sich mit geradezu übermenschlicher Geduld sein Gejammer anhörte.

»Es nervt mich einfach kolossal«, stöhnte Xander. »Ich meine dieses ganze Coolness-Ding. Was ist das Geheimnis? Wie wird man cool? Wer ist es nicht? Und wer entscheidet, wer es ist und wer nicht? Worin genau besteht eigentlich Coolness?«

»Keine Ahnung«, erwiderte Oz. Knapp wie immer. Der Typ hat sogar seinen Namen in einen cooleren geändert, dachte Xander. Kein Mensch weiß, dass er eigentlich Danny Osbourne heißt. Oz. Kurz und bündig. Und cool.

»Ich meine, nehmen wir nur mal dich, Oz. Dich hält man für mehr oder weniger cool. Warum?«

»Tut man das?« Oz schnippte sich einen Kartoffelchip in den Mund.

»Geht's darum, wie man redet?«, wollte Xander wissen. »Ich meine, die Art, wie du es schaffst, dich mit wenigen unverbindlichen Worten auszudrücken?«

»Könnte sein.«

»Nein, nein«, sagte Xander, als ob er gerade den Stein der Weisen gefunden hätte. »Du spielst in einer Band! Das ist wie ein Ersteklasseticket auf dem Weg zur Coolness. Ich werde ein Instrument lernen. Ist es eigentlich schwer, Gitarre zu spielen?«

»Nicht, wenn man sie so spielt wie ich.«

»Also gut«, fuhr Xander fort. »Andererseits hab ich in der Achten mal Flügelhorn gespielt und es damit nicht besonders weit gebracht, also könnte die Sache mit dem Instrument auch in die Hose gehen. Aber irgendwas braucht man ... etwas, das sonst keiner hat oder kann. Was also hab ich zu bieten?«

»Eine interessante Zwangsneurose vielleicht?«, erwiderte Oz. »Was dich meiner Meinung nach zu was ganz Besonderem macht ...«

Der leicht sarkastische Unterton in Oz' Bemerkung war Xander nicht entgangen. »Spotte nur. Damit kann ich umgehen, weil ich weiß, dass ich auf dem richtigen Weg bin. Ich muss nur noch *mein* Ding finden.«

»Pass auf, dass du dich da nicht in was reinsteigerst«, meinte Oz mit einem Schulterzucken. »Ich meine, du hast ein paar Identitätsprobleme, das ist nicht gleich …«

»… das Ende der Welt«, meinte Giles.

Erstaunt sah Buffy den Wächter an. Das hätte er nicht gesagt, wenn er es nicht auch so gemeint hätte. Der Rat mochte ihn vielleicht gefeuert haben, weil er ihr Leben hatte retten wollen, als das Cruciamentum außer Kontrolle zu geraten drohte – aber so weit es sie betraf, war er immer noch ihr Wächter. Und sie vertraute ihm bedingungslos.

»Sind die wirklich dazu imstande?«, fragte sie.

Sie saßen in der Schulbibliothek, wo Giles ein paar Recherchen zu den Dämoninnen angestellt hatte, die sie letzte Nacht erledigt hatten. Es war später Nachmittag und der Unterricht war längst vorbei, also konnten sie ihr Gespräch ungestört führen.

»Sie scheinen recht entschlossen«, erwiderte er. »Die Schwesternschaft von Jhe ist eine apokalyptische Sekte, die einzig und allein dem Zweck dient, die Welt zu zerstören. Und ich glaube, wir haben gestern nicht die Letzten ihrer Art zu Gesicht bekommen. Andere werden folgen.«

»Und was machen die reizenden Damen in Sunnydale?«, fragte Buffy. »Besuchen sie 'ne Dämonen-Expo, oder was?«

Giles nahm seine Brille ab und sah sie durchdringend an. »Buffy, das hier ist alles andere als zum Lachen.«

»Deswegen hab ich auch nicht gelacht.«

»Es tut mir Leid«, seufzte Giles. »Ich weiß, ich bin nicht mehr dein Wächter, aber …«

Mit einem Quietschen schwang die Tür der Bibliothek auf.

»Hey«, begrüßte Oz die beiden.

»Hey«, rief Buffy zurück. Heute war Vollmond, wie sie sich jetzt erinnerte.

Oz schlenderte an ihnen vorbei in Richtung Bücherkäfig.

Giles warf einen Blick auf seine Armbanduhr. Die Dämmerung kam früh in diesen ersten Wintertagen, wie Buffy wusste. »Ähm«, sagte er. »Du kommst auf den letzten Drücker.«

Oz schloss die Tür des Käfigs hinter sich und zog seine Jacke aus. »Sie kennen mich doch.«

Buffy kam zurück zum Thema, genauer gesagt zum Ende der Welt, und fragte: »Wissen wir denn, warum sie hier sind?«

»Ich glaube schon«, meinte Giles und nahm ein Buch zur Hand, in dem er die wenigen Informationen gefunden hatte, über die sie jetzt verfügten. »Aufgrund einiger Artefakte, die ich bei ihnen entdeckt habe, und in Anbetracht des gegenwärtigen astralen Kreises ...«

»Giles«, unterbrach sie ihn. »Bitte jetzt keine langatmige Vorlesung.«

Er legte das Buch zurück auf den Tisch und kam direkt zur Sache. »Kurz: Die Schwesternschaft von Jhe will den Höllenschlund öffnen.«

Insofern hatte er mit seinen Weltuntergangstheorien nicht übertrieben. Buffy starrte ihn aus weit aufgerissenen Augen an. »Den Höllenschlund? Sie meinen den, der gerade mal ...«

»... ein paar Meter von hier entfernt ist«, beendete Giles ihren Satz.

Ihr Blick fiel auf einen unscheinbaren Fleck am Boden. Unscheinbar, von ihrem Standort aus betrachtet. Darunter jedoch war im wahrsten Sinne des Wortes die Hölle los ...

Im Käfig umklammerte ein nun vollständig zum Werwolf transformierter Oz wütend die Gitterstäbe. Als ob er die fast mit Händen zu greifende Gefahr im Raum körperlich spüren konnte, warf er jetzt den Kopf zurück und stieß ein lang gezogenes Heulen aus.

»Was passiert, wenn er geöffnet wird?«, fragte Willow.

Es war der nächste Tag, und die Schule war gerade zu Ende. Ein weiterer kühler, aber doch sonniger Winternachmittag. Sie gingen über den Rasen vor dem Schulgebäude.

Um sie herum beeilten sich die Schüler der Sunnydale High, heimzukommen, um ihre Hausarbeiten zu erledigen, vor der Glotze abzuhängen, ihren Aushilfsjobs nachzugehen oder Parties und Verabredungen zu planen.

Ein Luxus, den sich eine Jägerin nicht leisten konnte.

»Erinnert ihr euch noch an den Dämon, der fast befreit worden wäre in der Nacht, in der ich gestorben bin?«, fragte Buffy.

»Worauf du dich verlassen kannst. Jeder Albtraum, der sich nicht um Prüfungsangst oder Nacktheit in der Öffentlichkeit dreht, handelt von ihm«, meinte Willow schaudernd. »Einmal hab ich sogar geträumt, wie ich nackt zu einer Prüfung gehe, zu spät bin und er sich auf mich stürzt ...«

»Nun, er wird der Erste sein, der rauskommt«, sagte Buffy. »Und wenn man Giles glauben kann, dann ist das noch nicht mal das Schlimmste, was auf uns zukommt. Die Welt wird geradezu von Dämonen überschwemmt werden, wenn wir es nicht verhindern.«

»Wissen wir denn, wann das alles stattfinden soll?«

»Giles versucht gerade, das rauszubekommen«, erwiderte Buffy. »Wenn du nichts dagegen hast, sollten wir beide ebenfalls ein bisschen recherchieren.«

Willow klang erleichtert, als sie sagte: »Ich wäre beleidigt gewesen, wenn du dabei nicht auf mich gezählt hättest.«

»Danke, Will. Gerade bei dieser Sache … irgendwie hab ich Angst und … brauche meine Willow.«

»Du musst keine Angst haben …«

In diesem Augenblick hätten die beiden vor Schreck fast in die Hose gemacht, denn direkt hinter ihnen ging eine Autohupe los.

Gehetzt fuhren sie herum und erkannten …

… Xander.

Und Xander saß in dem Wagen.

Doch es war nicht irgendein Wagen. Es war einer dieser verchromten 50er-Jahre-Schlitten, ein mintgrünes Cabrio mit Heckenflossen, Lederausstattung und allem Drum und Dran. Das Radio plärrte.

Xander grinste breit hinter seiner Sonnenbrille. »Wie sieht's aus, Mädels. Soll ich euch mitnehmen?«

»Was ist das denn?«, fragte Buffy.

»Was meinst du damit?«, fragte Xander. »Das ist mein Ding!«

»Dein Ding?«, wiederholte Willow verständnislos.

»Mein Ding.«

»Ist das jetzt dein ganz persönliches Phallussymbol, oder was?« Angewidert verzog Buffy das Gesicht.

»Es ist mein ganz persönliches Coolness-Ding«, erklärte Xander. »Das, was mich einzigartig macht. Von heute an bin ich der Typ mit dem coolen Auto.«

»Wie konntest du dir den Wagen überhaupt leisten?«, fragte Willow.

»Onkel Rory hat ihn mir für 'ne Weile geborgt, bis er selbst wieder mobil sein darf – Trunkenheit am Steuer, ihr versteht.« Xander stellte die Musik leiser.

Buffy versuchte krampfhaft, etwas Freundliches zu sagen, doch alles, was sie hervorbrachte, war: »Tja, ganz nett.«

»Könntest du deine Verzückung vielleicht ein bisschen im Zaum halten?«, bat Xander.

»Tschuldigung.«

»Wir haben Ärger«, versuchte Willow die mangelnde Begeisterung zu erklären.

»Großen Ärger?«, fragte Xander.

»Den größten«, sagte Buffy. »Vielleicht zu groß, als dass ich es alleine schaffen kann.«

Xander nahm die Sonnenbrille ab und wurde plötzlich ernst. »Gemeinsam schaffen wir das«, sagte er. »Du weißt, ich bin da. Sag mir einfach, was ich tun soll.«

Kurz darauf stand Xander im Doughnut-Shop und gab seine Sammelbestellung auf: »Ich nehme zwei mit Glasur, zwei mit Zimt, zwei mit Cremefüllung und einen mit Gelee … nein, lieber vier mit Gelee.

Vielleicht hatte Cordelia ja doch Recht, dachte er. Vielleicht bin ich ja wirklich nur der Zeppo der Scooby-Gang. Da will Buffy gegen die schlimmste Bedrohung aller Zeiten antreten, und was mache ich? Doughnuts kaufen … »Xander, besorg uns doch mal was zu essen.« »Xander, aus dem Weg! Mach Platz für die wahren Soldaten im Kampf gegen das Unheil.«

Es ärgerte ihn, wie das fünfte Rad am Wagen behandelt zu werden, und doch übernahm er diese Jobs immer wieder, wenn er gefragt wurde. Eine hungrige Armee kann nicht siegen, dachte er, so heißt es doch. Und wenn die Jägerin und ihr Team nach Doughnuts verlangen, dann sollen sie Doughnuts haben …

Eigentlich gab es nur eine Sache, die das Ganze noch schlimmer machen konnte. Und die kam soeben zur Tür herein.

»Oooh, ist das Böse wieder in der Stadt?«, lästerte Cordelia. »Muss ja diesmal was wirklich Wichtiges sein, wenn man dich mit einer derart verantwortungsvollen Aufgabe betraut.« Grinsend schaute sie auf die Schachtel mit den Doughnuts.

»Cordelia«, begrüßte er sie. »Schön, dich zu sehen. Schöner noch zu sehen, wenn dich eine tödliche Seuche auf der Stelle dahinraffen würde.«

»Und wieder mal ein Volltreffer«, stellte sie zufrieden fest. »Das Skalpell der Boshaftigkeit hat wieder mal ganze Arbeit geleistet.«

»Ich hab's eilig, Cordelia.« Er schnappte sich die Doughnut-Schachtel und verließ den Laden.

Cordelia folgte ihm bis zu seinem Auto, das direkt vor der Tür stand. »Natürlich, Buffy braucht deine … ähm … überflüssige Hilfe …«

»Du glaubst wohl, du kennst dich aus, was?«

»Ich kenne dich«, sagte sie nur.

»Dass ich nicht lache.«

»Ach, hör doch auf«, sagte Cordelia. »Du hast ein schickes Auto, und nun denkst du, du bist jemand. Als ob sich irgendwer für dein …«

Ihre Tirade wurde von einem blonden Mädchen unterbrochen, das nun auf sie zutrat. Und was für ein Blond! Zudem war sie jung und wunderschön und ausgesprochen sexy. Sie trug einen figurbetonten Pulli, der mehr zeigte, als er verhüllte. Dieser Pulli müsste man sein, dachte Xander.

Und sie sprach ihn direkt an!

»Ist das dein Auto?«

Er senkte seine Stimme um eine Oktave. »Ja, ist es, wieso?«

Anerkennend betrachtete sie den Wagen und meinte: »57er Chevy Bel Air, 4,7 Liter, solide Stoßdämpfer, V-8-Einspritzmotor?«

Xander war beeindruckt, wenn er auch nur ahnen konnte, wovon das Mädchen sprach. Onkel Rory hatte ihm nur einen Crashkurs über den Wagen gegeben. »Ähm … ja, du sagst es.«

»Wie fährt er sich denn so?«

»Traumhaft«, gab Xander zurück. Er konnte noch immer nicht glauben, dass diese Göttin wirklich mit ihm sprach. »Als ob man auf einer Wolke schwebt. Willst du mal mitfahren?«

»Hast du denn Zeit?«, fragte sie.

Der Tag, an dem ich keine Zeit haben werde, mit dem hübschesten Mädchen weit und breit in einem Chevy-Cabrio spazieren zu fahren, wird hoffentlich nie kommen, dachte er. Und wenn doch, buddelt mich bitte ganz schnell ein, weil ich dann tot bin.

»Klar, ich liefere nur eben schnell die Sachen hier ab, und dann werde ich mich für den Rest des Tages als *überflüssig* erklären.« Die letzte Bemerkung war für Cordelia gedacht. Er sah, dass sie ihre Wirkung nicht verfehlt hatte.

Er öffnete der Blonden die Beifahrertür. Sie ließ sich auf den Sitz fallen, und er schloss den Schlag hinter ihr wie ein vollendeter Gentleman. Dann warf er die Schachtel mit den Doughnuts auf den Rücksitz und schwang sich lässig hinters Steuer.

Seine Bewegungen waren noch nicht so geschmeidig und nonchalant wie er es sich wünschte, aber seine Beifahrerin schien es nicht zu kümmern.

Sie hieß Lysette.

Und sie mochte Autos.

Und das war eigentlich auch schon alles, was sie ausmachte, so weit Xander es beurteilen konnte.

Nun saßen sie im *Bronze*. Draußen war es bereits dunkel. Sie redete.

Immer noch.

»… und dann ging ich mit Dave Peck. Hatte 'nen getunten Thunderbird, aber die Polsterung der Sitze war irgendwie Mist, und dann bin ich mit seinem Freund Mike ausgegangen, nicht der Mike mit dem Benz, sondern der mit dem Mustang, einem 82er V6, du weißt schon, der vom Design her so aussieht wie …«

Xanders einziger Trost war Cordys Gesichtsausdruck, als er und Lysette in seinem Wagen davongebraust waren. Dafür war er bereit, eine Menge Qualen über sich ergehen zu lassen.

Eine Menge, aber nicht mehr.

Andererseits, überlegte er, ist sie schon ganz süß …

Als Angel hereinkam, fühlte er seine Rettung nahen.

»Angel!«, rief er, schoss von seinem Stuhl wie eine Rakete und stürmte auf den Vampir zu. »Kumpel. Freund. Komm, setz dich doch und trink was mit uns.«

»Ich suche Buffy«, sagte Angel in seiner kurz angebundenen Art. Kaum zu glauben, dass ein Typ in 250 Jahren kein bisschen Höflichkeit gelernt haben will. Xander war fassungslos.

»Hab sie zuletzt in der Bibliothek gesehen.«

»Irgendetwas geht da vor sich«, sagte Angel. »Ich habe Anzeichen dafür gesehen ...«

Was du nicht sagst?, dachte Xander. »Ja, ich weiß, die Apokalypse steht vor der Tür. Das Team ist schon dran.«

»Ich glaube nicht, dass sie auch nur die geringste Ahnung haben, worauf sie sich da einlassen«, erwiderte Angel düster.

»Dann lass uns zu ihnen gehen«, ergriff Xander den einzigen Rettungsanker, der ihn jetzt noch aus dem unendlichen Meer der Langeweile würde herausholen können.

»Nein«, sagte Angel. »Es ist besser, wenn du aus der Schusslinie bleibst.«

»Aber ich könnte doch helfen ...«, begann Xander, doch Angel hatte das *Bronze* schon wieder verlassen. Der Rettungsanker war untergegangen, und Xander mit ihm.

Und wie aufs Stichwort fragte Lysette ihn nun: »Wie wär's? Drehen wir noch 'ne Runde?«

Gemeinsam gingen sie zum Wagen, der gleich vor dem *Bronze* parkte.

»Nicht dass ich ihnen nicht unzählige Male aus der Klemme geholfen hätte«, sagte Xander. Endlich hatte er das Thema wechseln können, weg von Autos und hin zu seiner Person. Obwohl ich nicht sicher bin, ob sie mir wirklich zuhört, rätselte er. Andererseits hab ich ihr ja auch nicht zugehört ... »Immerhin hab ich mehr als einmal für die den Kopf hingehalten. Und wie wird es einem gedankt?«

Seine galante Phase war längst Geschichte, also öffnete er auffordernd die Fahrertür, und Lysette rutschte auf ihren Sitz. Dann stieg er ebenfalls ein und knallte die Tür zu.

Es startete den Motor, legte den ersten Gang ein und rollte langsam aus der Parklücke.

»Ich meine, die benehmen sich, als ob sie einen Volltrottel vor sich hätten ...«

Sie hatten gerade die ersten Meter zurückgelegt, als der Wagen plötzlich zum Stehen kann. Was nicht an Xander lag, zumindest nicht wirklich.

Tatsächlich wurde das Auto dadurch an der Weiterfahrt gehindert, dass es in ein anderes Auto hineingefahren war. Metall knirschte, Glas splitterte.

»O Gott«, rief Xander. »Alles okay mit dir, Lysette?« Eine rein rhetorische Frage, denn er konnte sehr wohl selbst sehen, dass ihr nicht das Geringste passiert war.

Hektisch sprang er aus dem Wagen, und Lysette folgte ihm.

»O Gott«, sagte er wieder. »Bleib ruhig. Ist nur die Stoßstange und ein Scheinwerfer, also nicht ...«

In diesem Moment schwang die Fahrertür des anderen Wagens auf und jemand stieg aus.

Es war Jack O'Toole. Und in seinen Augen spiegelte sich die nackte Mordlust wider.

»... das Ende der Welt.«

13

Oz stand aufrecht in seinem Käfig und knurrte.

»Er hat schlechte Laune«, sagte Willow.

»Man kann es ihm nicht verdenken«, meinte Buffy.

Sie saßen in der dunklen Bibliothek und recherchierten. Das Licht reichte gerade aus zum Lesen. Der Tisch vor ihnen bog sich unter Stapeln von Büchern, die sie bereits nach Hinweisen auf die bevorstehende Apokalypse durchforstet hatten.

»Können Hunde ein herannahendes Erdbeben nicht schon lange im Voraus spüren?«, überlegte Willow. »Oder Kühe, die sich dann einfach hinlegen oder so?«

Buffy ging nicht darauf ein, sondern las nun laut aus einem Buch vor, das sie auf dem Schoß liegen hatte: *»Die Schwesternschaft von Jhe. Abart weiblicher Dämonen, mächtige Kriegerinnen. Schluck. Feiern ihre Siege, indem sie ihre Opfer verspeisen.* Mannomann, können die nicht einfach 'ne Magnumflasche köpfen?«

In diesem Moment stürzte Giles in die Bibliothek und murmelte halblaut: »Jetzt nimmt der Rat noch nicht mal mehr meine Anrufe entgegen ... diese Idioten!« Er klang ziemlich wütend. »Habt ihr irgendwas Hilfreiches finden können?«, fragte er die Mädchen.

»Nichts Besonderes«, sagte Buffy und schloss das Buch, aus dem sie gerade vorgelesen hatte.

»Wir haben immer noch das ›Buch Pherion‹. Vielleicht werden wir ja dort fündig«, hoffte Willow.

Aber Buffy hatte endgültig genug vom Lesen; sie wollte endlich handeln. Irgendwie.

»Ich komm gleich um vor Tatendrang, Giles«, sagte sie. »Und heute werden wir wohl nichts Neues mehr rausfinden. Ich drehe noch eine Runde durch die Stadt. Vielleicht schau ich mal im *Willy*'s vorbei.«

»Fein«, sagte Giles. Er war selbst im Aufbruch begriffen.

»Wohin gehen Sie?«, rief Willow ihm nach.

Giles nahm seinen Mantel vom Haken und zog ihn an. »Ähm ... ich werde versuchen, Kontakt mit den Geistführern aufzunehmen. Sie existieren außerhalb unserer Zeit und haben Kenntnis von der Zukunft. Ich habe keine Ahnung, ob sie mich überhaupt anhören werden, aber ich muss es wenigstens versuchen.«

Er kam zurück an den Tisch und warf einen Blick in die offene Doughnut-Schachtel. »Sind keine mehr mit Gelee-Füllung übrig?«

»Sie wollten welche mit Gelee-Füllung?«, fragte Buffy.

»Ich esse nur die mit Gelee-Füllung«, sagte er trotzig und klang fast ein bisschen beleidigt. »Ich bin immer derjenige, der darauf besteht, dass wenigstens ein Doughnut mit Gelee-Füllung dabei ist.«

»Das tut uns Leid«, sagte Willow. »Buffy hatte drei davon.«

Buffy schaute sie strafend an. Verpetzt von der besten Freundin.

»Kein Problem«, meinte Giles. »Xander kann uns ja noch welche besorgen.«

»Nein«, sagte Buffy und war auf einmal ganz ernst. »Lassen Sie Xander besser raus aus der Sache. Er wäre das letzte Mal im Kampf fast getötet worden. Unser aktuelles Problem ist bestimmt einfacher zu lösen, wenn wir ihn in Sicherheit wissen.«

»Oh ... Verdammt, Jack. Bist du okay?«, fragte Xander in dem Bemühen, nicht allzu panisch zu klingen.

Er sah sich die Autos an. Der Chevi schien unbeschädigt, doch der Wagen von Jack hatte einen zerbrochenen Scheinwerfer und eine verbogene Stoßstange. »Das tut mir jetzt wirklich total Leid. Dein Auto war plötzlich einfach da ...«

»Ich hab geparkt«, sagte Jack. Seine Stimme hatte immer noch diesen gefährlichen Unterton.

»Eben«, meinte Xander. »Pass auf, ich komme für den Schaden auf. Ich hab zwar keine Versicherung im eigentlichen Sinne, aber ich hab ein bisschen was gespart ... was ich sagen will, keiner kam zu Schaden, alles wird gut, und wir beiden können die Sache regeln wie zwei erwachsene ...«

Er brach ab, als er das leise metallische Geräusch vernahm, das entstand, als Jack drohend ein Messer hervorzog und es ihm vor die Nase hielt. Xander konnte sehen, wie sich das Licht der Straßenlaternen auf der Klinge brach.

Es war das größte Messer, das Xander je gesehen hatte, wenn man von Piratenfilmen einmal absah.

»... Menschen.«

»Wie soll ich's dir besorgen?«, fragte Jack, als ob die Verstümmelung seines Gegenübers bereits beschlossene Sache wäre.

»Wie bitte?«

»Wie soll ich's dir besorgen?«, wiederholte Jack.

»Ich bin mir ziemlich sicher, dass ich dein Angebot nicht annehmen möchte«, sagte Xander. »Aber danke trotzdem.«

»Wow, cooles Messer«, ließ sich nun Lysette vernehmen, die immer noch hinter Xander stand. Langsam bereute er die Idee, sich diesen Wagen jemals ausgeliehen zu haben.

»Sie heißt Katie«, sagte Jack und bewegte sich langsam vor und zurück. Das Licht blitzte und funkelte auf der Schneide.

Auf *ihrer* Schneide, korrigierte sich Xander im Geiste.

»Du hast deinem Messer einen Mädchennamen verpasst?«, stellte er fest. »Wie serienkillermäßig von dir ...«

Er wandte sich zu seiner Begleiterin um und sagte: »Lysette, ich denke, wir sollten jetzt gehen.«

Doch da hatte Jack ihn schon gepackt. Und dann hielt er ihm das Messer vors Gesicht. Xander konnte die scharfe Schneide auf seiner Wange spüren, es war nur noch eine Frage der Zeit, bis sie in sein Fleisch eindringen würde ...

»Angst?«, fragte Jack höhnisch.

Xander war sich ziemlich sicher, welche Antwort er hören wollte. »Würde dich das glücklich machen?«, fragte er zurück. Er bemerkte das Krächzen in seiner Stimme. Positiv, dachte er. Angst.

Die Schneide schabte an seinem Gesicht entlang, wanderte dann über sein Kinn bis hinunter zu seiner Kehle. Er scheint sie gut zu pflegen und regelmäßig zu schärfen, dachte er.

»Deine Braut sieht zu, wie du mir hilflos ausgeliefert bist. Fühlst du dich nicht verdammt erbärmlich dabei?«

»Im Moment fühle ich hauptsächlich Katie«, antwortete Xander wahrheitsgemäß.

Jack verstärkte den Druck an seinem Hals. »Weißt du, was der Unterschied zwischen dir und mir ist?«, fragte er.

»Nun, da fällt mir wieder Katie ein ...«

»Furcht«, sagte er. »Lass uns rausfinden, wer von uns beiden die größere Angst hat.«

»Ich könnte mir vorstellen, dass derjenige, der die lange, scharfe Klinge ...«, begann Xander, doch da zog Jack das Messer weg und drückte es Xander mit dem Griff voran in die Hand. Nun hatte er die Waffe.

Jack machte einen Schritt zurück und winkte ihn mit beiden Händen zu sich heran. »Komm schon«, forderte er ihn auf.

Xander fühlte das beruhigende Gewicht der Waffe in seiner Hand und versuchte sich vorzustellen, wie er sie in Jacks pumpendes Herz rammte. Wie wenn man einen Vampir pfählt, dachte er.

Doch er konnte es nicht tun. Vielleicht deshalb, weil ein Vampir bereits tot war, bevor man ihn zurück in die Hölle schickte.

»Ich würde jetzt gerne weiterfahren«, quengelte Lysette aus dem Hintergrund. »Mir ist langweilig.«

»Du liebe Güte!«, rief Xander und riss seinen Blick für einen Moment von Jack los. »Es tut mir sehr Leid, Lysette, dass die Frage, ob ich lebe oder sterbe, nicht aufregend genug ist, um ...«

Jack nutzte Xanders Unaufmerksamkeit, packte ihn und schleuderte ihn gegen die Kühlerhaube des Chevis. Dann ergriff er Xanders Hand, die noch immer das Messer umklammert hielt, drehte sie und bog sie so fest nach oben, dass die Spitze nun wieder gegen seine Kehle drückte. Xander konnte den scharfen, öligen Stahl fast schmecken, obwohl der noch gar keine Bekanntschaft mit der Innenseite seines Gaumens gemacht hatte.

Plötzlich flackerte ein helles Licht in Jacks Pupillen auf; er blinzelte.

»Hey! Was geht da vor?«, fragte eine laute Stimme.

Der Schläger ließ von Xander ab und duckte sich. Im selben Moment war Katie wie von Zauberhand verschwunden.

Xander straffte sich und sah eine Polizeistreife heranfahren. Der Officer am Steuer leuchtete mit seiner Taschenlampe direkt in Jacks Gesicht.

»Nichts«, sagte der. »Haben nur ein bisschen rumgealbert.«

»O'Toole, was für eine Überraschung«, sagte der Cop. Man schien sich also bereits zu kennen. Und zu Xander: »Hat er dich angegriffen?«

Sag ja, dachte Xander. Mit einem Messer so groß wie Rhode Island.

Doch das konnte er nicht machen. Er hatte Jack bereits einmal den Wind aus den Segeln nehmen können, und er war sicher, es wieder zu schaffen. Der Typ ist nicht nur schlecht, dachte er. Und es ist wohl besser, wenn er mich in guter Erinnerung behält. Wenn Jack heute Abend in die Arrest-Zelle wandert, wird ihn das nur noch mehr gegen mich aufbringen, zumal der Typ ja nicht lebenslänglich hinter Gittern sitzen wird …

»Nein«, sagte er daher und schenkte dem Officer sein breitestes Wir-sind-alle-dicke-Freunde-Lächeln. »Haben nur ein bisschen Dampf abgelassen, zwei Typen, die ein bisschen miteinander rummachen … ähm … natürlich nicht auf die schwule Tour«, fügte er hastig hinzu.

»Macht das in Zukunft woanders, verstanden?«, blaffte der Cop und fuhr wieder davon.

Als Xander sich wieder zu Jack umwandte, sah er, dass dieser ihn grinsend ansah.

»Was?«

»Das war okay von dir«, sagte Jack. »Hättest mich anscheißen können, haste aber nicht gemacht.« Er machte eine Pause. »Ich mag dich.«

Plötzlich war sich Xander nicht sicher, ob es besser war, mit Jack befreundet oder verfeindet zu sein. »Ach ja?«

»Wollt ihr beiden Lust auf ein bisschen Spaß?«, fragte Jack.

Nun wurde Lysette hellhörig. »Etwa durch die Gegend fahren?«

»Genau«, meinte Jack.

Xander wusste, dass er dabei war, eine Riesendummheit zu begehen, hatte aber keinen Schimmer, wie er aus dieser Sache wieder rauskommen sollte. »Was hast du dir denn so vorgestellt?«, fragte er argwöhnisch.

»War gerade auf dem Weg, die Jungs abzuholen«, sagte Jack. »Bisschen rumkurven und so.« Er deutete auf Xanders Chevi. »Wir nehmen deinen Wagen.«

»Warum nehmen wir nicht deinen?«, wagte Xander zu fragen.

Jack warf dem beschädigten Vehikel einen kurzen Blick zu. »Der gehört mir nicht«, sagte er und schwang sich auf den Beifahrersitz von Xanders Chevi.

»Klasse«, sagte Xander ohne große Begeisterung und quetschte sich hinters Steuer. »Wohin also jetzt?«

»Die Jungs holen!«, verkündete Jack.

»Yeah, super«, sagte Xander lahm. »Und wo bitte sind die Jungs?«

Das war klar, dachte Xander. Irgendwas in dieser Art musste einfach passieren.

Sie waren auf dem Friedhof. Genauer gesagt, auf einem von Sunnydales zahlreichen Friedhöfen.

Jack stand mit einem Hühnerfuß bewaffnet vor einem der Gräber und leierte irgendeine Beschwörungsformel herunter.

Xander glaubte eigentlich weniger, dass Jack einer dieser hoffnungsvollen Lehrlinge der Schwarzen Magie war, irgendwie passte das so gar nicht zu ihm, andererseits ...

»Ich rufe dich an, Geist von Uurthu, der Rastlose, und jedermann soll verstummen«, verkündete Jack feierlich. »Auf dass er nun erscheine! Höre mich an, auf dass das Blut der Erde ihn neu erschaffe ...«

Er ließ den Hühnerfuß fallen, zog Katie hervor und schnitt sich in seine eigene Handfläche. Das Blut tropfte auf das Grab.

»Und er möge erscheinen«, fuhr Jack fort. »Möge erscheinen!«

Für Xander sah das alles nicht nach einer ernsthaften Beschwörung aus; er selbst war in der Vergangenheit ein Dutzend Mal Zeuge solcher Rituale gewesen. Auch Lysette schien nicht sonderlich beeindruckt – vielmehr erweckte sie den Anschein, jeden Moment vor Langeweile tot umzufallen.

Doch bei Beschwörungen, so wusste Xander, zählte allein das Ergebnis. Und das Ergebnis im aktuellen Fall sah so aus, dass *Er* wider Erwarten nun doch erschien.

Langsam bahnten sich zwei Fäuste ihren Weg durch den harten Erdboden des Grabes, gefolgt von einem Kopf mit Bürstenhaarschnitt. Als der Tote aus seiner letzten Ruhestätte kroch, sah Xander, dass man ihn fragwürdigerweise in seiner Teamjacke der Sunnydale High bestattet hatte.

Der Grund für sein Ableben wurde indes schnell klar: Über seinem linken Auge klaffte eine riesige Schusswunde.

Der Typ sieht aus wie Moose aus den Archie-Comics, dachte Xander.

Ich meine, wenn Moose wirklich existiert hätte, erschossen und beerdigt worden wäre …

»Kumpel«, schrie der Tote. Grinsend öffnete Jack seine Arme. »Bob«, rief er, »du alte Fledderleiche, komm her!«

Und Freund Bob warf sich ins Jacks Arme und drückte ihn herzlich an seine untote Brust.

Lysette, inzwischen aus ihrer Lethargie erwacht, stieß einen ohrenbetäubenden Schrei aus und rannte um ihr Leben.

»Ich ruf' dich an!«, rief Xander ihr nach.

Jack und sein Freund feierten immer noch ihr unverhofftes Wiedersehen, lachten und schlugen sich gegenseitig auf die Schulter. Ein Ritual, dem offensichtlich selbst männliche Zombies nicht widerstehen konnten.

»Mann, du hast mich wiedererweckt«, jauchzte Bob. Xander fragte sich, ob er bereits zu Lebzeiten in dieser Lautstärke kommuniziert hatte, oder ob es sich hierbei um die Folge seines einsamen Aufenthaltes in einer engen dunklen Kiste handelte.

»Hab dir doch gesagt, dass ich sowas kann. Auf Grandpappy ist Verlass«, erwiderte Jack. »Und voilà, Big Bob ist wieder da!«

»Jawoll!«, schrie Bob und reckte beide Fäuste in die Luft. Dann vollführten Jack und er ein weiteres, Xander gänzlich unbekanntes Männerfreundschafts-Ritual, indem sie ihre Köpfe gegeneinander schlugen. »D'ahh!«, grunzte Bob, als ihre Schädel kollidierten. Er ergriff Jacks Arm. »Ich kann immer noch nicht glauben, dass du mich zurückgeholt hast. Das ist echt abgefahren. Du bist nun mal der Coolste!«

Xander fand, dass dies eine gute Gelegenheit war, sich nun zu verabschieden. »Vielleicht sollte ich euch beide jetzt ein wenig allein lassen, damit ihr …«

Jack deutete mit seinem Messer auf ihn und sagte: »Bob, darf ich vorstellen: Xander, unser Fahrer.«

Klingt wie eine Stellenbeschreibung, dachte Xander alarmiert. Soll das etwa heißen, dass ich engagiert bin? Unter diesen Umständen wäre es wahrscheinlich das Beste, die Rente einzureichen …

Bob kam auf Xander zu und versetzte ihm einen freundschaftlichen Knuff gegen die Schulter, der Xander einige Meter zurücktaumeln ließ. »Tach auch!«, begrüßte ihn die Leiche.

»Ebenso«, antwortete Xander mit schmerzverzerrtem Gesicht.

»Sach mal, Kumpel, wo sind denn die anderen Jungs«, wandte sich Bob nun wieder an Jack. »Wir sollten sie holen!«

»Absolut richtig«, meinte Jack.

»Dann mal los!«, forderte ihn Bob auf.

Jack wandte sich zum Gehen, und Bob folgte ihm.

Xander, der am Grab stehen geblieben war, fand es an der Zeit, die

Frage der Fragen zu stellen: »Ähm … sind alle eure Freunde … tot?« Aber er war nicht sicher, ob er die Antwort wirklich hören wollte.

Jack kam ihm diesbezüglich entgegen, indem er sagte: »Los, Xander, mach schon, lass uns von hier abhauen!«

Ergeben machte sich auch Xander auf in Richtung Chevy.

»Wie lang hab ich denn da unten gelegen«, wollte Bob wissen.

»Acht Monate. Musste warten, bis die Sternenkonstellation optimal war.«

»Acht Monate! Ach du Scheiße, da hab ich aber 'ne Menge Training nachzuholen!«, rief Bob und rammte Jack einen Finger in die Brust. »Sach mal, du hast doch *Walker, Texas Ranger* aufgenommen, oder nicht?«

»Klar«, versicherte ihm Jack.

»Gut«, meinte der Zombie. »Jetzt trommeln wir die Jungs zusammen, und dann ist Party-Time, Mann!« Er schlug Xander auf die Schulter. »Eine Nacht, die wir nie vergessen werden«, fuhr Bob fort. »Yeah!«

»Das sehe ich ähnlich«, stimmte Xander leise zu.

»… auf dass das Blut der Erde ihn neu erschaffe … er möge erscheinen!«

Sie standen auf einem anderen Friedhof, wo Jack sein Wiedererweckungs-Ritual gerade erneut anwendete. Xander stellte fest, dass es von mal zu mal besser ging.

Ein grauenvoller Kopf schoss aus dem Erdreich. Die Haut war vollkommen verfärbt, fehlte stellenweise und sah irgendwie verbrannt aus, als ob sein Besitzer ein schreckliches Feuer *nicht* überlebt hatte.

»Tach, Leute«, rief der Tote.

Und schon waren sie unterwegs zum nächsten Friedhof. Als Xander den Totenacker mit quietschenden Reifen verließ, riss Bob einen Arm in die Höhe und rief: »Biiiiieeer!«

Giles stand auf dem Restfield-Friedhof und hielt eine Kerze in Händen.

Vor der Tür des Mausoleums waren Fackeln in den eisernen Halterungen entzündet worden. Mit gesenkter Stimme intonierte Giles eine Beschwörung in lateinischer Sprache: »Weise mich nicht ab, Geistführer. Lass die Weisheit derer, die uns verlassen haben, auf mich übergehen!«

Über der Tür des Mausoleums materialisierte sich eine helle Wolke. Aus ihrem Innern antwortete – ebenfalls in Latein – eine tiefe Stimme: »Diese Geheimnisse gehören allein der Zeit und den dunklen Welten. Sie zu enthüllen brächte Chaos über die Lebenden!«

»Das Biest muss bekämpft werden«, beharrte Giles. »Unsere einzige Hoffnung besteht darin, uns seinen Schwachpunkt zunutze zu machen.«

»Suche nicht danach! Und störe uns nicht länger!« Die Wolke löste sich auf, als ein plötzlicher Wind aufkam. Die Fackeln und die Kerze erloschen und ließen Giles im Dunkeln zurück.

In jeder Hinsicht.

Einsam stand Xander auf dem Friedhof.

Jack und seine Spießgesellen hatten sich in einiger Entfernung um ein weiteres Grab gescharrt und vollführten einmal mehr ihren Wiedererweckungszauber.

Plötzlich vernahm er eine ihm sehr bekannte Stimme. »Giles«, rief er, erleichtert, dass sie jemandem gehörte, den er kannte, und wichtiger noch, der lebte. »Was machen Sie denn hier?«

»Oh«, antwortete der Bibliothekar. »Ich habe soeben versucht, Zugang zu den Geistführern zu bekommen – aber es lief nicht sehr gut, fürchte ich.«

Xander wusste nicht, ob er es wagen sollte, Giles von Jack zu erzählen. Nicht nur, weil der Typ total durchgeknallt war, sondern auch, weil er ihm, wenn auch unfreiwillig, geholfen hatte, ihn zu seinen unheiligen Verabredungen zu bringen.

Er wusste, dass Giles es sogar schon missbilligte, wenn Willow sich gelegentlich auf eigene Faust in Zauberei versuchte. Wie sehr musste ihm da erst die Wiedererweckung von Toten missfallen.

In diesem Moment schrie Jack zu ihm herüber. »Xander! Los, lass uns von hier verschwinden!«

»Na ja«, erklärte Xander und deutete auf seine Kumpels, »wir sind hier nur ein bisschen rumgestreunt.« Er erkannte, dass Giles vermutlich seine letzte Chance war, Jack und seine Zombietruppe loszuwerden. Wenn es doch nur einen Weg gäbe, sich ihm anzuschließen, ohne zugeben zu müssen, was man den ganzen Abend getrieben hatte. »Sagen Sie mal, Giles, brauchen Sie vielleicht noch etwas Hilfe?«

»Was?«, fragte Giles zerstreut. »Oh, nein, danke dir. Im Gegenteil, es wird das Beste sein, wenn du dich in nächster Zeit etwas zurückhältst.«

»Zu spät«, murmelte Xander.

Jack und seine Freunde – einschließlich des letzten Neuzugangs – standen jetzt beim Chevi und warteten auf ihn. »Xander«, brüllte Jack ihm zu. »Gib Gummi!«

»Irgendetwas Merkwürdiges liegt hier in der Luft«, fuhr Giles fort. »Der Geruch des Todes.«

»Yeah, das kann nur Bob sein«, meinte Xander.

»Möglicherweise werden wir alle zum Kampf antreten müssen, wenn es passiert.«

Xander war es inzwischen ein bisschen leid, dass niemand aus Buffys

Inner Circle es wagte, ihm konkrete Informationen anzuvertrauen. Aber vielleicht ist Giles ja auch gar nicht an dieser Verschwörung beteiligt, dachte er. »Wenn was passiert?«

»Los jetzt. Komm endlich!« Jack klang inzwischen ein wenig ungeduldig.

Und auch Giles schien es plötzlich ziemlich eilig zu haben. »Ich werde jetzt besser gehen«, sagte er. »Hoffentlich haben wir genügend Zeit, uns vorzubereiten. Ein paar Wochen würden schon ausreichen.«

»Heute Abend?«, fragte Buffy.

»Vor Sonnenaufgang«, antwortete Willow. »Haben sie wenigstens gesagt.«

Willy's Alibi Room war vollkommen zerstört.

Nicht dass die Kneipe sonst durch ihre gehobene Ausstattung geglänzt hätte. Dies war der Ort, an dem sich Dämonen und hoffnungslose Trinker Vergessen, Gesellschaft und Blutergüsse holten. Buffy hatte von legendären Schlägereien gehört, die hier stattgefunden haben sollten. Doch sie war sich ziemlich sicher, dass die jetzige Verwüstung alle bisherigen bei weitem übertraf.

Willy selbst war kaum mehr als ein blutiger Klumpen, der jetzt auf dem Boden hinter dem Tresen lag. Seine Kasse lag neben ihm; beide waren umgeben von zerbrochenen Flaschen und Splittern. Der Rest des Raums sah auch nicht besser aus: Zertrümmertes Mobiliar, zerborstene Spiegel, von der Decke gerissene Lampen, wohin man auch sah.

»Warum haben die das gemacht?«, fragte Buffy den Besitzer.

»Die haben Angel gesucht«, krächzte Willy wütend.

»Angel? Warum denn?«

»Sie meinten, Sie wären auch hinter dir her, und dass nichts sie mehr aufhalten kann, weil heute die Nacht der Nächte wäre ...« Er hustete und klopfte sich auf seine blutverschmierte Brust. »Verdammte Scheiße, Mann ...«

Buffy machte sich Sorgen um den Barkeeper. Er war ein Einwanderer aus dem Osten, der sich in Südkalifornien nie so recht hatte akklimatisieren können. Sein dunkles Haar und seine blasse Haut sahen aus, als hätten sie noch nie die Sonne gesehen – nicht etwa, weil er ein Vampir war, sondern weil er nachts arbeitete und tagsüber schlief.

Willy's Alibi Room war kein Ort, an dem sie und ihre Freunde herumhingen, zumal man 21 Jahre sein musste, um überhaupt reingelassen zu werden. Vor allem aber bestanden seine Stammkunden in der Hauptsache aus Vampiren und anderen unerwünschten Subjekten. Willy hatte nie einen Zweifel daran gelassen, dass seine Interessen an erster Stelle standen und dass seine gelegentliche Kooperation ihren Preis hatte.

Doch sie wünschte ihm nichts Schlechtes, also hatte sie sofort den Notarzt gerufen. »Der Rettungswagen ist unterwegs.«

»Weißt du, Mädchen«, sagte er. »Meine Kunden sind nicht gerade Nonnen und Waisenkinder. Aber sowas wie heute Abend ... nie zuvor hab ich etwas wie diese Dämonen erlebt.«

Ein Statement wie dieses aus Willys Munde hatte durchaus einiges Gewicht, wie Buffy fand. Doch sie wollte zumindest ihm gegenüber Zuversicht an den Tag legen. »Ich werde sie aufhalten«, versprach sie.

»Wenn der Höllenschlund erst mal offen ist, stehen diese Kreaturen ganz weit hinten auf deiner Liste, glaube mir«, sagte er. »Und wenn ich an deiner Stelle wäre, würde ich jetzt ganz schnell Angel suchen gehen, mich mit ihm an einen ruhigen Ort verziehen und mir dann überlegen, wie ich meinen letzten Tag auf Erden am Besten verbringen will.«

Das Radio plärrte, als Xander durch die ausgestorbenen Straßen Sunnydales fuhr.

Dickie, das Brandopfer, und Parker, der Ertrunkene, saßen hinten. Immerhin waren die beiden in klassischen schwarzen Anzügen beigesetzt worden.

Jack stellte sich auf den Sitz, und Bob, der neben Dickie und Parker saß, tat es ihm gleich. Er riss seine Fäuste hoch und quengelte: »Wann gibt's endlich Bier?«

Doch Parker hatte seine eigenen Pläne. »Lass uns ein paar Weiber aufreißen, Mann. Wir fahren zum *Taco Bell*, schleppen ein paar von ihnen ab, und nehmen sie im Auto mit.«

Die Jungs lachten, obwohl Xander nicht verstand, was daran so witzig sein sollte. Doch dann fiel ihm ein, dass den Zombies heute Abend so ziemlich alles einfach umwerfend komisch und phänomenal vorgekommen war. Vermutlich geht das jedem so, der von den Toten wieder auferstanden ist, dachte er.

»Ich will Kuchen backen«, sagte Dickie, und schon wieder lachte die untote Truppe.

»Hey, wir brauchen trotzdem Bier«, beharrte Bob und setzte sich. Der Verstand dieses Riesenbabys scheint in einer Endlosschleife festzustecken, dachte Xander.

»Ich fasse es immer noch nicht, dass sie dich erschossen haben, Mann«, sagte Parker. Waren das die *Schakale*?

»Quatsch! Die haben wir doch kaltgemacht, nachdem sie dich von der Brücke geschmissen haben.«

»O Mann«, sagte Parker mit weinerlicher Stimme. »Ihr Typen seid ohne Scheiß die besten Kumpels, die man sich nur wünschen kann.«

»Schnapsladen«, meinte Bob jetzt. »Gehört so 'nem kleinen Armenier.

Hatte 'ne Knarre hinterm Tresen. Hey, dem sollten wir mal die Fresse polieren.«

»Yeah!«, kreischte Parker.

»Yeah!«, echote Bob.

Xander konnte es nicht fassen, dass er eine Bande von Zombie-Schlägern durch die Gegend kutschierte. Meine Leute würden mir auf der Stelle den Führerschein abnehmen, wenn sie das wüssten, dachte er. Ganz davon abgesehen, was Onkel Rory mit mir anstellt, wenn diese Typen irgendwelche Rückstände wie Einbalsamierungsflüssigkeit oder Ähnliches auf seinen kostbaren Sitzen hinterlassen ...

»Wenn ihr wollt, dass ich euch irgendwo hinfahre und absetze ...«, begann er.

»Nix da«, sagte Jack mit scharfer Stimme. »Du bist mit von der Partie.«

»Genau, Mann«, stimmte Parker zu. »Du bist jetzt einer von uns. Du bist im Team, Alter. Woohoo!«

»Was machen wir als Nächstes?«, wollte Bob wissen.

»Na ja, eure Vorschläge waren alle nicht schlecht«, meinte Jack, »aber wir nehmen den von Dickie.« Er grinste verschwörerisch. »Gehen wir also Kuchen backen.«

Xander musste seine letzte Einschätzung revidieren: Eine Bande von Zombie-Schlägern mit kulinarischen Ambitionen.

Er war sich sicher, dass die Nacht seltsamer kaum werden konnte.

Jack hatte Xander zu einem Eisenwarenladen dirigiert.

Die Gang pellte sich aus dem Wagen. »Du bleibst hier«, befahl Jack, »und lass den Motor laufen.«

»Also um diese Uhrzeit«, begann Xander, »werdet ihr bestimmt keinen geöffneten ...«

In diesem Moment zertrümmerte Bob das Schaufenster des Eisenwarenladens, indem er etwas unglaublich Schweres hindurch warf. Blitzschnell bahnten sich die Jungs durch die kaputte Scheibe ihren Weg ins Innere.

»Wie konnte ich das nur vergessen«, seufzte Xander. »Für Kriminelle haben die natürlich rund um die Uhr geöffnet.« Fest umklammerte er das Steuer, den Blick starr nach vorne gerichtet. Er wollte nichts mehr von all dem sehen, sofern er es nicht unbedingt musste.

Doch dann siegte seine Neugier und er riskierte einen Blick.

»Okay«, murmelte er. »Jetzt bin also auch ich ein kriminelles Subjekt. Ein Auto zu haben, ist ja sowas von cool ...«

Von der anderen Straßenseite war plötzlich eine Ladenklingel zu hören, und eine ihm bekannte weibliche Stimme sagte: »Vielen Dank und nochmals sorry, dass ich Sie geweckt habe!«

Es war Willow, die gerade aus *Uncle Bob's Magic Cabinet* trat. Der

Mann, der sie begleitete, schloss die Tür zum Laden wieder ab. »Kein Problem«, erwiderte er.

Xander fühlte, wie er von einer Welle aus Erleichterung mitgerissen wurde und stieg aus dem Wagen. »Will!«, rief er. Ob ich ihr erzählen soll, was hier vorgeht?, fragte er sich. Doch dann hegte er Zweifel an dieser Idee. Sie war seine älteste Freundin, und er wollte sie nicht mit den finsteren Zombie-Gang-Stories beunruhigen. Die Jungs waren zwar nicht gewalttätig, zumindest nicht ihm gegenüber, aber es bestand kein Zweifel daran, dass sie das Potenzial dazu hatten.

Willow kam zu ihm herüber geschlendert. »Xander! Was machst du denn hier?«

»Nichts«, erwiderte er. »Und ganz bestimmt nichts Ungesetzliches!« Er warf einen schnellen Blick über seine Schulter, um sicherzugehen, dass die Horror-Truppe nicht gerade wieder herauskam. »Und was treibst du hier?«

Sie zeigte ihm die Papiertüte, die sie in der Hand hielt. »Ich brauchte ein paar Zutaten für einen Schutzzauber«, erklärte sie. »Buffy hat von Angel aus angerufen. Es passiert heute Nacht.«

Schon wieder das mysteriöse »es«, dachte Xander. »Und das, was passiert, ist was genau?«

»Das ... darf ich nicht sagen«, stotterte Willow. Sie wandte sich zum Gehen. »Buffy wartet bestimmt schon auf mich ...« Da blieb sie plötzlich stehen und kam zögernd zu ihm zurück. Und zu Xanders großer Überraschung legte sie ihm jetzt beide Arme um den Hals und drückte ihn eng an sich. »Ich liebe dich, Xander«, sagte sie, riss sich los und stürmte davon in die Nacht.

Xander sah ihr nach und wusste plötzlich, dass definitiv etwas ganz Großes vor sich ging, und dass er Buffy beistehen musste. Er musste sich unbedingt von Jack und seinen Freunden abseilen.

»Okay«, murmelte er, »das war's, ich gehe ...« Er wandte sich um und wäre fast in Jack reingerannt.

»Wohin gehst du?«, wollte der wissen.

»Sieh mal«, erklärte Xander. »Es hat sich gerade etwas ergeben, dass ...«

»Willst du damit sagen, du willst uns hängenlassen?«

Im gleichen Moment kamen die anderen schwer beladen wieder aus dem Geschäft. »Okay, Leute, wir haben alles zusammen«, verkündete Dickie.

»Wo backen wir den Kuchen?«, fragte Parker.

»Xander will sich gerade aus dem Staub machen«, berichtete Jack.

»Keine Chance«, erwiderte Bob kurz angebunden. »Wir brauchen einen Fahrer.«

»Xander fühlt sich nicht als Mitglied dieser Gruppe«, erklärte Jack, während die anderen ihn langsam einkreisten.

»Nein, das ist es nicht«, protestierte Xander schwach. Doch, das ist es genau, dachte er dann. Ich will keinesfalls Mitglied dieser exorbitanten Gemeinschaft werden. »Es ist nur so, dass ich zur Zeit sehr beschäftigt bin und ...«

»Er fühlt sich nicht als Mitglied dieser Gruppe«, wiederholte Bob, »und zwar deshalb, weil er ihr noch nicht offiziell beigetreten ist!«

Xander gefiel das alles immer weniger. Was für ein schreckliches Ritual hatten diese Jungs in petto? Würde er einen Laden überfallen müssen? Jemanden umbringen? Gott bewahre!

»Glaubst du, er ist schon so weit?«, fragte Jack skeptisch.

»Ich denke, er hat sich seine Sporen verdient«, meinte Parker zuversichtlich und legte Xander seinen unförmigen Arm um die Schulter wie einem geschätzten Freund.

Irgendwie verströmte er den Geruch einer nicht geleerten Kaffeetasse, die man zu lange hatte stehen lassen. »Ich meine, wir sollten ihn aufnehmen, Freunde.«

Überstimmt und umzingelt setzte Xander sein breitestes Lächeln auf. »Klasse, Jungs! Natürlich möchte ich in eure Gang, keine Frage«, log er.

»Genau, yeah!«, jubelte Parker.

»Das ist der rechte Geist«, lobte Jack.

»Was muss ich tun?«, fragte Xander und hatte irgendwie Angst vor der Antwort.

Jack zückte Katie und hob das Messer direkt vor Xanders Gesicht. Der konnte seine eigenen, vor Angst geweiteten Augen in der Klinge sehen.

»Du musst sterben«, zischte Jack.

14

Parker hatte Xander fest im Griff, und Bob war an seine andere Seite getreten, sodass er nun praktisch zwischen den beiden feststeckte. Kurz: Er würde nirgendwo hingehen.

Jack drehte ständig die Klinge vor Xanders Gesicht, als wollte er das Licht, dass sich in ihr spiegelte, immer wieder aufs Neue einfangen.

»Also gut, Jungs«, sagte Xander. »Lasst uns darüber reden.«

»Du willst doch in die Gang, oder etwa nicht?«, fragte Parker ihn.

»Ja«, antwortete Xander nervös. »Aber ich möchte nicht sterben für diese Gang, wenn ihr versteht, was ich meine.«

Bobs Sinn für Humor schien gegen Null zu gehen, wenn es sich um Zombie-Witze handelte. »Du willst sagen, du bist zu gut, um ... tot zu sein?«, verlangte er zu wissen, und zum ersten Mal seit seiner Wiedererweckung schien er richtig sauer zu sein. Mit seinen mächtigen Pranken packte er Xander an der Jacke und zog ihn zu sich heran. Sein zerschossenes Gesicht war jetzt nur wenige Zentimeter von dem Xanders entfernt. »Hast du ein Problem mit toten Leuten, oder was?«

Plötzlich hatte Xander eine Erleuchtung. »Was ist mit Jack? Jack ist doch auch nicht tot.«

Wie sich herausstellte, lag er damit ziemlich falsch. Denn Jack hob nun sein T-Shirt hoch und präsentierte ihm seinen Bauch, in dem sich eine stattliche Reihe Einschusslöcher befand.

Bob ließ Xander wieder los, der noch immer sprachlos auf Jacks perforierte Leibesmitte starrte.

»Bin aus 'nem vorbeifahrenden Auto erschossen worden«, erklärte Jack. »Vor drei Wochen.«

»Ach, du Scheiße«, war alles, was Xander hervorbrachte.

»Grandpappy hat meine Leiche gefunden«, fuhr er fort. »Ich war noch nicht mal zehn Minuten weg, da hatte er mich schon wieder zurückgeholt. Das war wie ein Sturz ins Bodenlose.«

Das sagen sie vom Fallschirmspringen auch, dachte Xander. Oder wenn sie mit Skiern den Mount Everest runterrasen ... Stürze ins Bodenlose also, die Xander auf keinen Fall selbst erleben wollte.

Was auf die bevorstehende Initiation auch zutraf.

»Okay, murksen wir Xander endlich ab«, drängte Dickie. »Wird bestimmt lustig.«

»Genau, Mann«, stimmte Parker zu. Wieder legte er freundschaftlich seinen Arm um Xander. »Du könntest ein vollwertiges Mitglied werden.«

»Komm schon, Xander«, sagte Jack. »Nimm es wie ein Mann.«

»Okay, Schluss jetzt!«, platzte Xander heraus. Das musste endlich aufhören. »Ihr Jungs hattet euren Spaß, aber ihr überseht dabei eine Kleinigkeit.«

Stille trat ein. Gespannt warteten die anderen darauf, dass er diesen Einwand nun plausibel begründete.

Wozu er allerdings nicht in der Lage war. Er hoffte nur, auf diese Weise ein wenig Zeit zu schinden, wollte sie irgendwie überrumpeln.

Und dann rannte er.

»Ihm nach!«, schrie Jack.

Auf der gegenüberliegenden Seite der Straße lag das *Espresso Pump*, ein Café, das um diese Uhrzeit natürlich schon geschlossen hatte. Davor waren hinter einer niedrigen Mauer Tische und Stühle für die Gäste aufgestellt. Die Mauer hatte einen kleinen Durchgang, der nach Geschäftsschluss durch Ketten versperrt wurde.

Xander hatte unzählige Nachmittage lang im *Espresso Pump* die Zeit totgeschlagen, mit anderen Worten: Er kannte sich hier ganz gut aus.

Geschickt duckte er sich unter einer der Absperrketten hindurch und lief in den kleinen Vorhof. Die Zombies folgten ihm, doch während sie sich noch durch die Ketten quetschten, sprang Xander auf einen der Tische und wieder zurück über die Mauer.

Glücklicherweise war er Jacks Anweisung gefolgt und hatte den Motor des Chevi laufen lassen.

Als die Jungs begriffen, was los war und wieder zurückrannten, sprang Xander gerade in seinen Wagen, legte den Gang ein und raste auf und davon.

Fassungslos starrten die lebenden Leichen dem davonfahrenden Wagen hinterher, bis er um eine Kurve bog und verschwand.

»Verdammt!«, rief Bob außer sich. »Jetzt haben wir keinen Fahrer mehr!«

»Und er hat unser ganzes Zeug im Wagen«, fiel Parker ein.

»Ich will Kuchen backen«, fügte Endlosschleifen-Dickie hinzu.

»Keine Sorge. Wir besorgen uns wieder, was wir brauchen«, sagte Jack, die Stimme der Vernunft. »Die Nacht ist noch jung.«

Sie gingen zurück in den Eisenwarenladen.

Zahlreiche Blocks entfernt saß Xander noch immer atemlos und mit gehetztem Gesichtsausdruck hinterm Steuer.

Er konnte sein Herz in der Brust hämmern hören, es schlug ihm bis zu seinem ausgedörrten Hals hinauf. Das Gefühl war nicht unbedingt angenehm, doch Xander war froh, dass sein Herz überhaupt noch schlug und ihm nicht herausgeschnitten worden war.

»Ich glaube, das war Aufregung genug für einen Abend«, sagte er zu sich selbst, als er das Gaspedal noch ein bisschen fester durchtrat. Je mehr Kilometer er zwischen sich und die Jungs brachte, desto besser.

Er bremste noch nicht einmal, als er um die Kurven fuhr. Die Straßen waren leer, und so bog er in voller Fahrt nach rechts ab und raste in Richtung Park.

Da entdeckte er Faith, die gerade in einen tödlichen Kampf mit einer dieser blauhäutigen Dämoninnen verwickelt war.

Die anderen kämpfen – und ich flüchte, dachte er. Andererseits ...

Buffy und Faith waren sich einig gewesen, dass diese Höllenweiber ziemlich harte Brocken waren, selbst wenn das ganze Team gegen sie kämpfte. Doch jetzt musste Faith sich allein gegen eine dieser Bestien behaupten, und es sah alles andere als gut für sie aus.

Als Xander den Wagen wendete, hatte der weibliche Dämon die Jägerin gerade gegen einen Drahtzaun gestoßen. Faith hielt sich mit beiden Händen daran fest, und trat mit aller Kraft zu. Die Dämonin taumelte einige Schritte zurück ...

... geradewegs auf den Parkplatz, in den Xander nun einbog.

Das Geräusch, das entstand, als der Wagen die Kreatur rammte, war Musik in seinen Ohren. Heftig wurde die Dämonin zurück auf den Rasen katapultiert.

Rasch legte Xander den Rückwärtsgang ein. »Los, steig ein!«, rief er Faith zu.

Und Faith stieg ein.

In der Zwischenzeit hatte sich die Dämonin wieder aufgerappelt.

Xander setzte zurück, bis der Wagen wieder die Straße erreicht hatte, und gab Gas.

Sie würden diesen Gegner heute Nacht nicht mehr erledigen. Aber er würde ihnen nicht durch die Lappen gehen, da war sich Xander sicher.

Ein Auto zu haben, ist echt cool, dachte er, und diesmal meinte er es auch so.

Faith hatte ein Zimmer im *Downtowner Motel.*

Sie war noch nicht allzu lange in Sunnydale, aber sie hatte sich schon jetzt als eine große Hilfe für Buffy erwiesen. Obwohl sie nicht zwingend gebraucht wurde – es konnte schließlich immer nur eine Jägerin zur selben Zeit geben – konnte es sicherlich nicht schaden, zwei von ihrer Sorte in der Stadt zu haben.

Xander bog auf den Parkplatz des Motels ein und hielt direkt in der Haltebucht vor Zimmer drei. Rasch huschten sie hinein und verrammelten die Tür.

Skeptisch warf Xander einen Blick durch die Jalousie nach draußen. »Glaubst du, die Dämonenmama ist uns gefolgt?«, fragte er Faith.

»Wohl kaum«, entgegnete sie und zog sich ihre Jacke aus. Darunter kam ein enges schwarzes Tanktop zum Vorschein. »Wir sind doch cool«, sagte sie grinsend. Plötzlich zuckte sie zusammen. »Obwohl diese Höllenschlampe mich ziemlich übel an der Schulter erwischt hat«. Sie sah ihn an. »Komm zu mir.«

Xander war nicht sicher, wie sie das meinte. Klar, sie war ein wunderschönes Mädchen, und sie sah einfach toll aus in diesem Shirt und der engen Hose. Aber sie waren bisher noch nie allein gewesen, noch dazu in einem Motelzimmer. Ob sie wohl gemeint hat ..., rätselte er.

Er ging auf sie zu und machte Anstalten, sie in seine Arme zu nehmen.

Faith seufzte ungeduldig, nahm seine Hand und platzierte sie auf ihrer Schulter. Dann presste sie ihre eigene Hand gegen seine Brust und renkte sich mit einer schnellen Bewegung die Schulter ein.

Es klang, als ob ein Ast zerbrach. Das Geräusch ging Xander durch Mark und Bein.

Aber immerhin wissen wir nun, wo wir stehen, dachte er.

»Das ist schon sehr viel besser«, meinte Faith erleichtert.

Doch überraschenderweise nahm sie ihre Hand nicht von seiner Brust. Stattdessen vollführte sie mit ihr kreisförmige Bewegungen, die immer ausladender wurden.

»Diese Dämonenschwester hat mich richtig dran gekriegt«, sagte Faith. »Noch so ein Kampf ohne Sieg, und ich gehe ab wie 'ne Rakete«, sagte sie.

»Wirklich?« Xander schluckte hart. »Wie 'ne Rakete?« Wie hat sie das nun schon wieder gemeint?

Ihre linke Hand tastete sich weiter vor, fuhr zu seinem Nacken und streichelte dann über seinen Rücken. »Bist du bereit?«, fragte sie.

Ihre rechte Hand nahm ihre Tätigkeit etwas tiefer auf; flinke Finger nestelten an den Knöpfen seines Hemdes.

»Oh, und ob ich bereit bin«, sagte er nur. »Ich bin sogar sehr bereit.«

Sie kam näher an ihn heran. Ihre Lippen waren leicht geöffnet, und er konnte ihren heißen Atem auf seiner Wange spüren. Sie roch gut. Eine Mischung aus schwachem Schweißgeruch, Seife und Shampoo und etwas unglaublich Weiblichem ...

Bist du bereit? Allzeit bereit? Plötzlich hatte er das dringende Bedürfnis, seine Lage ein wenig genauer darzulegen. Oder vielleicht auch einfach nur das Bedürfnis, sinnloses Zeug vor sich hinzubrabbeln?, dachte er.

»Es ist nur«, druckste er. »Dass ich nie bei den Pfadfindern war.«

Sie presste ihre Lippen auf die seinen und unterband damit vorläufig jede weitere Konversation.

Es gefiel ihm.

Sehr sogar.

Und plötzlich hielt sie inne. »Entspann dich und zieh deine Hose aus«, hauchte sie ihm ins Ohr.

»Diese beiden Dinge lassen sich nur schlecht miteinander vereinbaren«, stellte er fest.

Sie küsste ihn wieder und verhalf ihm damit zu der nötigen Entschlossenheit, seine offensichtlichen Hemmungen abzulegen.

Plötzlich riss sie ihm Jacke und Hemd vom Leib und schleuderte die Sachen zu Boden. Dann küsste sie ihn wieder, lang und leidenschaftlich.

Mitten im Kuss packte sie ihn bei den Schultern und warf ihn rückwärts aufs Bett. Fasziniert sah er zu, wie sie nun auf ihn kletterte und sich ihr eigenes Shirt über den Kopf zog.

»Keine Sorge«, raunte sie. »Ich steuere dich schon um sämtliche Klippen herum.«

Er fragte sich kurz, warum ihm die Sache mit dem Auto nicht schon früher eingefallen war. »Hab ich eigentlich schon erwähnt, dass ich 'ne ziemlich stressige Nacht hinter mir habe?«, fragte er.

Und dann redeten sie für eine Weile nicht mehr.

Später brachte sie ihn zur Tür und schob ihn hinaus.

Da stand er nun, mit seinem Shirt und seiner Jacke unter dem Arm und den Schuhen in der Hand.

Immerhin hatte sie ihm Gelegenheit gegeben, sein Hose wieder anzuziehen.

»Das war toll«, sagte Faith. »Aber ich muss jetzt duschen.« Sie schloss die Tür hinter ihm und drehte den Schlüssel. Langfristige Verpflichtungen sind wohl nicht ihre Sache, dachte Xander. Wie auch endloses Gequatsche. Wollen denn nicht alle Mädchen hinterher immer noch reden? Oder wenigstens ein Eis essen gehen? Hochzeitspläne schmieden? Oder sind das alles nur Gerüchte, die die Erfahrenen unter uns in die Welt setzen, um den Rest davon abzuhalten, dem Club beizutreten?

Andererseits hab ich immer noch das Auto, fiel ihm ein.

Im Bücherkäfig fauchte und knurrte ein aufgebrachter Oz und warf sich wie rasend gegen die vergitterte Tür.

»So habe ich ihn noch nie erlebt«, sagte Willow besorgt.

»Das liegt am Höllenschlund«, erklärte Giles. »Er kann spüren, dass er bald geöffnet werden wird.« Er reichte Willow das Betäubungsgewehr. »Nur für alle Fälle«, erklärte er, ging zur Käfigtür und schob seinen Schlüssel ins Schloss.

»Und bloß keine falschen Hemmungen«, riet er Willow und drehte sich wieder um.

Willow hob das Gewehr. »Okay, machen Sie auf, Giles.«

»Also gut, Oz, wir müssen dich ...«, begann er und öffnete die Tür.

Wie ein Torpedo schoss der Werwolf aus dem Käfig und stieß Giles dabei achtlos gegen die Wand. Dann machte er ein paar unschlüssige Schritte in die Bibliothek hinein. Doch Willow zögerte nicht lange und betätigte den Abzug. Die Wucht des Betäubungspfeils riss Oz von den Beinen; mit einem Schmerzenslaut schlug er auf dem Boden auf.

Doch nur um sich gleich darauf wieder aufzurappeln und auf Willow loszugehen.

»Noch mal!«, schrie Giles.

Mit fliegenden Fingern versuchte Willow, einen weiteren Pfeil im Gewehr zu platzieren. Im gleichen Moment sprang Oz auf den Tisch, der zwischen ihnen stand, und starrte sie lauernd an, jede Sekunde zum Angriff bereit.

Da kam Giles herbeigerannt und schlang sein Arme von hinten um den pelzigen Wolfskörper, um Oz zurückzuhalten. Was er nicht lang durchgehalten hätte.

Gott sei Dank hatte Willow zwischenzeitlich den zweiten Pfeil im Gewehr platziert und feuerte ihn ab.

Wie vom Blitz getroffen brach Oz in Giles' Armen zusammen. Sacht legte der Bibliothekar den betäubten Körper auf den Tisch. »Wir müssen ihn von hier wegbringen, bevor er wieder aufwacht«, sagte er.

Willow wusste, dass er Recht hatte. Sollte sich der Höllenschlund öffnen, war die Bibliothek vermutlich kein guter Platz, um dem Spektakel beizuwohnen. Und währenddessen auch noch hilflos hier eingeschlossen zu sein, das kam einem Todesurteil gleich.

»Sorry«, sagte sie und streichelte Oz über das Fell. »Hoffentlich bist du morgen früh nicht sauer auf mich, Schatz.«

Xander war verwirrt.

Während er sich auf dem Parkplatz wieder vollständig anzog, musste er sich eingestehen, was wirklich geschehen war: Sie hatte ihn nach dem Sex einfach vor die Tür gesetzt. Sie hatte ihn einfach dazu missbraucht, Dampf und Frust abzulassen.

Und trotzdem fühlte er sich großartig. Fantastisch sogar, ja geradezu siegreich.

Gut, tatsächlich hatte sie in diesem Fall *ihn* erobert, aber dennoch ...

... fühlte er sich klasse.

Er stieg in seinen Wagen und betrachtete sich prüfend im Rückspiegel. Er war immer noch ganz der Alte.

Aber irgendwie auch nicht mehr, und das wusste er.

Alles hat sich verändert, wurde ihm bewusst.

Plötzlich fiel sein Blick auf die braunen Papiertüten auf dem Rücksitz. Dickies sogenannte Zutaten. Er schnappte sich eine von ihnen und warf einen Blick hinein: Eine große Dose Kerosin, jede Menge Draht, eine 9-Volt-Batterie, ein Wecker …

»Moment mal«, murmelte Xander. »Das sieht aber nicht wie 'ne Backmischung aus.«

Er fuhr zurück zum Eisenwarenladen. Die Straße war immer noch wie ausgestorben. Das zertrümmerte Schaufenster war der einzige Hinweis darauf, dass die Zombies hier gewesen waren. Ansonsten fehlte jede Spur von ihnen.

»Die sind längst über alle Berge«, sagte er zu sich selbst. »Wahrscheinlich wieder bestens ausgestattet mit allem, was sie brauchen, um … Mhm, mal nachdenken …«

»Ich kann nicht glauben, dass ich eben Sex hatte …«, murmelte er. Moment, das ist jetzt der falsche Gedanke!, rief er sich zur Räson. »Okay, Bombe«, sagte er schließlich. »Tote Jungs mit Bombe …«

Plötzlich schlug er mit der Faust aufs Lenkrad. »Natürlich!«, rief er. »Buffy wird wissen, was zu tun ist.«

»Ich weiß nicht, was ich tun soll«, sagte Buffy.

Sie und Angel saßen im Garten seines Herrenhauses. Sie war Willis Rat gefolgt und hatte ihn aufgesucht.

Wie sich herausstellte, hatte auch er nach ihr gesucht. Irgendwie schien er ein Gespür dafür zu haben, wenn sie ihn wirklich brauchte.

Und heute brauche ich ihn wirklich, dachte sie.

Überall flackerten Kerzen. Nicht weit von ihnen brannte ein Feuer im Gartenkamin und verströmte eine angenehme Wärme.

Zu jedem anderen Zeitpunkt wäre das alles unglaublich romantisch, kam ihr in den Sinn.

»Dann lass mich für dich entscheiden«, sagte Angel düster. »Ich kann es damit aufnehmen.«

»Das kannst du nicht!«

»Sieh mal«, erklärte er. »Ich kann wenigstens dafür sorgen, dass Willow genügend Zeit hat, einen Bannzauber zu kreieren. Buffy, diese Sache ist schlimmer als alles, womit wir es bisher zu tun hatten. Liebling, es ist unsere einzige Chance.«

Sie musste zugeben, dass er Recht hatte. Aber sie wollte das Risiko nicht eingehen. Angel war der einzige Mann, wenn man das Wort Mann einmal nicht so wörtlich nahm, den sie je geliebt hatte. Und sie waren schon viel zu oft getrennt worden.

»Ich will nicht dabei zusehen müssen, wie du wieder stirbst«, sagte sie.

Sanft strich er ihr über die Wange.

»Ich liebe dich«, flüsterte sie.

»Und nichts kann das jemals ändern«, erwiderte Angel. »Nicht einmal der Tod.«

Sie entzog ihm ihre Hand und wandte sich brüsk ab. »Rede nicht so«, sagte sie verärgert. »Du magst vielleicht bereit sein zu gehen, aber ich bin nicht bereit, dich gehen zu lassen – und dich womöglich für immer zu verlieren. Ja, dies ist mein Kampf, und wenn du ihn nicht nach meinen Spielregeln führen möchtest, dann …«

Xander räusperte sich und trat von einem Fuß auf den anderen.

Er stand am Gartentor und fühlte sich unbehaglich, dieses offensichtlich sehr emotionale Gespräch unterbrochen zu haben. Doch er wusste nicht, an wen er sich noch hätte wenden sollen.

Die beiden wirbelten zu ihm herum und starrten ihn an. Plötzlich fühlte er sich, als hätte jemand einen Scheinwerfer auf ihn gerichtet.

Kein besonders angenehmes Gefühl, fand er.

»Also, ähm … ich hab hier was«, stammelte er. »Na ja, also, ähm, ist wohl gerade etwas ungünstig, oder?«

Dem Ausdruck auf Buffys und Angels Gesicht nach zu urteilen, lag er da völlig richtig.

»Kann ich … helfen?«, fragte Xander.

Buffy schüttelte unmerklich den Kopf.

»Gut«, sagte er und überließ die beiden wieder sich selbst. Grübelnd stieg er die Treppen zur Straße hinauf. »Ich kriege das schon selbst auf die Reihe«, murmelte er. »Ich muss nur rausfinden, was genau diese Burschen eigentlich in die Luft jagen wollen.«

»Erde, Wind, Feuer und Regen«, intonierte Giles in Latein. »Alle vier Kräfte rufe ich an, uns vor dem entfesselten Bösen zu schützen.«

Während er sprach, schritt er einen sonderbaren Kreis ab, der auf den Boden der Bibliothek gemalt war, und entzündete die dort aufgestellten Kerzen.

Da wurde er von Willow unterbrochen, die atemlos in die Bibliothek gestürzt kam.

»Okay«, keuchte sie, während Giles fortfuhr, die Kerzen anzuzünden. »Oz ist untergebracht. Er konnte zwar kaum laufen nach der Ladung, die ich ihm verpasst habe, aber wir haben's geschafft.« Sie legte das Betäubungsgewehr auf den Tresen. »Ist er denn sicher dort, wo er jetzt ist?«

»Überall ist es sicherer als hier«, versicherte ihr Giles düster. Er reichte ihr eine brennende Kerze. »Hilf mir doch mal.«

»Werden wir den Bannzauber aus dem Hebron-Almanach versuchen?«, fragte Willow, während nun auch sie Kerzen entzündete.

»Ja, aber sobald er gesprochen ist, musst du dich im Hintergrund halten und alles Weitere mir überlassen«, erwiderte Giles. Sie wollte etwas sagen, doch er schnitt ihr das Wort ab. »Keine Diskussionen mehr. Ich will nicht auch noch dein Leben riskieren. Niemand kann wissen, was da aus den Tiefen der Hölle in unsere Welt steigen wird ...«

Unter der Bibliothek schlichen zur gleichen Zeit vier Gestalten durch den Heizungskeller.

Dickie arbeitete gerade an einer verwirrenden Konstruktion aus Drähten und Kabeln. Daran befestigt war ein Wecker mit Digitalanzeige.

Als Dickie zwei Drähte miteinander verband, sprang das Display der Uhr auf 9:55. Kurz darauf ertönte ein Piepsen, und die Anzeige wechselte auf 60:00. Grell leuchteten die roten Ziffern durch den dunklen Raum.

Dickie lachte.

Da sprang die Anzeige erneut um: 59:59, 59:58, 59:57, der sekündliche Countdown wurde begleitet von einem Piepsen.

»Das wird echt *der* Knaller«, rief Jack begeistert.

»Oh ja!«, stimmte Dickie zu.

Er liebte es, Kuchen zu backen.

15

Nervös trommelte Xander mit den Daumen auf das Lenkrad, während er wieder durch die dunklen Straßen von Sunnydale fuhr. An wen zum Teufel soll ich mich noch wenden?, ging ihm durch den Kopf.

»Giles wird wissen, was zu tun ist«, sprach er sich schließlich Mut zu. »Er ist einfach vernünftiger als Buffy.«

Und Giles war meistens in der Schulbibliothek zu finden, wenn nicht gerade etwas Großes bevorstand.

So wie heute Nacht.

Xander hatte keine Ahnung, wo er sonst noch nach Giles suchen sollte. Also beschloss er, es trotzdem in der Bibliothek zu versuchen. Und wenn er dort nicht war, dann ...

Als er um die Ecke bog, sah er, dass direkt vor ihm vier Typen auf der Straße liefen.

Vier tote Typen.

Die Jungs, dachte er nur.

»Okay«, murmelte er. »Ich brauche einen Plan.« Und ich brauche ihn sofort!, fügte er im Stillen hinzu.

Er bremste ab.

»Hey, seht mal«, rief Bob. »Unser Fahrer ist wieder da!«

Die Gruppe teilte sich, als er durch sie hindurch fuhr, und Xander passte sich ihrem Lauftempo an. Sollen sie ruhig denken, dass ich sie wieder mitnehme, dachte er.

Die Jungs lachten.

Da langte Xander aus dem Wagen, ergriff Parkers Arm und hielt ihn fest. Dabei wurde er jedoch nicht im Geringsten langsamer.

»Hey!«, rief der empört und stolperte neben dem fahrenden Chevi her. »Lass mich los!« In Parkers totem zerfetzten Gesicht machte sich Angst breit, als Xander jetzt ein bisschen an Tempo zulegte.

Die anderen schauten ihnen entgeistert nach.

»Stopp!«, schrie Parker wieder. »Los, Mann, lass den Scheiß!«

Doch Xander hielt nicht an. Sein Plan funktionierte. Zumindest hoffte er das. »Wo ist die Bombe?«, wollte er wissen.

Parker zögerte nicht. »In der Highschool«, sagte er keuchend.

Xander hatte ein wenig Mühe, den Wagen nur mit seiner rechten Hand zu steuern. Wenn jetzt ein anderes Auto hier auftaucht, überlegte er, haben wir beide ein Problem.

»Wo genau?«, verlangte er zu erfahren.

»Verdammt, das tut langsam weh«, presste Parker mit zusammengebissenen Zähnen hervor.

Also fühlen Zombies Schmerz, folgerte Xander. Gut zu wissen.

»Sie ist im ... Heizungskeller«, stieß Parker hervor.

Der Wagen geriet ins Schlingern, und Xander hatte einige Mühe, ihn wieder unter Kontrolle zu bringen. Ohne Parker anzusehen, fragte er in bester Gangstermanier: »Also gut. Ich frage das jetzt nur einmal und du solltest dir die Antwort schnell überlegen: Wie entschärfe ich ...?«

Doch Parker sollte ihm die Antwort schuldig bleiben, weil sein Kopf soeben mit einem Briefkasten kollidiert war.

Der Briefkasten blieb an Ort und Stelle.

Was man von Parkers Schädel nicht gerade behaupten konnte.

Fassungslos starrte Xander auf den kopflosen Torso in seiner linken Hand. Er schluckte hart und ließ den Körper los.

»Ich hätte den zeitraubenden Mittelteil besser überspringen sollen«, sagte er, bog scharf nach links ein und brauste in Richtung Sunnydale High davon.

Auf der Hauptstraße kam Bewegung in die drei zurückgebliebenen Zombies.

»Er fährt zur Schule!«, kreischte Dickie.

»Jetzt reicht's«, knurrte Jackie, der endgültig die Nase voll hatte von Xander.

Das wird er mir büßen, dachte er.

Xander stürmte in die Schule, als ob der Teufel hinter ihm her wäre.

Fast hätte er die Tür mit der Aufschrift »Kellertür stets geschlossen halten« übersehen. Er rüttelte am Knopf.

Verschlossen.

Manchmal sollte man gewissen Hinweisen ruhig Glauben schenken, stellte er fest.

Als er sich ratlos wieder umdrehte, sah er Jack, Dickie und Bob durch die Eingangstür rennen. »Da ist er!«, schrie Jack.

»Wo ist die Jägerin, wenn man eine braucht?«, murmelte Xander und trat die Flucht an.

Buffy stand in der Bibliothek im Kreise ihrer Freunde Angel, Willow, Giles und Faith.

Doch sie waren nicht allein.

Der Horror höchstpersönlich hatte sich in ihre Mitte gesellt.

Das Biest war riesig und Furcht erregend. Zahlreiche Köpfe schnappten knurrend auf langen stielartigen Hälsen umher, während lange fleischige Tentakel durch die Luft peitschten. Das Ding reichte beinahe bis zur Decke der Bibliothek.

Magisches Leuchten flimmerte hier und dort, die einzige Lichtquelle im Raum.

Die Bestie war direkt aus dem Höllenschlund gekommen. Was Buffy daran am meisten schockierte, war die Vorstellung, dass dort noch mehr seiner Sorte lauerten und dass sie ihm womöglich folgen würden.

Nur Willow war bewaffnet. Sie hielt eine mittelalterliche Nagelkeule umklammert.

»Mein Gott ... es wird immer größer«, rief Giles.

Und die Furcht, die in der Stimme ihres Wächters mitschwang, ängstigte Buffy am meisten.

Angezogen von dem merkwürdigen Licht, blieb Dickie vor der Tür der Bibliothek stehen und sah durch das runde Fenster hinein.

Fünf Leute starrten auf ein Monster in ihrer Mitte. Ein Monster allerdings, wie es zu Lebzeiten selbst in seinen schlimmsten Albträumen nicht vorgekommen war. Damit verglichen erschien selbst das Sterben auf einmal nur noch halb so grauenhaft.

»Wow!«

Jack war noch immer im Jagdfieber. »Los, komm weiter«, rief er Dickie zu, und Dickie tat, wie ihm geheißen.

Die drei passierten eine Schwingtür und erreichten eine Stelle, an der sich zwei Gänge kreuzten. Von Xander fehlte jede Spur.

»Wohin jetzt?«, wollte Bob wissen.

»Er kann noch nicht weit sein«, erwiderte Jack. »Okay, wir trennen uns hier.«

Gesagt, getan. Und so nahm sich jeder von ihnen einen der Gänge vor.

Bob erreichte eine Treppe. In einer Glasvitrine an der Wand hing eine Feueraxt. Seine Faust schoss vor; Glas splitterte, dann riss er die Axt aus ihrer Verankerung und betrachtete wohlwollend die scharfe Schneide.

»Hübsches Hackebeilchen«, bemerkte er zufrieden.

Keuchend erreichte Xander die dunkle Aufenthaltshalle und rempelte im Weiterlaufen Tische und Stühle an.

Er musste einen Weg in den Heizkeller finden, und das schnell. Komisch, da verbringt man vier Jahre an einem Ort und weiß noch nicht mal, wo die wichtigsten Versorgungsräume sind, wie zum Beispiel der Heizkeller, dachte er. Man weiß ja nie, ob man nicht mal irgendwann irgendwas verheizen muss ... Im Eilschritt nahm er die zwei Stufen, die zur erhöhten Sitzgruppe führten.

Plötzlich tauchte eine Silhouette vor ihm auf. Es war Big Bob, und er hatte etwas mitgebracht, das durch die Luft schwang und dabei unangenehme Pfeiftöne von sich gab.

Im letzten Moment konnte Xander der vorbeisausenden Axt ausweichen, doch er stolperte und stürzte rückwärts die beiden Stufen hinab.

Er versuchte, sich wieder aufzurappeln, aber da war Bob schon bei ihm und rammte ihm den Griff der Axt unter den Kiefer. Ein heller Blitz explodierte in seinem Kopf – keine Sterne, wie in den Comics, aber nahe dran, dachte Xander benommen –, und er fiel wieder, diesmal gegen einen der Tische.

Grinsend schwang Bob die Axt über Xanders Kopf. »*Das* nenne ich einen verdammt großen Spaß!«, rief er vergnügt.

Haarscharf sauste die Klinge wieder an ihm vorbei. Ich hab nur noch eine Chance, dachte Xander.

Im letzten Moment rollte er sich über den Tisch zur Seite ab, bevor die Axt in der Platte steckenblieb. Als Bob sie wieder herausziehen wollte, nutzte Xander die Gelegenheit, ihm einen heftigen Schlag ins Gesicht zu versetzen und ihn dann an seiner Sportjacke so lange auf die Tischplatte zu schmettern, bis er auf dem Boden zusammenbrach.

Dann griff er sich die Axt und stand einen Moment lang einfach nur da. Ratlos starrte er auf den am Boden liegenden Bob, der nun ein denkbar einfacher Gegner war.

Ich brauche nur einmal zuzuschlagen, dachte er.

Und was soll's, er ist ja schon tot. Ich hab nichts zu verlieren.

Doch er konnte sich nicht dazu überwinden. Auf ein wehrloses Opfer einzuhacken – selbst wenn es sich dabei um eine wandelnde Leiche handelte – widerstrebte ihm irgendwie.

Und außerdem ist er ja schon tot. Was, wenn er einfach wieder aufsteht und mir trotzdem ans Leibchen will? Ihn zu köpfen, würde ihn vielleicht sogar noch mehr gegen mich aufbringen, überlegte Xander. Vielleicht ist es besser, ihn einfach schachmatt zu setzen?

Xander ging zu einem Getränkeautomaten, der direkt neben ihm an der Wand stand, legte die Axt beiseite und stemmte sich gegen den schweren Kasten, bis dieser zu schwanken begann. Xander grunzte und warf sich noch fester dagegen.

Endlich fiel der Getränkeautomat um und landete direkt auf dem Körper des ohnmächtigen Bob.

Als Dickie in die Aufenthaltshalle kam, fiel sein Blick sogleich auf den umgestürzten Getränkeautomaten und Bobs Beine, die darunter hervorragten.

Langsam trat Xander aus dem Schatten, die Feueraxt hoch erhoben. Von wegen »man kann über alles reden«, dachte er. Jetzt ist Schluss mit lustig.

»Eigentlich solltest du inzwischen kapiert haben«, rief er Dickie zu, »dass, wenn man mit dem Feuer spielt, man früher oder später …«

Dickie wirbelte herum und floh durch die Tür, durch die er gerade gekommen war.

»Hey!«, brüllte Xander ihm nach. »Ich war noch nicht fertig!«. Dann nahm er die Verfolgung auf.

»Vorschlag für später«, murmelte er im Rennen, »Weniger reden!«

Wie ein Geschoss flog Buffy durch die Luft, segelte durch die Bibliothekstüren und landete in einiger Entfernung auf dem Gang.

Tentakel peitschten umher. Rauch quoll aus dem Raum.

Das läuft aber gar nicht gut, dachte sie.

Sie stemmte sich wieder auf die Füße, schüttelte den Kopf und nahm ihren ganzen Mut zusammen.

Diese Kreatur war einfach zu stark. Es kostete sie große Überwindung, wieder dort hineinzugehen. Und dennoch war es nötig. Sie war die Jägerin. Sie tat, was sie tun musste.

Wenigstens war sie momentan nicht die einzige Jägerin. »Faith!«, schrie sie, als sie durch die Schwingtüren zurück in die Bibliothek stürzte. »Konzentrier dich auf sein Herz!«

Xander war Dickie hart auf den Fersen.

Und er hatte noch immer die Axt.

Dickie macht ein paar scharfe Schlenker und rannte dann in Richtung Eingangshalle. Xander blieb an ihm dran.

Nur wenige Sekunden später kam Xander aus der Eingangshalle zurückgerannt – diesmal klebte ihm Dickie an den Hacken. Doch damit nicht genug: Drei überaus hässliche blaugraue Dämoninnen, die nur aus Hörnern und Zähnen zu bestehen schienen, hatten ebenfalls die Verfolgung aufgenommen.

Was hat Bob noch gesagt?, überlegte Xander. »Eine Nacht, die wir nie vergessen werden«? Das haben die Passagiere der Titanic sicherlich auch gedacht, als der Eisberg in Sicht kam …

Xander schlug einen schnellen Haken und duckte sich nach rechts in den Schatten eines Vorsprungs. Dickie verpasste die Abzweigung und rannte direkt in einen Klassenraum hinein.

Der Klassenraum hatte nur eine Tür, und die Dämonen-Ladys folgten ihm.

Von drinnen vernahm Xander ein Schnarren und Fauchen, und als er durch den Türspalt lugte, sah er, wie sich Dickie gerade verzweifelt gegen die Jalousien warf.

Dann brüllte er, doch das Geräusch war nicht halb so schlimm wie das anschließende Reißen und Schmatzen, das seine Schreie begleitete.

Jetzt ist nur noch einer von ihnen unterwegs, dachte Xander.

Er holte tief Luft. »Okay, Heizungsraum ...«

Er drehte sich um und wollte gerade losstürmen, als die Wand vor ihm explodierte. Ein großer augenloser Kopf – augenlos, nicht mund- oder zahnlos, wohlgemerkt –, der auf einem schlangenartigen Hals saß, war durch das Mauerwerk gebrochen.

Das Ding schien ihn zu wittern, denn nun kam es direkt auf ihn zu. Ich bin ja nicht gerne ungefällig, dachte Xander, aber du bist entschieden Buffys Problem. Ich hab meine eigenen Sorgen ...

Und dann rannte er.

Mit Hilfe der Axt stellte die Tür zum Keller kein Problem mehr dar.

Xander hastete die Stufen hinab und hielt die äußerst effektive Waffe schützend vor sich. Sicher ist sicher, dachte er.

Dann öffnete er die Tür zum Heizungsraum. Er war eng, stickig und vollgestopft mit allerlei Krempel und Gerätschaften. Die Heizungsanlage, wie Xander vermutete. Auch gab es eine weitere Tür, über der ein beleuchtetes Schild mit der Aufschrift »Ausgang« prangte. Auf der Tür selbst stand ein Warnschild mit der Aufforderung »Tür stets geschlossen halten!«

Was soll die blöde Tür dann überhaupt da?, wunderte er sich.

Die Bombe befand sich direkt in der Mitte des Raums, wie Parker es gesagt hatte, kurz bevor er seinen Kopf verlor. Sie war mitten auf einer riesigen dunkelgrünen Tonne angebracht.

Xander schloss die Tür und betrachtete die Bombe. »Hallo, du kleines Dreckstück«, begrüßte er sie.

Er musste zugeben, dass er nicht viel von Bomben verstand. Immerhin war er in der Lage, die Digitalanzeige korrekt abzulesen. »Weniger als zwei Minuten«, murmelte er. »Herrgott, so ein kleines Bömbchen zu entschärfen, wird doch wohl ...«

Ein schwerer Schlag auf den Hinterkopf hinderte ihn daran, seine Überlegungen fortzusetzen. Er blinzelte und wollte sich umdrehen, doch da wurde er hart gegen einen Werkzeugschrank gestoßen und ging zu Boden.

Mit schmerzenden Rippen und hämmernden Kopfschmerzen rappelte er sich wieder auf und starrte in das hässliche Gesicht von Jack O'Toole.

»Und gerade ist das Ganze noch ein bisschen schwieriger geworden«, nahm der Xanders letzte Überlegung wieder auf.

»Ich gehe nicht eher, als bis dieses verdammte Ding entschärft ist«, sagte Xander entschlossen.

»Ich fürchte, dann wirst du gar nicht mehr gehen«, sagte Jack und holte aus. Xander duckte sich im letzten Moment, doch schon ging Jack mit fliegenden Fäusten auf ihn los. Xander kassierte ein paar empfindliche Treffer, doch angesichts der ganzen Qualen, die er heute schon erlitten hatte, spürte er sie kaum.

Schließlich gelang es Jack, ihn gegen eine Wand zu prügeln. Dann zückte er die gute alte Katie und fuchtelte mit dem Messer einmal mehr vor Xanders Gesicht herum.

Langsam geht mir dieses Messer reichlich auf den Geist, dachte er. Vielleicht sollte sich Jack lieber öfter mit Mädchen treffen, anstatt sein Glück so sehr an Katie zu hängen.

»Ich schneid dich in Stücke und servier dich in Soße«, zischte Jack. »Du gehst mir auf den Sack, Typ, und jetzt bezahlst du dafür. Erst die Augen, dann die Zunge, und dann breche ich dir jeden einzelnen deiner Finger.«

»Und das alles in neunundvierzig Sekunden?«, presste Xander hervor.

Jack warf einen Blick auf die Digitalanzeige, und Xander nutzte den Moment, um sich loszureißen und Jack seine Faust in den Magen zu rammen. Als der Zombie zusammenklappte, schubste er ihn hart gegen eine Wand.

Doch der schier Unverwüstliche kam schon wieder fäusteschwingend auf ihn zu. Er verfehlte zwar seinen Schlag, bekam aber Xanders Jacke zu fassen, zerrte ihn zu sich heran und schleuderte ihn zu Boden.

Als Xander wieder auf den Beinen war, stellte er fest, dass er sich zwischen Jack und den beiden Türen befand.

»Ich weiß, was du denkst«, sagte Xander. »Du denkst: Kann ich es an ihm vorbei schaffen, dann die Treppe rauf und aus dem Schulgebäude hinaus? Vergiss es Kumpel, die Zeit ist gleich abgelaufen.«

»Dann stirbst du eben mit mir«, grollte Jack.

»Ja, sieht ganz so aus«, stimmte Xander zu. »Doch die wirklich interessante Frage dabei ist: Wer von uns beiden hat mehr Angst?«

»Ich hab keine Angst zu sterben«, bemerkte Jack. »Ich bin ja schon tot.«

Xander glaubte ihm nicht. »Ja, aber das hier ist was anderes. In Stücke gerissen zu werden ist kein ›mit den Kumpels saufend um die Häuser ziehen‹-Tod. Es ist vielmehr der ›kleine Fetzen, die der Hausmeister zusammenklaubt‹-Tod. Ich glaube nicht, dass du dafür bereit bist.«

Jacks Atmung klang plötzlich gehetzt. Er sah hinüber zur Bombe, dann zur Tür und machte einen Schritt voran, doch Xander bewegte sich mit ihm, sodass er wieder zwischen Jack und dem Ausgang zum Stehen kam.

Piepsend verstrich Sekunde um Sekunde.

»Bist *du* denn bereit?«, wollte Jack nun wissen.

Erstaunlicherweise musste Xander lächeln, und plötzlich fühlte er sich ruhig – ruhiger, als es die Situation zuließ. Er wusste die Antwort. Tatsächlich hatte er in den letzten Jahren nichts anderes getan, als seinen Freunden immer wieder erzählt, dass er keine Angst hatte, dass er willens sei, sich jeder Schlacht zu stellen – was immer der Höllenschlund auch ausspucken mochte. Er hatte gelernt, seine Angst hinunterzuschlucken und Mut zu zeigen, auch wenn er ihn nicht besaß.

Heute Nacht hatte er so viel durchgemacht, dass es für ein ganzes Leben reichte. Einfach alles Menschenmögliche war ihm widerfahren, und er stand immer noch aufrecht.

Daher meinte er es ehrlich, als er sagte: »Ich mag die Stille.«

In der Bibliothek tobte die Schlacht.

Zu allem Überfluss hatten sich nun auch noch die Anhängerinnen der Schwesternschaft von Jhe zu der Höllenschlund-Kreatur gesellt. Waffen wurden geschwungen – Schwerter, Äxte, Willows Streitkolben. Doch das Biest war noch lange nicht erledigt.

Genauer gesagt hing Buffy gerade in einem seiner Tentakeln unter der Decke. Fest hielt sie ihre Axt umschlossen.

Giles intonierte Beschwörungen in Latein – er musste fast schreien, um das Getöse zu übertönen – und schlug dabei wie wild auf das Ding ein. Als er die rituellen Worte gesprochen hatte, rief er: »Buffy, jetzt!«

Kopfüber holte Buffy aus und schlug mit aller Kraft ihre Axt in den Tentakel – immer und immer wieder. Sie konnte fühlen, wie die Schneide tief in das teuflische Fleisch drang. Heißes Blut spritzte ihr über Arme und Hände.

Xander wartete. Gelassen. Er war mit sich und der Welt im Reinen.

Die Uhr piepste, und die rote Digitalanzeige leuchtete dazu.

00:12.

00:11.

Jack war mit den Nerven am Ende. Sein Kopf zuckte hin und her, sein Blick flog von Xander zur Bombe und wieder zurück.

00:05.

00:04.

Da fuhr Jacks Hand in das komplizierte Geflecht aus Leitungen und Kabeln, suchte mit fliegenden Fingern nach einem ganz bestimmten Draht, fand ihn und riss ihn heraus.

00:02

Das Display erlosch.

»Gütiger Gott«, entfuhr es Xander, als die Schule einen Moment später noch immer an Ort und Stelle stand. Seine Ruhe war plötzlich dahin, als ihm klar wurde, was auf dem Spiel gestanden hatte. Er ging hinüber zu Jack und sagte mit leicht zitternder Stimme: »Ich will dich nie wieder auf dem Campus sehen.«

Jack antwortete nicht.

Bevor seine Beine endgültig Pudding zu werden drohten, verließ Xander den Ort des Geschehens und ließ den Zombie zurück mit seinem nutzlosen Konstrukt, das einmal eine Bombe gewesen war.

Nachdem Xander den Heizungskeller verlassen hatte, murmelte Jack: »Den Gefallen werde ich dir nicht tun, Harris«, und ging auf die Tür mit der Aufschrift »Stets geschlossen halten« zu. Er drehte den Knopf. »Dreh mir nur einmal den Rücken zu, und du bist dran, Arschloch …«

Mit einem ohrenbetäubenden Knurren stürzte Oz in den Heizungskeller.

Und Jack schrie, als er in Stücke gerissen wurde.

Epilog

Sie saßen rund um den Picknicktisch des Schulgeländes und sprachen gedämpft miteinander.

Sie hatten sich einen Platz im Schatten der Bäume ergattern können; der Tag war kühl und doch wunderschön.

Giles linke Hand war bandagiert, und eine Seite seines Gesichts zeigte heftige Kampfspuren, die von scharfen Krallen herrührten. Sein rechtes Auge war dunkelblau und geschwollen.

Buffys rechter Arm hing in einer hellblauen Schlinge; Willows rechte Augenbraue wurde durch eine Bandage zusammengehalten.

Doch ihre Wunden zählten nicht.

»Sogar als der Höllenschlund wieder geschlossen war«, erinnerte sich Willow, »konnte man die Schreie noch hören.«

»Wie geht's Angel?«, fragte Oz.

»Er war Gott sei Dank nur für wenige Minuten draußen«, erwiderte Buffy. »Die längsten zehn Minuten meines Lebens.«

»Ich werde nie das Gesicht dieser Kreatur vergessen«, sagte Willow leise. »Ich meine, ihr wahres Gesicht ...«

»In der Tat«, stimmte Giles zu.

Buffy sah zu dem Mann, den sie immer als ihren Wächter bezeichnen würde. Egal, was der Rat dazu meinte. »Ich kann immer noch nicht glauben, wie Sie es geschafft haben ... das war das Mutigste, was ich jemals gesehen habe.«

»Und das Dümmste.« Giles lächelte peinlich berührt. »Aber immerhin dreht sich die Welt weiter.«

»Und niemand wird je erfahren, wie nah sie dran war, unterzugehen«, sagte Willow und sah sich um. »Niemand wird je erfahren, was wir geleistet haben.«

Und so soll es auch sein, dachte Buffy.

Xander sah seine besten Freunde zusammen um den Tisch sitzen.

Noch hatte er niemandem von letzter Nacht erzählt, von der Bombe, vom Heizkeller, von der Zombie-Truppe ... Er wusste, sie hatten ihre eigenen Probleme gehabt.

»Hi, Leute«, begrüßte er sie.

»Xander«, rief Willow. »Mann, du kannst froh sein, dass du gestern Abend nicht in der Schule warst. Es war die reinste Hölle.«

Vielleicht würde er es ihnen nie erzählen.

Als er nach der Sache mit der Bombe noch ein Weilchen durch die Gegend gefahren war, war er zu der Überzeugung gelangt, dass er sehr wohl etwas Besonderes war, egal, was die anderen glaubten. Und was noch wichtiger war, es kümmerte ihn plötzlich nicht mehr, was die anderen dachten. Er wusste um seine Möglichkeiten, er wusste, wozu er fähig war.

Also schluckte er und erwiderte: »Mann, da bin ich ja richtig froh ... Ich hol mir was zu essen; soll ich jemandem was mitbringen?«

Giles, Buffy und Willow schüttelten den Kopf. Oz starrte nur abwesend auf die Tischplatte vor sich.

»Oz?«, fragte Xander.

Oz hob den Kopf. »Nein, danke«, sagte er schließlich. »Ich hab heute irgendwie keinen großen Hunger.«

»Okay«, meinte Xander und verließ die anderen mit einem Lächeln auf den Lippen.

Er fühlte sich gut. Selbstsicher. Das Lächeln wurde breiter.

Da kam ihm Cordelia entgegen.

»Sieh an, Mr. Action höchstpersönlich«, spottete sie. »Bist du wieder auf deiner Doughnut-Besorgungstour? Oder reißt du wieder Tussis auf und gibst ihnen Unterricht darin, wie man uncool ist?«

Xander lächelte.

»Was?«, fragte Cordelia irritiert.

Er schwieg. Er wusste, dass sein Gesichtsausdruck alles sagte.

»Was denn?«, fragte sie wieder, deutlich verunsichert.

Er ging an ihr vorbei und holte tief Luft. Es war ein Alles-ist-wieder-in-Ordnung-mit-der-Welt-Atemzug.

Er lächelte noch immer.

»Was ist denn?«, rief Cordelia hinter ihm her.

Er wusste, sie hasste das.

Und er liebte es.

Er lächelte.

Bücher zu beliebten Fernsehserien

ANGEL

ISBN 3-8025-2779-8

ISBN 3-8025-2784-4

ISBN 3-8025-2823-9

ISBN 3-8025-2833-6

vgs verlagsgesellschaft, Köln

www.tvspielfilm.de
Wir lesen was,
was Du nicht liest!
TV SPIELFILM holen. Nur das Beste sehen.
TV SPIELFILM
Alle Filme mit Bewertung!